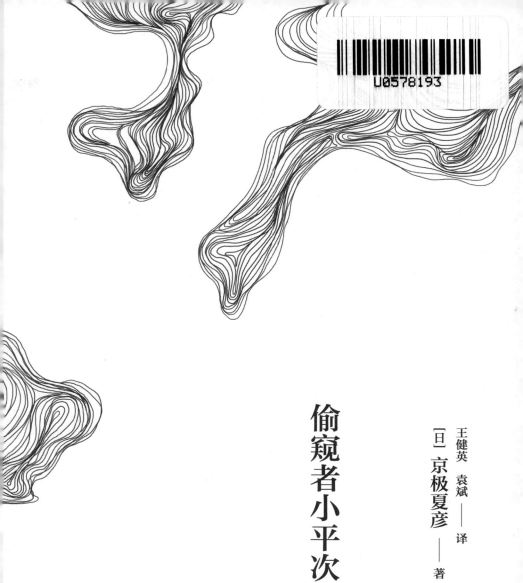

偷窥者小平次

[日] 京极夏彦——著

王健英 袁斌——译

北方联合出版传媒（集团）股份有限公司

万卷出版公司

著作权合同登记号：06—2019 年第 151 号

ⓒ 京极夏彦 2021

图书在版编目（CIP）数据

偷窥者小平次 /（日）京极夏彦著；王健英，袁斌
译 . 一 沈阳：万卷出版公司，2021.4
ISBN 978-7-5470-5398-0

Ⅰ . ①偷… Ⅱ . ①京… ②王… ③袁… Ⅲ . ①长篇小
说—日本—现代 Ⅳ . ① I313.45

中国版本图书馆 CIP 数据核字（2020）第 141534 号

NOZOKI KOHEIJI
by KYOGOKU Natsuhiko
Copyright ⓒ 2002 KYOGOKU Natsuhiko
All rights reserved.
Originally published in Japan by CHUOKORON–SHINSHA, INC., Tokyo.
Chinese (in simplified character only) translation rights arranged with RACCOON AGENCY INC., Japan
through THE SAKAI AGENCY and BARDON–CHINESE MEDIA AGENCY.

出 品 人：王维良
出版发行：北方联合出版传媒（集团）股份有限公司
　　　　　万卷出版公司
　　　　　（地址：沈阳市和平区十一纬路 25 号　邮编：110003）
印 刷 者：辽宁新华印务有限公司
经 销 者：全国新华书店
幅面尺寸：145mm×210mm
字　　数：260 千字
印　　张：11
出版时间：2021 年 4 月第 1 版
印刷时间：2021 年 4 月第 1 次印刷
责任编辑：史　丹
封面设计：崔晓晋
封面插图：崔晓晋
版式设计：鄂姿羽
责任校对：高　辉
ISBN 978-7-5470-5398-0
定　　价：45.00 元
联系电话：024-23284090
传　　真：024-23284448

常年法律顾问：李　福　　版权所有　侵权必究　　举报电话：024-23284090
如有印装质量问题，请与印刷厂联系。　　　　　　联系电话：024-31255233

目 录

木幡小平次

小平次，不论何时都是如此。

他把脖子深深藏进躯体，把脊椎弯到快要折断的程度，伸出软弱的下巴颏，身子蜷缩着一动也不动。他的左手形同一块野山芋，紧抱着双膝。右脚跷起，右手来回抓挠着脚跟。脚跟甚是粗糙，皲裂的皮肤已经积为厚厚一层，即便触摸也毫无感觉。手指上的触感就好比摸到了一块干裂的年糕，而脚跟则没有一点反应。明明自己摸着自身的一部分，却没有一丝相应的感觉。

正在触摸身体的自己名叫小平次的话，那这个身体又是谁呢？不，要是说这尊躯体是小平次的话，那么正在进行触摸的自己又是何方神圣呢？仅仅是挠脚跟这个动作，就让小平次从小平次本身变成了一种更为茫然而淡薄的物体。

人变得更淡薄是一件惬意的事。就这样越来越淡，让自己融进一片暗淡中，小平次就觉得格外幸福。然而，即便如此，哪怕心境再为淡薄，自己仍不得不委身小平次这副皮囊中。他身体紧绷，在一片黑暗中孤立无援。随着黑暗一层层加深，他的轮廓变得越发模糊，而黑暗的中心反而显得更加坚硬浓厚。

所以说，小平次喜爱些许暗淡，却畏惧真正的黑暗。

比如说，合上眼睑，黑暗便立刻降临。

然而，试问闭上眼后，世界是否就此消失？并非如此。试问自身是否会消失？亦并非如此。

目不可视，反而让自己身处何方，此处存在何物，变得更为清晰明了，小平次是这么认为的。随着世界渐渐变得暗淡，肌肤就成了内与外缠斗的边境。闭上眼睛，能让自身和世界都消失，而与此同时，身体的表面就会形成一层薄膜。那是极为稀薄的，比绢丝更薄的一层膜，然而那又是一层绝不会破碎的薄膜，是将内与外一丝不苟分隔开的帷幔。每当肌肤与空气接触，每当体内被内气充盈，自身的形态便越发分明。

小平次很讨厌这种感觉。

不论何时，小平次都是那么淡泊、闲散，喜欢一种冷冷的态度。

让自己置身于昏暗之中，本应清冷的腹中，却好像有什么东西在暴沸；本应空虚淡薄的胸中，却好像被什么东西挤满了；本应空寂如伽蓝堂[1]的头脑中，却好像结出了一颗硬核。

小平次从一开始就适应不了炫目的阳光，然而阳光与真正的漆黑也没多大差别。所以小平次总是藏身于一片淡淡的阴影中，并且，双眼闪闪发亮。

此处不湿也不干，只是昏暗又寒冷，飘浮着一股尘埃的气味。

1　伽蓝堂：此处指空空如也。

小平次藏身在这个储物间内，蜷曲身子，伸着脑袋。他总是这样，将眼睑大开，眼球仿佛要被风干。他定睛凝视，一动也不动。

储物间的移门稍稍打开了一条缝。

要是完全封闭，里面就成了一片漆黑，所以一定要打开一点。

那条极细极细的纵长狭缝，对小平次来说，就是整个世界。

只有从那条极细极细的纵长狭缝中透出的幽暗光线，照射着小平次。

不，还没有达到"照射"那么强烈的程度，这丝光线根本不可依赖。它只是在一片暗淡中，将自己瘦削的身形，像幻灯片一样投射了出来。投射出的形状，与其说是一片朦胧，倒不如说是显得有些透明。

接着，小平次再次确认自己遁入一片虚无。他所擅长的就是隐藏自己。

如轻罗般顺滑，没有厚薄，也没有体温。

小平次脱离自己幻象一般的肉体，要继续向后退。

因此，小平次才开始抓挠起脚跟。指尖的触感将小平次诱导至薄膜之外。

接着，再次隐身于昏暗中，小平次总算放下心来。

眼睛和指尖。

小平次只有这两种感觉。

所以，小平次无论何时都是如此。在昏暗的壁橱中，蜷曲身子，抚摸着脚跟，从一寸五分的缝隙间窥视人世间。

狭缝对面的世界总是如此梦幻，或许那一侧才是真实的世界吧。

小平次心想，或许我自己才是真的梦幻吧。

狭长的缝隙对面，可以看见一片纯白的物体，它摆动得很是妖艳。小平次对着纯白的物体定睛凝视。

那片纯白的物体，大概是贴身衬衣。不，是生着细细茸毛的白皙脖颈。不管怎样，那都是纯白、雪白的女人肌肤。

然而，它与小平次那仿佛身处夜色中的青白皮肤完全不同，隐隐地透出一些朱红，是如同樱花瓣的柔嫩肌肤。那身体，也与小平次那筋肉紧绷，总是在寒冷中缩成一团的身体完全不同，是柔软、肌理细腻、带着体温的肉体。

肉体流畅地移动着，接着，如同沾湿的羽毛一般，一片闪耀着光泽的黑色映入眼帘。

那是女人的头发。

那头发并没有束起，是刚洗完披散的头发。

看来这女人方才就在房间对面走廊前的大水盆里打了水，才沐浴完不久。

现在她背对着小平次，大概正用茶碗独饮着凉酒。

水汽氤氲、层层叠叠的黑发来回摇摆，从头发的缝隙中还能窥见女人洁白纤细的手臂。

她用拇指和中指拈起茶碗，其余三指直直伸出。小平次眯起眼睛，细细打量她的无名指尖。即便如此，小平次的意识仍然残留在自己的右手上。抚摸着脚跟的，莫非就是那根手指？他已经沉浸到了空想中。

与小平次那枯木一般的手指完全不同，那是一根灵活柔韧的手指。

那根灵活柔韧的手指。

属于阿冢。

小平次的妻子。

通过那狭小的缝隙，虽无法窥见全貌，但可以发觉阿冢的脖子收缩了一下。

这时候，小平次慌张地将视线从那纵长的世界移开了。万一自己的视线被阿冢察觉，那可无地自容。

小平次转而盯着毛糙的草席。

“哼。”他好像听到了女人的声音。

“眼睛只敢盯着地上吗?”

那声音好似三味线[1]，淫荡又华奢。

“无非是躲在木板后面，又沾了一身灰吧。”那声音还不停。

“妾身一举手投足，你便一惊一乍，真是胡闹。不，不用这么费心，你那一套妾身早就看惯了。本想那样说，可……”

“那样说可不行呢。”阿冢转身，露出侧脸。

浓密的睫毛，勾勒出细长的眼角，睥视中一道轻蔑的目光射向小平次藏身之处。

“哎呀，不管多少天，多少年，都习惯不了。真是令人毛骨悚然。说是怪癖，哪怕是换一个过得去的怪癖也行。从早到晚就窝在那壁橱里，一会儿盯着老婆的屁股，一会儿盯着老婆的背，哪里会有你

1　三味线：日本的一种弦乐器。一般认为起源于中国的三弦。

这种男人！"

阿冢的语气瞬时变得粗暴，转过身来。

衣襟敞开，半带酒气的肌肤，果然略显潮红。不，那或许是因为阿冢的情绪还很激动。

小平次用力抓住脚跟。

自己和自己重叠在一起。

阿冢猛地将茶碗递出。

"怎么样？"

"你喝还是不喝？"阿冢俯下身来。

接着阿冢低头看看自己的衣服，脸上露出了笑容。

"和娇妻对酌几杯，就那么不情愿吗？"

"你到底想怎样？"强说无用之后，阿冢把茶碗向前一丢。

咚！阿冢的便衣摇动了几下。缺了口的旧茶碗在满是破洞的铺席上滚动起来，从一寸五分的缝隙前慢悠悠地滚过，停了下来。干燥的地板上溅满了酒水。

小平次不敢盯着老婆看，只注视着地板。酒水很快渗入了木纹之中。

"怎么了？就不能说句话吗？快看啊，你快看看我啊。"

小平次视野的一角中，雪白又柔软的东西正蠢蠢欲动。

小平次的视线仿佛痉挛一般游走。阿冢把衬衣的前襟打开，正对着小平次。

"来呀。和以前那样，死抓着我不放啊。没什么好担心的哟。你和妾身可是夫妇啊。任谁都不必忌惮，就算是大白天也不必担心哟。"

阿冢眯起湿润的双眼，双手向前伸，脸上又一次露出了笑容。

小平次用力转过脸去。

街头卖艺行乞之声。狗吠之声。

拍打草席之声。

"窝囊废！胆小鬼！"一阵阵辱骂声传来。满是侮蔑言语的号叫，不过一会儿就变成了哈哈大笑之声。阿冢的笑声化为娇喘声传进小平次的耳中。每当听见阿冢的笑声，小平次就禁不住觉得好似有好几个女人在一旁哂笑。阿冢敞着衣襟，一次次拍打着草席，毫不留情地嘲笑着。

"真可笑。可笑到极点了。你这样，还算音羽屋出身的名门演员吗？学艺不精被逐出师门，堕落到这种田地，哪怕是当个巡回艺人，去演个乡间戏也成。只要能登上舞台，俗话说臭归臭，鲷鱼还是鲷鱼[1]。可你就跟你的名字一样，是连斑鰶都不如的小鳍[2]。而且还是条发臭的小鳍。你这东西根本就不是人吃的。"

小鳍小平次。

这是他的外号。

小平次的老家是山城国宇治郡小幡村，所以最初的名号是小幡村小平次。不久之后，因为叫惯了这个名字，就抽掉一个字，改成了木幡小平次。

1　臭归臭，鲷鱼还是鲷鱼：原谚语是指瘦死的骆驼比马大。

2　连斑鰶都不如的小鳍：日本人认为鲷鱼是名贵鱼，斑鰶为普通鱼，并且将斑鰶的幼鱼称作"小鳍（こはだ）"，与木幡（こはだ）小平次同音。

不过，从来没人认同过。[1]

听说斑鰶一经烧烤就会发出尸臭味。总之是要归入杂鱼、臭鱼一类的。

小平次悄悄将手从脚跟移开，用手指在露出一寸五分的地板上来回摩擦。老婆嘴里的话，不是恶言恶语就是冷嘲热讽。对小平次来说，那听起来就像大批观众对他的嘘声。不论是欢声、娇声，还是嘘声、骂声，对他来说，都没什么区别。

"不好意思，不好意思。"一片嘘声中突然混入了其他声音。

那是泥地间那边传来的声音。

"这不是多九郎先生嘛。"阿冢说道。

是伴奏演员安达多九郎到访了。

"哦呀，真是盼也盼不来。今天太阳还没下山，正好赶上了开龛吗？"

"拿什么来开龛啊？要是没有什么供品，观音菩萨岂不是白开门一次！"

"那我就真来拜一回吧。香火钱算多少合适？"

"想要施舍给妾身吗？不愧是多九郎先生，好大的胆量呢。不过这尊观音菩萨可不便宜。别怪参拜钱太贵呀。"

阿冢把衬衣前襟理好，重新端坐。

多九郎嘴上说着"真是难得"，顺势也挤上了座席。

---

1 "小幡"与"木幡"同音，而《小幡小平次》是著名的歌舞伎剧本，这里是指没人认同小平次作为演员的演技。

"什么嘛，这么早就关店打烊。此地的露佛也当秘佛供吗？"

"秘佛还是秘佛，不攻下一座城池，可是难见本尊一面呢。"

"那这座城池到底有何机关？"

"哪有什么机关，这座城只要攻下来自然就会开。"

"哦，是说斑鳢吗？"多九郎愉快地说着，坐了下来。

"那条斑鳢到底在哪里？出门了，还是说又躲在内宅闭门不出？"

阿冢只道一声："哼。"

"内宅也够深，他就好比供奉在天岩户中的佛陀[1]。我就算是扮作天钿女命，如此裸身舞蹈，他岂止是不现身，连看都不看一眼！何况，他即便温温吞吞地走了出来，也从不道谢一声。他要是个演员，也只配扮个鬼魂来垫场。"

"扮个鬼魂来垫场？说得好。"多九郎笑了。

"这可真是尖酸刻薄啊。喂，小平次，我可不知道你藏在哪儿，尊夫人可是大发雷霆呢。人说触怒了山神大人，就捕不到猎物。你也适可而止，一现真身如何？"

"随您怎么叫都不会出来的。"阿冢说着，从小平次的视野中消失了。

---

1 天岩户中的佛陀：天岩户是《日本书纪》中记载的神话中的一处地方。素盏明尊（须佐之男命）惹是生非，天照大神愤怒至极，将自己关在天岩户中，世界日月无光。高天原众神为解决问题，在天岩户外载歌载舞，天钿女命露出胸部和阴部跳舞，天照大神感到好奇，便悄悄将天岩户打开了一条缝偷看。据考证，这故事有可能是来自卑弥呼死后的日蚀。为让太阳恢复光明，古代日本人以歌舞来祈求天照大神重新露面。

布料摩擦的声音。似乎是在穿衣。

"会有幽灵出现。大概在丑时三刻。"

"是嘛，你这家伙真是古怪到家了。"多九郎说着，晃悠悠地盘腿坐下。

接着他指了指那一寸五分的缝隙，叹道："喔喔，原来在那里。"

"话说回来，前阵子我来的时候，不也躲在那个角落里嘛，我还没注意。这家伙原本就爱蜷缩在暗处，这么一来岂不是和那霉丝、菌菇成了一类吗？喂，小平次……"

仅仅是一瞬间的安静。

这一瞬间，大概是期望着小平次的回答。不过，期望落空了。

多九郎自然明白，小声道："我没话可说了。喂，阿冢啊，我拜访您家那可纯属偶然，可每次这家伙都躲躲藏藏。莫非他平日在家也是这副德行？"

"一向如此。"阿冢说道。紧接着有衣带束紧之声。

"一向一向。一向一向。可不是什么偶然。"

原来如此，多九郎的声音中又多了一分惊诧。

"我只道是你们夫妇争吵，闹起了别扭，他才躲了起来，那我可不敢多管闲事。要不然就是这位相公恶行败露，被母老虎夫人骂出了哭丧脸，不敢见人。我应该不是偶然撞上这场面，来得不是时候吧？"

"我都说了，不是什么偶然。"阿冢的背脊起伏了几次，"从来都是如此。"

"从来吗？"多九郎又一脸惊讶地问道。

没错，从来如此。

小平次一向都是这副模样。

"我认识他的时候，可不是这样的人。"

"从我嫁给他开始，已经是这个样子了。"

一缕暗淡的胭脂色穿过了缝隙。那是阿冢和服上的色泽。

"成亲几年了？"多九郎问道。

"五年了。"阿冢答。

五年。

已经过了五年吗？

"一转眼都五年了。"多九郎拖长声音说道，"哎呀，我和这家伙，也只曾一起外出巡演过而已。"

"他在外面怎样？也是丢人现眼，藏在角落畏畏缩缩吗？"

"没有这回事。不过，阿冢啊，你说他从来如此，莫非这五年间，这家伙，就一天都没出过这壁橱？"

"他有没有躲进壁橱，都是一样。"

"这怎么说？"

"我的意思是，像那样令人烦躁的家伙，在我面前晃悠也只会让人无端地火冒三丈。问什么也不答应，什么也不想做，仅仅是孤零零地坐在一边。"

"什么都不做吗？你竟然摊上这样一个活佛了？"

"没错，什么都不做。最过分的时候，连饭也不吃。"

"就这么干瘪下去，饿死才好。"阿冢说着，伸出一只洁白的手，从缝隙旁把滚落的茶碗拾了起来。

忽而，闻到一股女人香。

"那家伙就这么瘦成皮包骨头，恐怕他人都以为妾身不给他饭吃吧。真是讽刺。"

"你若放着他不管，那活佛自然也会心急火燎啦。"多九郎坚持己见，"有个年轻十岁的老婆，这男人真是让人搞不懂啊。那里的小平次大人，听到没？"

"这人疯了。简直非比寻常。不用我说，您也懂了吧。来了客人竟躲在储物间不出来。别说寒暄几句，连嘴都不张。即便如此，众人都叱责是我这做妻子的不好。您看看这个家，连奢华的半个'奢'字都称不上。这日子一丝欢愉、一丝快乐都没有。不饮几杯浊酒，几乎就要过不下去了。"

阿冢背对小平次坐下："那么就来一杯吧。"她强硬地说着，将茶碗递给多九郎。

"喝呀。我一个人自斟自饮实在太寂寞。若是原本就只有我一人喝酒倒还算了，可他就躲在那儿。叫我一个人喝酒，气就不打一处来。"

"说得没错。"多九郎举起茶碗一饮而尽。

"一点温热都没有，这凉酒真让人叫绝。多喝一杯都愿意。"

阿冢续上一杯。

多九郎喝完，抬头长嘘一口气，说道："罚酒三杯我看就不必了。"他放下了茶碗，"刚来没多久就不能喝了，我这男人也真没用。"

"总不会比那里的活佛更没用啦，不用担心。"

"嘿嘿嘿，说得真过分啊。小平次，听了这种话，你就没一点想法吗?"多九郎望向阿冢背后的那张脸。

"就算有想法,他也不会说的。我不知道他外出是个什么模样,总之在家里就是闷声不响。不求有功,但求无过,就是个窝囊废。那些没出息的男人尚且知道晾一下毛巾,我家这位,人不在就算帮大忙了。他在这家里,我就想吐。光是他人在,就令我烦躁不已。"

"还不如去死。"阿冢回头说道,"还不如去死,窝囊废!"

"夫人息怒,话虽如此,你大概也知道,那小平次,演起幽灵来可是惟妙惟肖。演怪谈戏可绝少不了他。这可是一门绝活,你看这家伙的师傅——前代松助都这么称赞过。即便他瘦骨嶙峋、形容枯槁,还当他是个名堂。现在让他演个鬼怪依旧满堂喝彩。不过,大概也只能在破烂舞台演个乡间戏而已啦。"

"呼——"阿冢吐出一口气,又瞥了小平次一眼。

"演死人搭上这么个不肯开口的人还真是绝配。莫不是演了太多死人,连话都不会说了吧。就叫无口小平次吧。还有,他那独生子小平的外号叫小佛小平。圆头圆脑,能演和尚,到最后一样归了西。好走不送。"

"都让人烦得受不了。"阿冢一顿恶骂。

——小平。

"哦,小平说的就是那小子吧。"多九郎面朝小平次说,"是他儿子小太郎吧。"

"我不知道他原来的名字。送给卖药老头当养子的时候,名字就改了。看来,您了解得很清楚嘛。"

"是啊,我还算了解,他可是演小儿的小太郎。自从不做演员之后就不清楚了。我听说他剃了个光头，还以为他出家了呢。"

"幽灵的儿子是和尚，说出去多难听！真不知道在搞些什么。"

"确实如此啊。"多九郎抱起胳膊，"听说他后来四处卖药为生，到底是出了什么事？"

"外面还说我欺侮小平，把他赶出了家门呢。那口气就好像我把他赶尽杀绝了。才没有这回事！现在这般田地，都是因为小平次一句话都不肯说。"

"不是这样吗？"

"才不是呢。我嫁给他之前，那小平就已经不在这儿了。后来竟随随便便地死了。简直没有比这更讽刺的事儿了。"

"你出嫁五年，这么算来，确实没错。"

多九郎扳起手指来。

根本不用数。小太郎改名为小平是六年前的事。

然后，他是去年死的。

"小平过继给卖药的孙平做养子，是在我出嫁之前，我根本还没搬到这里。小平次在被逐出师门后不久，前妻也死了，接着我嫁给了他。从那往后，我家的这位老爷就日日藏身在那个角落啦。"

阿冢横过脸来，脖颈弯着。

"没错，小平死了之后他就成了这样。"

"真是可悲。"多九郎说道，"凶手还没找到吧。那好像是去年的事？"

"是去年。说是失踪了，说不定是更早失踪的。不过小平既不是什么侠客也不是赌徒，区区一个卖药的行商人，竟然会被人杀死，我怎么也弄不明白。"

"这小子真不走运。"多九郎说道。

"不管是你还是我——都算不准何时会死，什么时候会玩完呢。"多九郎的声音仿佛梦呓。

"您说得没错。"阿冢答道。

"我这一路生活到今天，也并非风调雨顺。人世无常还是懂的。然而，小平还是被杀的，凶手——"

"就是那里的小平次。"阿冢转过身来指向小平次。

"这又是怎么回事？"多九郎问道。

"这有何奇怪，小平可不像那个窝囊废，将来前途有望。日后有的是锦绣舞台等着他。那储物间里的窝囊废，就去碍他好事。他毁了自己儿子的大好前程。"

"不过还是没说到点子上，我也不懂。"

"我可是听说的。"阿冢低声说。

"听谁说？"

"你们这种人一辈子都别想企及的名演员啦。"

"是个演员？那这个演员莫非是……"

"你猜对了。"阿冢的语气忽然激动起来。

"就是那个呆子的师兄啦。听说那具遗骸证实为小平之时，已经被葬在了无主之墓，所以我们都无处去凭吊。而这风声刚传出来，他师兄就特地准备了奠仪来我家拜访。看样子是相当懊丧呢。"

"相当懊丧？"

"他觉得可惜啊。听说就连已经过世的前代都悲痛不已。"

"前代，你说的前代难道是小平次的师傅？"

——师傅。

多九郎一拍腿。

"那就是说，那师兄就是现今的松助？"

"没错。他就是小平次的师兄。我不知道他姓什么，不过他的的确确出自天下人所周知的音羽屋。前代松助觉得小平有不错的演艺天赋，一眼认准他能在演员之路上有所大成。这可真是麻雀窝里飞出的凤凰。前代松助甚至还请求要将小平收作养子。要是真的托付给他就好了，不料那家伙竟然拒绝了。真是愚蠢到家了。"

"那可真是够可惜的。"多九郎嗟叹道。

"不过这我还是头回听说。我和他交情不算短，从来没听说过有这种事。喂，小平次，你这算是怎么回事，连我都要瞒着吗？"

"要是成就了这桩美事，现在都不愁吃穿啦！"多九郎怒喝道。

"没用的，对他说什么都没用了。你以为自己够蠢，儿子也跟你一样蠢吗？你就眼睁睁地看着这么一桩好事被冲进臭水沟啦。把儿子过继给来路不明的卖药老头，才让他年纪轻轻地就冤死啦。"

"自作自受。"阿冢斟满一杯，一饮而尽，"能把大有前途的孩子如此扼杀的窝囊废，非我家小平次莫属。"

小平。

乳名小太郎。

是小平次前妻之子。

前妻在小平次被逐出师门之际病倒，还没满一年的时间就死了。

前妻过世之时，小平次无论如何也记不起她到底是几岁。不，他只是从来都不太清楚。不过，丧偶之时，小太郎是十二岁。关于这个，小平次记得很牢。

小平次借此机会，将小太郎过继给了他人。他曾经有一次带小平在巡演时演过戏。他也不是偏执地不愿让孩子以做演员为生，只是，不知为何，他觉得这样不行。孩子跟着自己不行，他是这么想的。

阿冢方才说得没错，小平次的师傅十分看中小太郎。小太郎在年幼之时，曾在戏班当过杂役。不知是否因为这段经历，让小太郎从小看惯了门内的小家伙们是如何演练的。到了九岁，小太郎就能模仿那些儿童演员了，而且众人评价不错。

师傅称赞他资质甚高，从此之后师傅对小太郎相当宠爱。

到底自己的儿子资质高到何等程度，小平次并不了解。就算他技艺再为拙劣，也总比自己强吧。尽管心中这么想，小平次依旧觉得那不过是雕虫小技。师傅如此盛赞，门内子弟众多，就算他们有些高见，也不会说出口。技艺是精湛还是拙劣，小平次这种愚钝之人终究是无法理解的。

然而，正因为这样，小平次就越发疏远师门了。小太郎愈是被称赞，小平次就越发嫌恶。仿佛自己被蔑视、被责难。

小平次自知这么想也是无能为力。无论如何，小平次都是个没用的演员。那么拙劣，简直是拙劣至极。不，他根本就没有一点做演员的资质。就连自己，都发自内心地觉得自己没用。

这样下去，总有一天会被放逐出门吧，小平次想。

多九郎说得好，小平次唯一能称道的，便是演那些亡灵鬼怪。其他都演不好。主角就不用说了，旦角、反角、小生，哪怕是杂七杂八的配角，他练过的角色里，连一样都没法自如演绎。演练十年，到第十年无论如何也该成个名角了，然而他就是不行，最后终于被放弃了。

但与其说是遭到唾弃，不如说是不胜其烦。无甚作为却只知浪费粮食，简直是同门之耻。门下弟子们的愤懑已是难以遏制，就连师傅也保不住小平次了。

结果，小平次被逐出师门。

"我不要你了，把孩子留下吧。"师傅最后说的是这句话。

然而小平次本人，对疏远自己的门下弟子们并无憎恨之情，对将自己逐出师门的师傅也无恨意。迁怒于他人本就不对，小平次从一开始就明白。

他很感谢师傅。直到今天也一样怀抱感谢之情。

小平次的师傅这人，是江户大歌舞伎的名角，被人称作"名人上手"[1]。他曾经由于某种缘故离开了上方[2]来到江户，又因某种因缘，将居无定所、困顿无依的小平次收留了下来。不，不仅仅是收养而已，对来路不明的小平次，他竟倾注了心血，对他无微不至地关照，而不求一点回报，乃是小平次的大恩人。他教导小平次演艺技巧，明知小平次愚钝，还送他上了舞台。因此，小平次只敢敬慕师傅的大恩大德，而怨恨师傅这种想法，小平次从来都没有过。总之，全是小平次的错。

与此相对，他反而深感有愧。从没有，小平次从没有一次，满

1　名人上手：指技艺出众之人。

2　上方：以京都、大阪等地为中心的一片区域。

足过师傅的期待。

小平次心想，有朝一日必要报答师恩，又祈愿回报师傅的大德，便勤奋操练起来。如此勤奋，却毫无成果。何止毫无成果，到最终恐怕只当他是恩将仇报。

小平次离开师门，是七年前的事。学艺不精被逐出师门，虽说是事实，但也情有可原。

阿冢说得不错。"在离去之前，请将小太郎留下。"师傅的这句话也属念及情义，然而小平次拒绝了，这也是事实。

小平次拒绝了。

"你的孩子资质聪颖，作为演员，将来必有大成。"既然师傅如此说，那必定属实。小平次也并非有所怀疑。然而，若这确凿无误——

哪怕这小太郎再有才华，也不是他人，而是那不足挂齿、渣滓一般的小平次所生。这渣滓的子嗣，若是阴差阳错在同辈中脱颖而出，仿若名流之后，那还真是滑天下之大稽。到了那时，恐怕没脸去见师兄师弟。

小平次是这么想的。

非也非也，这何止是对不住同门师兄弟。愚钝小平次的独生子若是出人头地有所成就，那无疑会招致纠纷，同门间也将互起龃龉。实际上，这纠纷在当时已然有了苗头。

既然如此，小平次将小太郎留在师门而去，恐怕只是给日后留下了一个祸根。反过来，这纠纷总有一天也会自己寻上小平次，他无论如何都不愿被卷入其中。小平次是这么想的。小太郎自己也不会愿意的吧，他想。

所以严词拒绝了。

阿冢说得对，对小太郎来说，走上那条路并非一桩好事。

是自己将嫩芽扼杀了吗？

瘟神般的愚钝小平次。

果不其然。

"真是莫名其妙。"阿冢抱怨道。

"说不定，我现在已经是大歌舞伎头牌演员之母，风光无限呢。"

"那可说不定啊，阿冢。"多九郎摆弄着茶碗说，"凡事都有两面。若真如你所说，那小平次的前妻说不定就不会死啦。那样一来，就轮不到你出场啦。有那么一个精明的妻子在，这个窝囊废根本别想碰其他女人了。对你而言，他也不是一个值得拼了命去勾引的男人吧。"

阿冢一时沉默不语，接着轻声叹道，"我不知道那女人是个怎样的人。"

多九郎哼哼一笑：

"不过，我也只见过她一面。我和那家伙相识之时，刚好是他被逐出师门，抱着小鬼失魂落魄的时候。我在当时也学艺未精。只不过是有样学样，装作是个流浪艺人，勉强度日而已。"

"对吧，小平次？"多九郎问道。

小平次一动也不动。

没错。虽说拙劣，好歹有十年的功夫。不做演员，就没了一技之长，更是身无长物，还要养活妻与子，小平次没有那么多的选择。

小平次与多九郎的相识，正是在那时候。

不得不继续做演员的小平次，开始演起了巡回的乡间戏。对于丝毫不懂人情世故的小平次来说，在各地辗转，过着浮萍一般飘摇的生活是他唯一的选择。

"也没什么，当时我和这家伙都不过是三脚猫功夫，在江户和上方都是吃不开的没用艺人，只不过在乡下还能演两场。当时这家伙，没错，还带着小太郎在身边。真没想到小太郎竟然这么有天分，我那时可不知道。他大概只有十岁左右吧，是个瘦骨嶙峋的小鬼。我记得最初是在伊豆吧。"

伊豆。最初是在伊豆。

"那次真是血本无归。"多九郎自嘲道。

"我们戏班差点就排成一行集体上吊了。这家伙自始至终摆着一副丧气脸。"

"带这种人出去演出，不亏本才怪呢。"阿冢口出恶言，"那个男人可是货真价实的瘟神啊。"

"你说得也有道理。虽说小平次被逐出师门，可毕竟还是名门出身，就是因为这一点，我们才把他请来了。还真找错人了。就像你刚才说的，把他带进戏班是我干的，这家伙倒是遭了不少辱骂。"

没错。

小平次他——非常拙劣。

"他不光演戏糟糕，性情还那么阴暗，让人难以亲近。他那名字就不好，简直没救了。说到底还是木幡这个姓不好。刚开始就有一群好事之徒觉得可以用他拙劣的演技来当作卖点。那帮家伙应该是把他的糟糕演技比作臭鱼，还特地把他的艺名都给改了。听说过吧，斑鳠可是很难闻的。"

不是这样的。

小平次还记得，木幡两字变成小鳍，是有缘故的。

当时巡回的戏班团长，艺名叫作森田屋一郎兵卫。这个名字，取自江户三座[1]之一的木挽町江户守田创始人——森田太郎兵卫，稍稍改动了俩字。当然，这巡回艺人名叫一郎兵卫，实则与太郎兵卫毫无干系，也无师承。不知是模仿还是假冒，总之与本尊毫无关联。追本溯源的话，当初的森田太郎兵卫本人，只是作小曲而成名的艺人，根本不是什么演员。只是听说继承森田之名的一位演员，成了京师的名角。

听闻那位初代森田太郎兵卫，艺名又叫作宇奈木太郎兵卫。于是一郎兵卫也效仿他，做了一面写着"鳗鲡[2]一郎兵卫"的条幅。本来那只是单纯的牵强附会、文字游戏而已。然而……

"我们技艺精湛，值得品味，好比脂肉丰厚的鳗鲡，堪称豪奢。"旁白如此吹嘘道。一旁之人便顺口开始指点品评。

谁知此时——

"小平次的演技，回味糟糕，何谈精湛，如此技艺如何能下得了口？也就小鳍一般的水平吧。"

不知是谁说出了这句话。

那戏班毕竟是乌合之众。鳗鲡一郎兵卫这个团长也没做多久，请来的成员们很快就四散而去。再往后，森田屋一郎兵卫这人也没

1　江户三座：指江户三大歌舞伎剧团。

2　宇奈木（うなぎ）和鳗鲡（うなぎ）日文读音相同。

了消息。即便如此，小鳍这个诨名还是留了下来。

"虽说他被逐出师门了，还是一本正经，连个名字都不肯改一下。在乡下演戏的，号称音羽和成田的多的是。毕竟是越有名越好。为了招揽观众，哪怕是吹嘘一下，提一下师尊的大名，说不定都能骗到人来看呢。"

师傅。

师傅——前代松助已经在三年前去世了。

小平次还是在旅途中听闻讣告的。

本是比双亲更加敬重的人去世了，却没有流泪。哀伤至极，本应痛苦的他，却不知为何一滴眼泪都流不出来。

为何哭不出？为何哭不出？他再三思量，却不知道哀伤到底是何种心情了。回想起来，前妻死去之时，小平次也没有流泪。当时应当也是十分伤心的啊。真的有过悲痛吗？

小太郎去世之时又是怎样呢？

但没有。

小平次用手指抓紧膝盖。

很悲痛。当然很悲痛了，不是吗？

然而，在发自内心的悲痛下，哭不出来；在不甚悲痛的时候，也不可能哭得出来。

况且，也笑不出来，也无法发怒。自然无法演出。

小平次可以做到的，只有漠然地站在原地而已。突兀地站在预定的位置，凭着模糊的记忆，断断续续地吐出几句台词。那已经够辛苦了。至于念出来的台词能不能让观众听清楚，就不得而知了。

从看台边传来嘈杂的声音，他都无法区分那到底是嘘声还是欢呼。

小平次就是一个如此差劲的演员。

现在也是一样，毫无变化。他活着——就足够差劲。

"真是够差劲的。"多九郎笑了，"不过，虽说巡演是大败而归，但毕竟也不全是这家伙的错。我在那时候也还是个连手鼓都不知该如何拿的门外汉。红尘人世不过是在模仿演戏，只是一场毫无模仿价值的外行戏，根本谈不上是某一个人的错。可是大家仍只迁怒于这家伙。"

"因为他是瘟神。"阿冢唾弃地说，"那个男人，不论相貌、身形、心境，还是言语，几乎都是一场灾厄。"

"我不觉得你说得过分。"多九郎说道，"既然不是他人，而是现在的正妻所说，那就不会有误。就因为我带了那瘟神去，伊豆那回可是赔了个精光。既然说是失败，可不是光说一句回家就行的。要回江户就必须借钱，因为我们连路费都没有。我们已经苦苦支撑，到处搭班演戏，但人人都是穷得叮当响。那时真是伤透了脑筋。我和那家伙，在各地辗转了半年，好不容易从山穷水尽的地步有所好转之时，又听说他的老婆，也就是前妻，重病倒下了。"

前妻，志津。

没错。等着小平次从伊豆回到江户的就是她。

两人都瘦骨嶙峋，形影相吊，这对夫妻实在令人哀叹。妻子到底病到了何种程度，无知的小平次无法判断，但他一眼就看出妻子急需治疗。

然而，瘦削衰弱的她，真是十分美丽。这便是小平次眼中所见。

身无分文自然无法维持治疗。于是小平次丢下小太郎，加入了下一次巡演。回来之时，志津已经不在了。

这本是赚取药费的巡演。

出门期间，都是年幼的小太郎代为照料志津。治疗志津直至她生命终点的那位奇特老人，便是药商孙平。那位老人，才称得上是小太郎——不，小平的至亲。

这些细枝末节，多九郎是不知道的。

多九郎应该是小平次现今最为亲密的朋辈。不，也许仅仅是一名友人。不知是出于同情，还是迟钝，对于人人嫌恶疏远的小平次，多九郎总是放不下心。从相识之时起一直到今日，二人的交往没有断过。几次给予帮助，虽不是知根知底，在表面上还算和和气气。小平次也感受到了多九郎的恩义。然而，多九郎对小平次依然是一无所知。

小平次什么都不说，他自然不会知晓。

"没错吧，小平次？"多九郎说道，"回到江户的时候，连丧事都已经办完了。所以说我只和之前的夫人见过一面。我记得她瘦得皮包骨头，形容枯槁，面色也是一片青白，只觉得她病得不轻。即便如此，还不失礼仪，看得出是一位出身武家的女子。"

"是什么病？"阿冢问道。

到底是什么病呢？

"那个病，或许就是贫穷之病吧。"多九郎回答说，"生活穷困而死。有钱就有救。不管是谁，身上免不了有些病痛。没有饭吃还要日夜操劳，任谁都会衰弱至此的。贫弱便会致病，于是乎就死啦。"

"哈——"阿豕大声笑了出来，"这又算什么？看来那前妻和儿子小平，全都是被小平次杀死的呢。嫁给他就是命数已尽，被他生出来也是命数已尽。我家的这位老爷已经堪称天下第一的无用人、窝囊废，没想到，竟还是一等一的大瘟神！平日演尽了死灵鬼怪，不料他还真是一位死灵。可真算是诛杀亲人的幽灵小平次。下一回……"

"下一回就准备将妾身咒死吗？"阿豕凶狠地说着，翻过身去，双手抓着那一寸五分宽的缝隙，死死地盯住小平次。

"你到底想怎样？就这样，成天躲在这种地方，日日夜夜，鬼鬼祟祟地窥视着妾身。你想用那下流的眼神给妾身下毒，让妾身患病不成？还是说你想等妾身发了疯，要勒住脖子杀人灭口？"

"你倒是说句话啊！"

"不能开口吗？"

"你答应一声又会如何？"阿豕怒骂道，如同大群观众发出吵闹的嘘声。

白皙、细长的手指搭在移门上。

小平次双手抱膝，将脸埋在双膝之间，身体更加僵硬了。

一片暗淡中。

世界忽然被打开了。

安达多九郎

多九郎盯着的，是一个女人的臀部。

对着家主的怪状大发雷霆，一阵刺耳尖叫之后，她趴在地上拉开了移门，多九郎正好能看到她的臀部。

倒并不是起了色欲。不，也并不是完全没有一点色欲。多九郎对阿冢很是在意。虽说不是对她着迷，但还是有睡了她的念头。怀抱如此柔软的身体，要说没有被那肉体勾起欲望，那是骗人的。

多九郎探出身子，做出仿佛要窥探的动作，悄悄地触碰到了女人的腰。

他感觉阿冢的身体在短短一瞬间僵硬了。

立刻放手。

在地窖一般的昏暗中，那个仿佛褪了色的鱼干一般的窝囊废，正抱着膝盖。

"哦，这可真是奇闻逸事。如此难见一面，莫非这位就是秘佛?"

阿冢的神情看来已经顺着多九郎。多九郎心里明白。

"喂，小平次。"多九郎故作不经意地搭话，"还不适可而止吗?

你这算什么样子？简直就是大白天见鬼了啦。"

他说着，身子继续探向前。

躲在储物间下方的小平次，神态显然十分异常。

不知他到底是听见还是没听见，完全没有反应。当然，靠这么近对他大声呼喊，只要还长着耳朵就一定能听见。那他是假装没有听见吗？也并非如此。既不是胆怯，也不是精神恍惚。从他的神情看来，根本就是心不在焉，只能说是一副呆傻模样。

"还真是够严重的。"多九郎不看阿冢，自顾自说道，"我前阵子来的时候，他还能回答我两句话。现在这样，简直连对牛弹琴都不如。这家伙——是一天天变得这么严重的吗？"

多九郎这时才看了一眼阿冢。

阿冢的脸转了过来，但看不见她的眼神。多九郎能看见的只有阿冢耳后的一片而已。

阿冢感觉到有视线投向自己，却无法判断到底是哪里被盯着，皮肤轻轻颤动着。

"哪有的事。"

她在虚张声势。她的声调说明了一切。

"这人一直是这样，从来没好过。并不是他变糟糕了，而是从未变化。也就是说，你所谓的前阵子的某天，我虽记不清是哪一天，也就是你来的那一天，也够难得了，他仅仅是比平日正常了一些而已。"呼吸有几分紊乱的阿冢，面对多九郎这么说道。

"是嘛。"多九郎故意装出冷淡的口气回答道。

"不过这副模样，是不折不扣的病入膏肓了。我说小平次，你要是听得见我说话，哪怕抬个头摆摆手都行啊。"

小平次缓慢地抬起头来。

脸颊瘦削，月代[1]往前延伸，眼神无比迷茫。

"看上去耳朵还没聋。你好好听我说。我可不是为了看你这张恼人的臭脸而来的。我来不是为了别的，就是为了邀你这个哭丧鬼一起出去演戏啦，我可是专程来通知你的哟。"

"此事当真?"阿冢问道。

那是真的。

"是祢宜町[2]的玉川座啦。我和这戏团原本有所来往，和他们的头儿也有一点交情。于是乎，每次到祢宜町附近演出，常常去帮忙伴奏。前阵子，有个来路不明的投机商人，也不知从何方神圣那里筹到了钱，于是便雇我们去奥州一带表演。"

"奥州……"阿冢不由得出了声，"奥州挺远的吧。"

"总之不近。奥州也是个不小的地方。津轻一带算是奥州最远的边界，去那里也仅仅比去虾夷稍近一些而已。总而言之，一两个月是回不来啦——"

"怕寂寞吗?"多九郎戏谑地问道。

阿冢紧紧盯着多九郎。多九郎反而避开了阿冢的视线，望向了小平次的膝头。

1　月代：日本古代男子发型之一，将前额至头顶的头发剃光，使头皮露出呈半月形。

2　祢宜町：位于江户，是日本歌舞伎盛行的地方之一。

"哪怕是强迫也要让你把他带走呢。"阿冢说道。

"这种怪物在身边也瘆得慌,哪怕能早一刻离开我都好。哪怕是给他脖子系上绳子也要让你带走。"

阿冢把手搭在多九郎肩上:"那么——还是得出点钱吗?"

"是啦,作为盘缠,还是要预支一些钱的啦。"

多九郎巧妙地转过身去。阿冢的手没了支撑,只能落在铺席上:

"我可不是胡说。这男人要出个门,哪里要用什么好东西?这预支款,我一分都不会出。他可是幽灵,连饭都不用吃。身上没长腿,也不用穿鞋。只是因为我还活着,他才不得不吃几口饭。到了外面,就不知这蠢货会怎样了。不过,哪怕他再像个幽灵,如此一动不动终究是活不下去的。你就这样拖他走好了,要是中途死了,就丢在路边吧。"

"这可是诈骗啦。"多九郎说着笑了起来,"中途死了可就演不成戏啦。"

"他就是活着也演不成戏。这家伙的蠢样,你再清楚不过了。"

"非也。"

多九郎重新端坐,接着又瞥了小平次一眼。

小平次还是一副他人说什么都充耳不闻的样子。

"那个玉川座,大概在三年前遭了传染病的灾。从那以后,外出公演便屡屡失败,旅途中时常有演员私自脱离,人手大大地不足。"

"人穷智也穷,说的就是他们吧。哪怕人手再有不足,挑上这个人都是愚蠢至极。要让这木偶去帮忙，还不如一只猫来得有用。"[1]

"也并非如此。"

他又瞧了阿冢一眼："这次是演怪谈狂言。刚好是夏天。"

"不知是什么风，竟然把玉川座的头牌旦角喜次郎吹来看了你的戏。就是去年到总川演出那次。于是他感叹道，从没见过有人能演绎出那么让人恐惧又哀伤的幽灵。"

小平次又是一声不吭。

"哼，又是幽灵吗?"阿冢转过脸去。

"就是幽灵演得好啦。那戏团要是没有一点沾亲带故，平日可不雇人，雇人也仅限祢宜町之内。不过这次演的是怪谈，既然要雇我，那自然就得把他带去。"

"你听懂了没，小平次?"多九郎把身子伸得更长，干脆弯下腰把头探进那巢穴。

一股馊味。

"于是乎他们千找万找，也没能找到那演幽灵的演员。无处打听，也无人相识。这是理所当然的，他们要找的可是人称'幽灵小平次'的木幡小平次呢，是个除了幽灵之外什么都演不好的蠢货啊。兜了一个圈子，最后就问到了多九郎先生您，大概如此吧。那还真是当局者迷，没想到竟是您的旧相识呢。"

"又不是找如来佛。"多九郎打趣道，对着阿冢哈哈大笑起来。

1　原文为"猫の手"，日语中用"猫の手も借りたい"（连猫的手都想借来用）指非常忙碌。

"不过，就算我知道是他，也不会直接告诉他们的，只能先卖个关子。他虽没有名气，但也是和音羽屋息息相关的人，何况还性情古怪，寻常手段恐怕是难见一面，我只好尽量牵线搭桥。昨天我就这么吹嘘了一番。要是摇头摆尾立刻答应了，那可就没意思啦。"

"什么嘛，明明是你在搞诈骗。"阿冢说道，"这就跟用纸糊的剑来威胁人没有两样啦。"

"这倒也并非全是骗人。虽说他被逐出师门，曾有过师承是确凿无误的。你看他那样子，性情也够古怪，够难应付了吧。"

小平次微微耸了耸肩。

他到底在想些什么，多九郎完全无法理解。他也根本没想去理解，所以从不去想，就算想了，也未必能理解吧。要说心里话，多九郎真是讨厌小平次到了极点，简直要呕吐出来。不管对他做什么，也只是对牛弹琴、无功而返。多九郎生平最厌恶这种一味躲在暗处、满身霉味的人。

可是。

"你不道声谢也就算了，也没必要说我什么不是啦，阿冢。作为朋辈，我只是同情你家连晚饭都没米下锅，担心夫人的身体而已。无论如何，东家是等着这位小鳍小平次大人呢。你现在多出一文是一文，今后如何我可不管账。"

"哎呀，好一番虚情假意。"阿冢固执地说道，"您从中斡旋的辛苦费，就顺便也抽进您的钱包了吧？"

"没有人会和钱作对的。"

"如意算盘打得真响。"阿冢说着转过身来，"不过呢，这最要紧的一颗珠子，可不会随随便便就能如您所愿呢。就算是我，要把这条臭鱼卖出去还会难为情，何况这家伙，根本不会从这儿出去吧。"

"你倒是出声啊！"阿冢怒骂道。小平次只是稍稍动了动。

"会去的。"阿冢短促地说着，回到了原来的位置，背对小平次侧坐下来，"他会去的。和之前一样。"

"是吗？就凭这样——吗？"

到底会不会出来啊？

在多九郎看来，小平次看上去已经是个废人了。

多九郎惊讶了半晌，慢慢转身面对阿冢。

没有想到这位夫人，用右手支起身子，对着储物间深处的那片黑暗一动也不动。她死死地盯着身藏其中的丈夫。

"我刚才说过。这个人并不是从好变坏，他一向如此。所以，这阵子也好，那阵子也好，他从来就是这副模样，会从那里面钻出来，然后上路的。他在想些什么，又想做些什么，我可完全摸不着头脑。"

"总而言之，还活着。"阿冢说道。

——这个女人。

多九郎开始怀疑自己听到的话。

虽不知为什么会觉得这话很可疑，但阿冢所言确确实实让多九郎的心微微一颤。多九郎从一侧打量阿冢那细长的眼角。

——不对。

一定有诈。

多九郎心想。

阿冢对小平次投去的那目光，充满了侮蔑。

在多九郎看来，那目光中没有一丝情义。

这是理所当然的。小平次是如此愚钝。若是还爱着他，眼神中少不了几分犹豫。没有女人不愿有个人陪伴，但忍耐也是有限度的。若是因为某种误会让这日子延续下去，怎么还可能会有一丝怜爱？他这脾气，没人能习惯得了。所以，就算将他舍弃，与他诀别，哪怕他不得善终，也不可能有一点留恋的。

小平次就是这种男人。

"请把日程告诉我吧。"阿豕说道，"您告诉我是什么日子，那个窝囊废自己会去的。"

"就凭这副尊容吗？"

"是呢。"阿豕背对小平次和多九郎。

"向来如此，总是一不注意人就不见了呢。"

"他总是——悄悄出门吗？"

多九郎感到有些意外。小平次在旅途中确实向来一声不吭。问他什么也不回答，亦没有笑容。然而他却写得一手好字，时常静静地给老婆写信。"你就那么怕老婆红杏出墙吗？你这样面黄肌瘦，能娶到老婆就算不错啦。"剧团中的人时常如此嗤笑，数次对他大肆讥讽。

然而，多九郎却不这么想。

真的有女人能让小平次如此挂心吗？那个蠢货根本不懂什么男欢女爱。哪怕大江干涸都不会有那一天的。这种事儿，作为妻子的阿豕自然再清楚不过。小平次自己也是心知肚明吧。凭着阿豕自己的意愿，哪天随随便便离开他也不奇怪。作为丈夫的小平次，比谁都明白。这种道理连狗都能理解。

在这种前提下，哪怕阿冢真的有了情夫，小平次这边也只能无可奈何。所以说才要阿谀奉承。

像这样一无是处的人，除了谄媚便无计可施了。

不论阿冢心思如何，小平次真是从心底爱上了阿冢。

至少多九郎是这么认为的。不，哪怕不是多九郎，别人也会这么想吧。

所以，写信就是对妻子的奉承，乞求欢心而已。今日到达何处，还有几日归家，事无巨细，一一禀报，一定只是为了讨好阿冢，多九郎思量道。小平次害怕他的老婆，是那种无法放手的恐惧。他害怕妻子离他而去。在破烂的旅店中，在偏远的旅途中，小平次每当回想起妻子的肌肤温存，便感到无比的寂寥和不安——多九郎坚信这是没错的。

那么。

"他一离开家就不知道什么时候才回来吗？不说点什么？"

"瞒着我悄悄出门倒是真的。"阿冢口中带刺。

"我家的老爷真是金口难开。只不过，不论去哪儿，总会写一封留言，说明何时回家。这可让人越发烦恼。明明他在那儿，我在这儿，还要写书信说明，这到底是什么道理？"

"果然还是——写信吗？"

"没错。我家又不是什么武士名门，偏偏在路上还要寄来书信。那种东西，我一眼都不会看。今日到了何处，明日将到何处，全篇都是流水账，我可是一个字都不买账。这种不知真假的事情，写了也是白费劲。有钱写信给我，还不如顺道买件土产回来送我呢。"

"全都撕毁烧光啦。"阿冢谁都不看，兀自说着。

多九郎略微有些同感。

"所以说，多九郎先生，出发的日程时刻，告诉这个幽灵就行。"

"那当然没问题。"

——为什么？

到底为什么？

多九郎忽然觉得十分不自在，从脊髓深处冒出一股奇怪的焦躁感。

——阿冢她……

这种感觉到底是什么？

"您还在慢吞吞地想些什么呢？"阿冢望向多九郎。

"这么一来，剧团出演也没问题，您也能多赚一笔。而我只要付下定金，您就能和这个让人焦躁不已的男人——暂时分开一阵子啦。"

"话说得没错。"

多九郎目不转睛地盯着小平次。

他一动也不动，就连一丝忍耐的迹象都看不出来。被心爱的老婆骂了个狗血淋头，小平次也不哭，也不低头，就连肩膀都没有颤抖过一下。

——真吓人。

让人感到好一阵毛骨悚然。

——真是莫名其妙。

令人害怕的不是他那呆蠢。虽然交情够长久了，但多九郎从没有一次觉得小平次如此可怕。不，这种愚蠢的想法从来就没有在脑海出现过。无论如何都不会有这种想法的。

多九郎一步步靠近小平次，伸着头凑近他瘦削的面庞。

"喂，小平次你这浑球儿。"

他憋了一肚子气。

"给我适可而止。这是你自己的事。到底去不去，给我吱一声啊？"

大概——会去的吧，多九郎不知为何这样想。

"你会去的吧？"

小平次的脖颈稍稍颤动了一下，以此代替肯定的答复。

多九郎已经自作主张地认定他会去，便在小平次的耳旁悄悄交代了演出的流程。

明明没必要小声交代的。

"上路之前记得来剧团打声招呼哟。"

多九郎没指望小平次回答，说完就离开了他身边。

他刚要离开，阿冢就发话了："把那种臭鱼露出来，我胸闷得慌。多九郎先生，话说完了，麻烦您把移门给关上。"

确实让人胸闷。让人心情差得难以呼吸。

一股无法言喻的怒火充满胸膛，无法排遣。到底是在愤恨些什么？多九郎在心中盘算着。

——莫非……

是因为他那惹人厌的样子才让人怒火中烧吧。

——那又是为什么？

"你不说我也会关上的。"多九郎利索地把移门一关。

关门之后，移门又悄悄地从内侧打开了，露出一条极其狭窄的缝隙。

——还想窥视吗，小平次？

移门打开一条缝的一刹那，多九郎便没了脾气。

不管是愤怒还是焦躁，都在那一刹那恢复了平静。同时，胸中无法排遣的那股恶气也通通消失了。

一种破罐破摔、好不耐烦的感觉充斥在多九郎胸中。

多九郎刚来时的轻浮口气完全不见了，口中嘟囔着"告辞了"，勉强寒暄几句便离开了小平次家。离去之时，他还看了一眼阿冢，而阿冢却面朝着檐廊。她当时到底是怎样的表情，已经无法确定了。

关上移门的时候，阿冢好像说了些什么，但多九郎已经没有气力去听清楚，要是问回去反而自寻麻烦。多九郎便直接踩着臭水沟的盖板，来到了大路上。

他听见了本石町的报时钟声。

离暮六[1]还有一刻钟。近几日昼长，天还亮得很。

多九郎转过身来，望了一眼小平次家的黑色围墙，缓缓迈开步伐。

他并没有什么目的地。该到哪里去、该做些什么，多九郎已经完全没了气力。多九郎可以听见路口的焊锅匠正打着一口锅，眼睛却几乎什么都看不见了。

——阿冢。

---

1 暮六：江户时代的时刻法。指傍晚六时，是一天活动时间的结束。

面前出现了阿冢的脸。

不，出现的是透过窗格看到的白皙肌肤呢，还是方才嗅到的女人香呢？

总之都是有关那女人的记忆。

他没有停下，从十字路口转了个弯。

我应该是没有迷上她。

但是想把她睡了。

阿冢大概离三十岁还差个两三年吧。她绝说不上是年轻。

只不过，阿冢这女人，真是能勾引人。瘦削的脸庞、半带烦恼而微皱的眉头、细长的眼角、炽热的朱唇，她的娇艳姿色，足够勾起所有男人的淫欲。她的举手投足，她的嗓音和言语，都仿佛在引诱着男人。

不过，阿冢到底有没有意识到自身言行的含义，就连多九郎也搞不清楚。搞不清楚也无关紧要，那本是无所谓之事。

多九郎看来，那就是对自己的勾引。仅此而已。

方才登门拜访之时，阿冢就显露了浑身的肌肤。

这并不是什么少见之事。穷人总是半裸着。和出家人或是武家人不同，这些市井百姓，向来就是草率而散乱的。身穿一件单衣已经算是得体了，若是身处大杂院的女人，到了夏天只在下身穿一件内裙[1]就到处走动。若是武士家的妻女，穿得如此有失体统，倒还能勾起男人的兴致；那些下贱的女人尽是露半个身子的，可没那精力

1　内裙：和服中的一种内衣，女性下半身贴身穿用。

去——欣赏呢。

然而阿冢就截然不同。

那湿气氤氲、芬芳诱人的肌肤，仅仅是看一眼，就仿佛要把自己的身体吸收过去。那个窝囊废、那个瘆人的蠢货小平次有这样的老婆，真是太暴殄天物了。

所以——

多九郎并不是爱上了阿冢，只是想抱她入怀。

这个念头愈烧愈旺，恰如一团阴火在多九郎的身体中肆虐不已。

然而，多九郎一次都没有和阿冢同床共枕过。

并不是因为朋友妻不可欺。管她是谁的老婆、谁的夫人，对多九郎这个无赖之徒而言，通通无关紧要。多九郎并不是一个思前想后、深谋远虑的男人。何况，管他那小平次会想什么，不，管他是死是活，根本都是不屑一顾之事。

当然，也没有过向阿冢求爱而被拒之事。

想和阿冢同眠，没有比这更简单的事情了，多九郎想。

纵使阿冢根本没那意思，想要骗到手也是万分容易。何况阿冢的丈夫是那么一个愚钝之徒。和那种行尸走肉般的夫君生活在一起，没有女人不会厌烦透顶的。绝对没有。再看那丈夫，作为一个男人，是个连骂一声老婆都不敢的窝囊废。

想要把阿冢睡了，简直就是不费吹灰之力。

何况，每次与阿冢见面，她都流露出意味深长的态度，很难想象她没有那个意思。至少在多九郎的眼中是有那层暗示，只要多九郎认真起来，阿冢定会立刻敞开怀抱的。

即便如此，多九郎自己还是根本没有向阿冢出手的意愿。就算阿冢主动勾引自己，多九郎也不会仅仅因此就拥阿冢入怀。

多九郎这个男人确实好色，但还不至于受制于女人。他在花街柳巷也有不少旧相好。要是厌倦了那批艺伎，能够骗到手的良家女子也多的是。

——所以……

要是一受引诱就上钩，那也太不符合自己的性子了，多九郎想。虽然有句谚语说"辜负女儿心"[1]云云，但是多九郎可不会因为女人对自己有所暗示就随便出手。无论如何，霸王硬上弓和苦苦哀求在本质上是相同的。若是真心所向，那便算了。要多九郎主动去求一个都称不上迷恋的狐狸精和自己上床，这真的不像本来的自己。

阿冢主动——

那女人主动来乞求自己，投怀送抱之日，多九郎等的就是那一天。

若是因为阿冢的动人姿态而暴露了自己的淫欲，那就让她等到焦急万分再说，多九郎想。让她忍耐到无可忍耐，前来乞求说"请您与我共眠"，到了那一天，再尽情享受那一刻的欢愉吧。多九郎已经暗自决定了。

就是为了那一天的到来，多九郎才和小平次交往到了今天。

不懂亲近人，也没什么志气；没有什么长处，也没有什么钱，和小平次这种男人交往下去，连一文铁钱都得不到。没有意思，也

1　原日谚为：辜负女儿心，愧为男子汉。意思是接受女子的引诱乃是男子汉理所当然的事。

并不可笑。

不，何止如此，都没了快活日子，简直要得病。

现在正是这种感觉。这种不耐烦的心境，全拜那位小鳍小平次所赐。

然而……

多九郎又想道，现在越是不快，当这件事成就之时，那种离经叛道的愉快感越会翻倍。

多九郎期待着这一天，直到现在都是抱着如此的想法与小平次来往。正是因为这种想法，多九郎才会一年又一年地照顾着自己最厌恶的男人。

五年——

已经过了五年吗？

我还以为半年都坚持不了。

再怎么说，小平次也是个没用的男人，他能鼓起勇气来对抗吗，抑或是优柔寡断？这还未可知，但不论他能有多少手段，必然是不可能长久的。多九郎当时这样想。

——于是乎……

到了第五年。

到底是什么东西还纠缠着阿冢？多九郎根本没想明白。这艘小舟系在腐朽的木桩上，那缆绳眼看就要被扯断，却始终也不离开岸边。简直难以置信。

——怪不得感到了恐怖。

一瞬间，这样的想法从多九郎的脑海中闪过，而他立刻打消了这个念头。

区区小平次何足为惧，又怎能畏惧？那种想法最要不得。那个男人，是一辈子都上不了台面的人，是活在地狱底层的男人。那么，就不会有在他之下的道理。要是害怕他那种人，就好比是承认自己是身处在比地狱底层更深的渊薮之中。

——然而……

那种令人厌恶的感觉到底来自哪里？

多九郎和一个叫卖声都提不起来、低着头的卖糖小贩擦身而过。

想必这糖是卖不出去了吧。

五年。

在这五年间，小平次一直都是那么没用。小平次越是没出息，阿冢就会越厌恶小平次；而越是厌恶丈夫，就越想要其他男人。而这份欲求越发强烈，那份焦急的等待就越有意义，多九郎一路都在想着这一切。

多九郎正静静等待猎物闯入自己的陷阱。

"请与我共眠，请给我慰藉。"他等待着阿冢亲口说出的那一天。

那个小平次，到时会做出何等的表情呢？是痛哭流涕呢，还是寻死觅活呢？

想起几乎不开口的小平次大声哭叫的狼狈情形，多九郎又渐渐变回了平素的那个多九郎。而就在此时……

"多九郎先生，您这是怎么了？"话语中带着奇怪的声调。

松树的树荫下，一名男子用面巾包住双颊，蜷缩着。

"怎么一脸愁容啊？"那男人说着站了起来。

天色已经有几分暗淡，虽说如此，还未到黄昏时刻。称此时为薄暮未免太过明亮，称之为白昼反而太过昏暗。不过倒也没到不问姓名就辨不出人的时刻。然而，多九郎一时间还真难以分辨出那人是谁，来自何处。

"是我啦。"那男人轻快地解下了面巾。

"什么嘛，原来是德次郎啊。"

"别吓我啊。"多九郎用过分强硬的口气回答道。

那男人是——四珠德次郎。

德次郎是三年之前从奥州一带辗转而来的街口放下师。所谓街口放下师，便是来到街口，招揽观众，表演一些小球消失、口中吞剑的把戏艺人，用所谓的障眼法来混口饭吃而已。他常一边拨动着只有四颗珠子的算盘，一边吆喝着招揽观客，于是就有了"四珠"这个绰号。

德次郎把罩在脸上的面巾收入怀中，回应道："谁敢吓到您啊。"

"您这三宝荒神棚[1]头上都冒烟了，要是摇一摇，掉下火星来那可是要起大火灾的。引火烧身这事，我还是免了。"

"真烦人。你说得没错，我就是惹不得，是个好勇斗狠的流氓地痞，三宝荒神棚多九郎大人是也。不过，你这么说我，自己还不是靠虚张声势来敛财吗？还轮不到你这种靠骗人过活的家伙来对我评头论足。"

1　荒神棚：日本祭祀三宝荒神（火神与降火之神）的棚架，一般设在厨房灶台附近。

多九郎恶言相向。此刻的他就是气不打一处来。

"说得真过分啊。"德次郎笑着说,"我德次郎又何苦去骗人呢?我只不过是卖弄些小把戏的放下师,是货真价实的乞胸¹呢。"

"什么货真价实?你这种人,不还是风餐露宿吗?乞胸虽说表面上低人一等,但还称得上堂堂一个町人。你大概是傍着真乞胸狐假虎威,混来一张执照吧。连木板房都住不起的乞胸,称得上什么货真价实?满口胡说也不怕嘴歪了。真是听得我笑掉大牙。"

等多九郎说痛快了,德次郎慢吞吞地从怀里掏出一块木札。

那是乞胸卖艺的执照,执照上写着乞胸头领仁大夫的姓名。

"看吧,每月不多不少四十八文,我可是付着执照费的。我可称得上是个出色的乞胸了。若是让我去做生意,我大概会当个香具师²,不过我可卖不出什么东西,只能卖艺啦。"

"什么卖艺,嘴上说得漂亮。我听人说,德次郎,你可不光收个参观费,听说还把看戏的人用障眼法唬住,从他们怀里掏钱包呢。"

"您这话说得可太危言耸听了。"德次郎摸了摸自己的脸,"饶了我吧。遇见你多少次,嘴都是那么毒。我那么干就成了顺手牵羊的钱包大盗了。这种流言传了出去,要是进了乞胸头领的耳朵,我的执照就要被没收啦。"

"哼。"多九郎发出了不屑的鼻音,接着紧紧地盯住了德次郎的双眼。

1　乞胸:指江户时期有照经营的街头艺人,有町人的身份。

2　香具师:江户时代的一种街头摊贩,卖一些香具、丸药和稀奇物品。

德次郎长着一张看似和蔼的瓜子脸，有人被他的这点风度骗得团团转也不足为奇。不过这德次郎，一定还干着什么见不得人的勾当。不论是服装还是草鞋，他穿着毫不起眼，而他本身却是个爱卖弄的男人。若真的是有照乞胸，首先就不可能穿成这副德行。

算了算了，多九郎不做深究。

"话说回来，你突然出现又有什么目的？"

"我可没什么目的。只不过到祢宜町办了点事，回来的路上，刚走到大道上，就遇到平日意气风发的荒神棚多九郎兄，他竟奇怪地在路口徘徊，显得甚是萎靡。莫非他被人在肚子上刺了一刀，抑或是钱包丢了？只是打一声招呼而已。"

"嗯——祢宜町吗？"

听德次郎说的话，再一看周遭景物，才发觉已身处雪驮町。这次提到的戏团玉川座就在不远之处。明明本是无处可去，不经意之间，双脚已经不由自主地朝那个方向行走了。

"没要紧事吗？"

"没什么要紧事。对了，德次郎，你好像换了地方混吧？听说你已经把两国的住处退了，最近都栖居在千住一带呢。没错吧，好像说的就是你，还假装是出去办事，多半是挤在男妓屋里厮混吧。"

"我可没有若众道¹这癖好。"

"我是被召唤来的。"德次郎回答道，"是玉川座啦。他们在邀我一起去下次的巡演呢。"

_____

1　若众道：指男子间的恋情。

"等等，你只不过是个放下师，又不是什么演员，凭什么请你去？"

"别说傻话了。"德次郎又笑了，"别以为什么歌舞伎啦，唱戏啦就能耀武扬威了。能登上舞台就高人一等了吗？出身还不是一样的低，真要追本溯源的话，大家可都是一丘之貉。无论如何，乞胸本来就是演乡间戏出身的。绫取、净琉璃、仕方能、猿若、万岁、辻讲释这些全都是戏曲。我和大歌舞伎看来是无缘了，可这对祢宜町来说没有区别。"

"这我明白。"多九郎回答道，"我的话不是这个意思。你在这一带走一遭，能看见不少的小屋。有净琉璃、金平戏还有化物小屋，就连像你这样的笼中插剑和抛小刀的把戏也有。这儿还有猿若戏班呢。何况，我跟你一样，本来都是挨不上号、风餐露宿的人，因为没有一张执照，日子过得比乞胸还困难。怎么可能会看不起你呢？我想说的是，你上舞台到底能演些什么。下次巡演可是怪谈戏，哪怕你是个跑龙套的，还能演个角色。像你这样玩小把戏的，根本没有用武之处嘛。"

"这个啊，我是被叫来演幽灵的。"

"你说幽灵？"

"听他们头领说，他们正在物色的幽灵名演员没准儿来不了了。万一到时候不行，就让我来演。这角色我可是演不来啦——怎么都不行。"

"我推辞了。"德次郎说道。

这个幽灵名演员，说的是小平次吧。

他们大概是担心多九郎故弄玄虚，还准备了一个替身演员呢。

——尽管如此……

"推荐你的是那个演旦角的人吗?"多九郎问道。

"不,没这回事——对了,多九郎大哥,您现在也正要去玉川座吗?虽然我还不了解情况,但似乎那里的头领,对您可是称赞有加呢。"

天色已晚,一个卖灯笼的从他们身边走过。

德次郎露出了严肃的表情。

"站着说话也不妥,多九哥,来一点怎么样?"

德次郎用下颏指了指一边的肉庄,用拇指和食指做出喝一杯的手势。

"还是说您有急事?"

"也没什么急事。这个时辰吃什么野味就算了吧,来一碗乌冬面也行啊。"

"那就在不远处。"

德次郎弯下腰向前转个身,领着多九郎走了开去。

多九郎盯着他的背影,不断地感到心虚,但没有拒绝他的理由。

对德次郎这个小子绝不能放松警惕。他的年纪比多九郎小十岁以上,对人总是"大哥""大哥"叫个不停。多九郎也只好顺着他的意思,表面上装出一副大哥的模样,心中却无法平静。别说对他亲近一些了,根本就是严防戒备。

德次郎说要喝酒,他就顺水推舟说要吃乌冬面。

绝对不会在这种男人面前露出醉意的。

"喂,阿德,你到底有什么企图?"

单刀直入地问，免得徒增麻烦。

"哪有什么企图。"德次郎摆摆手，"我可没忘了三年前您对我的大恩。怎么可能来坑多九哥您呢?"

"那点小事，可称不上什么恩义。"

三年前。

多九郎见到一个乡下人被绑在竹帘里，马上就要被投进河里了，便救了这人。并不是看他可怜，真的只是心血来潮。恰好那时手头宽裕，正想花点钱出去而已。后来一问，卷在竹帘里的这男人使了一些鬼怪的把戏，想要帮妓女逃出去，结果被抓。这小子真是让人没了脾气。

那就是德次郎。

"你当时大声说，要杀要剐随便来，那口气真是够厉害的。这人可真是个蠢到家的刁民啊。我还想，该不会是流落到乡下的江户贵人吧。"

"别这么说啦，我可宁愿您说我是个乡下人呢。"德次郎说道，"毕竟那时候，我也刚离开男鹿岛，可以说是初出茅庐，年轻气盛，什么事儿都想着做到漂亮为止。"

"你是要去奥州吧?"多九郎脱口而出，"就因为这事儿?"

"说得没错。"

"到底是什么情况?"

"就是他们找上了我。我最初也犹豫过，好像离家乡挺远的。虽说奥州很远，但仔细想想，到陌生的地方去演出，管他是远是近都是一样的。只不过是路上花费时间多少而已。"

这话没错。哪怕是到邻国去巡演，也一样不知道会碰上什么事儿。

"好像傍上一个大财主了呢。"德次郎说道。

"大财主，说的就是这回组织巡演的那个投机商人吗？"

"投机商人——那个头领是这么说的吗？"

"难道不是吗？"

"说来他还真是个投机商人。"德次郎说着，一饮而尽，"听那头领说的是这样没错。总之，算上林林总总的费用，加上盘缠和路费，还有扮幽灵的演出费，能给我五两。"

"五两吗？"

比起其他角色来说，演幽灵也只是一场小戏，会按戏份不同来付钱——多九郎也已经听说过这回事，但没听说过具体是多少金额。让小平次来接这出戏的话，给那蠢货五两也太多了。不，哪怕不是小平次，五两都够贵了。真没想到，这回玉川座要进行的巡演，背后竟然有人出得起这么一大笔钱。

这不是好事一桩吗，多九郎陷入了恍惚。

"这么好的差事，你竟然推辞了吗？一下子能赚五两，这么好的机会就白白放跑了，还真是好大的架子。你小子，有钱赚还这么挑剔。"

"别提啦。"德次郎皱起了眉头，"我当然也想赚那五两啊。"

"那为什么就回绝了呢？好不容易才能从头领那儿大捞一把——"

"问题不是那头领，而是出钱的那个投机商人——"

"他可是老谋深算啦——"德次郎紧接着说。

"哼，能被你评价成老谋深算，那投机商看来也不是个省油的灯。"

"说得没错，多九哥。"

"听说过'又市'这个姓吗?"德次郎把脸凑过去，小声问道。

要说听没听过，好像还真的听说过。不过这不是什么少见的姓氏。

多九郎回答说没听说过。

"那家伙就是背后的出资人吗?"

"似乎没错。"

德次郎又点了一壶烧酒。

"你花钱可真大方啊，德次郎。"

"哪里，不算大手大脚，酒钱是另算的。说到那个家伙，又市，年纪不大，在那条道上可是个响当当的名字。在非人[1]和乞胸之间，可是无人不知无人不晓。"

"也是个非人吗?"

"不知道。我一次都没见过他。我从上头打探了一些消息，听说他在两三年前还靠坑蒙拐骗过活，收钱替人消灾，或是帮人断绝关系，处理麻烦。后来，攀上了一个茶坊主[2]，强行做了那人的练武教头，是个无法无天的坏家伙。总之，是个不管对方是谁都敢出价的阴险之人呢。于是乎……"

"于是乎怎样?"多九郎问道。

1　非人：江户时代从事刑场杂役和低级游艺工作的人，是贱民的一种。

2　茶坊主：日本武士阶级的一个职名。

哪里还有心思吃乌冬面。

"总之，对大哥您说这些话也许就是班门弄斧了，不过这世上不论是吃哪口饭，总要有点仁义吧。哪怕是非人，哪怕去乞食，每条门路都有门规。说到这其中的门规……"

"这条路走不通？"

"这倒也未必。"德次郎答道，"哪怕是合乎情理，也有让人难以忍受的原因，我要说的就是这个意思。强大之人未必总是正确，伟大之人未必不犯错误。不过，哪怕是说谎或是无能，身处门路之中，便要坚守仁义，这是世间惯例。然而那家伙，就是爱离经叛道，不知是要替天行道还是要改朝换代，总是与这世上的门规发生冲突。很长的一段时间，他都是销声匿迹、静候时机而已。"

多九郎对这种话没有兴趣。

这世道变成怎样，与他毫无关系。天热就热，天冷就冷，全凭身体感受而动。脱衣穿衣，热便扇扇子，周遭不论变得怎样，只要自己免遭其困扰，就不感觉有任何的不自由。这就是多九郎的处世之道。要是自己过得不舒畅，却妄图去改变气候，有这种想法的人只不过是蠢货而已。

"真是个大蠢货呢。"

"实话实说，也并不尽然。"德次郎回应道。

"总之，三言两语看来，这家伙还真是个了不起的人。不过一事归一事。总而言之，这次玉川座去奥州巡演的幕后人，就是那个又市。"

"你这话又是什么意思？"

"是说这背后有蹊跷呢。"

德次郎把筷子放下，面朝多九郎，递出了酒杯。

"这个又市如果在背后捣鬼，那这次巡演一定就跟一连串的丑事串联着。幽灵这种角色，为什么偏偏要我这样一个门外汉来代演？总让人觉得古怪。"

"谁知道呢。"

没错，幽灵这一角色，并不是呆板地站在一边就能行的。要演好死人，自然有其困难之处。为了表达这种困难，演员是要下种种功夫的。过去是用绳缆特技来做出奇特的动作，展现出非人的状态。最近还会在舞台上添加机关，用道具使人感到惊奇。演员则必须演出怪物般的凶狠和可怖。但若演得用力过度，不管做什么都只会显得滑稽可笑。

正因如此，所谓的点到而止还是很困难的。

要说想到了哪个演员，倒是有一个曾经演出过的人。多九郎想，小平次总而言之是没什么才华，也只有这点能耐了，但绝对不是什么技艺超群。他使尽浑身解数，也只不过是点到而止的程度。也正因如此，小平次根本没法演好一个活人。要演好一个活人，总要有点灵机以应变，还得记住这个那个。

多九郎反复打量着德次郎的脸。

"怎么啦，多九哥？盯得我直发毛。"

"真是的，我看你这张脸，根本就不适合演幽灵呢。"

"所言极是。"德次郎说道，"如果指名要我表演的是那个又市，那么，表面上可能与之一点关系都没有。不是我自吹自擂，我都这个年纪了，被人嗤笑过，也被人褒奖过。所以说，真有什么大财主想要买我的一点雕虫小技，要说理由只有一个。"

"你的障眼法吗？"

德次郎颔首："那么，其中一定有蹊跷。"

"或许吧。"多九郎伸出手，接过德次郎递来的酒杯，一饮而尽，"那又怎样？"

"真是的，多九哥，您不是已经猜对一半了嘛。若是那个演幽灵戏的名角儿顺利请上门，这件事就当没提过，头领那家伙对我可是这么说的。我心想，要能和这个幽灵名演员传话，多半还是得靠打鼓的那位荒神棚大人呢。"

"你说得不错。"

烈酒微微烧灼着喉咙。

"把这个难缠的名演员带去就是我的任务。"

真是个不得了的名演员呢。

"这话……"

"总算接上了。无论如何都没有你出场的机会。"

"既然如此……"

"你为什么做出那个表情？你以为我是什么人？虽然我不懂那是什么来头，这些破事儿我可一概不知。管他是神是鬼，能给我钱就万事大吉。"

"所以，我都说了好几次了，这桩事儿……"

"背后有蹊跷——吗？多半是有吧。但那又如何？你听着，阿德，管他叫又市还是什么鬼名字，你可是能捞到大钱五两呢，怎么看都是报酬丰厚，又不必担什么风险。就算后头有什么幕后人，这可满满的是钱的味道啊。我不知道你是什么胆量，多大点动静能让你吓得摔下来。我啊，和你不一样，觉得这是一桩美事，可是乐意之至呢。"

"不过，多九哥，这事对你来说也许还不错，不过你带去的那个名演员，说不定就会被卷进麻烦之中呢。"

"只要我自己混得好就行了。"

那种家伙，小平次那种家伙，任他怎样都好。

多九郎在一刹那，横下了心。戾气在喉头深处汇聚，化成了锐利的恶意。

——他死了才好。

多九郎注视着空空的杯底。

橐吾阿冢

阿冢横躺在窄廊边，眺望着庭院。

说她是在眺望庭院，庭院中的景色却完全没有入她的眼。她的头脑中仿佛流淌着淡墨，模糊一片。夕阳的光芒愈加暗淡，庭院中狂野的景色也渐渐变作蝉翼般的昏黄，她只是朦朦胧胧地感受着一切。

阿冢大概已经有好几天都没进行过任何思考了。她到底是不愿去思考，还是无法思考，都无从得知，这些在她那颗空白的头脑中也无关紧要。她只是将空气吸入呼出，咽下唾沫，度过困乏的白昼，三餐可食可不食地度过每日。太阳落山也已经毫不在意，连动也不愿意动，直接入睡。这便是近日的阿冢。醒来之时，也未必是早晨，就连是醒是眠，其间的边界也变得模糊不清。不知是梦幻还是现实的谎言，在蒙昧之中躺下，不经意之间身体又开始活动。就是这副模样。

即便如此，还是没有死。

——可笑至极。

她这么想。

既然什么都不做也不会有任何的后果，那么就算做些什么又有什么意义呢？最终就连这个问题也变得无从发问。既然没有美味的感触，就没有难以下咽之物；既然没有欢愉的感触，就不会有哀伤；既然没有爱慕之情，就不会有悔恨。

不管是谁，都不会愿意去吃味同嚼蜡之物，也不愿遭受哀伤之苦，更不愿空留悔恨。正因为盼望过上好日子，想在欢乐祥和中度过每日，人们才会去从事各色行当。挥洒汗水的劳作，日复一日的煎熬，在乎旁人的眼光，一切行为都是为了招徕幸福吧。既然如此……

阿冢想，世人皆赞誉勤奋朴素，这到底有什么意义？阿冢无法区别勤奋与贪婪，也不知节约与吝啬有何不同，更不清楚情爱与执着之间的差别。

所以……

无为的生活，与怠惰之间有什么不同，现在的阿冢是无法理解的。

与其说无法理解，不如说根本不愿思考。她的脑中就像是塞满了麻秆。

阿冢向后伸手，把移门关上了一半。

小平次——在盯着看。

真讨厌。

讨厌到浑身汗毛倒竖。

尽管这么讨厌，却是无可奈何之事。

不，一想到无可奈何，又觉得难以忍受。

一日从早到晚都不说话、不哭也不笑的丈夫，就连站起来走几步都不会。简直活得就像一尊佛像。不，他要是佛像倒还好了。阿冢的这个丈夫，不哭不笑不动，却切切实实地——活着。

一声不吭，连活动一下手臂的声音都几乎没有，这副模样竟然还有气儿。

那是当然的。小平次不是人造之物，是个活人啊。既然活着就会呼吸，眼皮也会开合，也稍稍会动几下。存在于那里的一点点意识凝聚成了他的气息。

阿冢对那种凝成一块的气息异常厌恶，简直心烦透顶。因此，阿冢不时就把小平次骂个狗血淋头。

你别给我乱动！

挠脚的声音真让人难受！

你也配唉声叹气？

别给我发出声音。

真是烦死人了。

烦死人——这怎么可能？小平次能发出的声音，不论能否听清楚，都只是极其微弱的声音。不过，这声音越是微弱，小平次就越惹人厌。他要是不在倒还不在意，但一想到他还在那儿，人就变得更敏感，越是敏感，听到这些细微的声音，就越坐立难安。

感觉有些不同了。

不，当初应该是自己过于歇斯底里了吧，阿冢想。

当初，就算是一根汗毛掉在铺席上的声音，她都能听清楚，耳根始终难以清净。这或许只是个借口，不，是明摆着的丧失了理智。若不是有什么神通力，根本不可能听见这种声音。然而，当时就是听到了。不，是被"似乎听到"这种念头控制了吗？那么，人已然是疯了。心中反复想着"不必在意""不必在意"，可这念想却让精神陷入病态，连心都被腐蚀了。

阿冢对小平次怒叱、狂骂、痛揍一通，实在是厌恶到无以复加。捶打，痛殴，脚踢，还不解气，直到把屋中的一切物件都打碎。

就算阿冢发狂，小平次仍毫不抵抗。若是被痛骂，他便一味道歉；就算抬起手，也从未还过手；挨着阿冢的脚踢，他也只是缩起脖子蜷成一团。他这卑微的态度，更让阿冢气不打一处来。那难以容忍的卑微模样，令阿冢连一点儿宽恕的念头也没了。尤其在儿子死后，他的这种态度就愈加显著了。

最终，小平次隐匿进了储物间。

难以接受。

这么说来，好像阿冢就是个恶人。小平次根本就没有做过该被责骂之事。他什么都不会做，也是理所当然的。总而言之，小平次明明什么都没做，却被老婆非难，只敢道歉和忍耐。就这样躲了起来，也称得上狡黠。无法释然。要说到什么都不做，其实阿冢也是什么都不做。虽说她比别人的老婆要更怠惰一些，可只要丈夫支使她，不论是做饭，扫地，还是缝缝补补，她都愿意做。丈夫若一声不吭，她自然什么都不做。

然而，别人可不是这么看的。他人眼中的阿冢毫无疑问就是个恶妻，小平次赚的虽不多，却是个温顺而懦弱的丈夫。只要他们这一想法不变，哪怕说得再多，听在他人耳中也不过是自我辩解。酒鬼、赌徒、花痴、暴徒，就像这世上有无数令人唾弃的无赖一般，世上也从不缺少在背后说丈夫坏话的女人，从不少这个说自家相公过分、那个说自己丈夫卑鄙之类的是非之事。若是住在村口水井旁天天听那些流言蜚语，简直会让人觉得这世上就连一个正经男人都没有。

一言不发，性格阴暗，毫无男子气概，这反而不算坏事，好像是这世上一开始就定下的规矩。

能倾听阿冢想法的人，一个都没有。

正因如此，她连一句抱怨都无处发泄。

再看那小平次，哪怕阿冢再怎么施暴，再怎么怠惰，既不会发怒也不会叱责。哪怕对他毫不公平，也没有一句抱怨，只会忍耐和道歉。

他越是道歉，阿冢就越是怒火攻心。

他仰视着露出卑微的表情，简直可以让人腹中翻江倒海。

——卑鄙。

太卑鄙了。只不过是个穷演戏的，又不是什么得道名人。摆出一副圣人君子的样子，以为自己是天仙下凡吗？

你倒是嗔怒一下、哭叫一下又能如何？哪怕不觉得自己有什么错，那就把"错的是你，我恨你"这些话叫喊出来，怒吼出来，那还算得上有一对夫妻的样子——

可不论阿冢说什么，他都没有回应。

如果这真的有用，从一开始就不必心力交瘁了。

不论怎么想，都没有结果，所以阿冢停止了思考。若是成天想着厌恶，心态难免变得傲慢。但对阿冢而言，她只是单纯地厌恶而已。小平次也许已经疯了，就算这样，无法忍受这事实的阿冢反而显得肚量狭窄。这大概不是对方的错，而且，面对丈夫的怪异举动，阿冢只是肆意打骂，这也是事实。

——就是因为你不骂我。

拿孩子对父母的态度打个比方，你如果不骂我，我就会继续自己的恶行。这种别扭的抗争，就是因为遭受打骂而反生怨恨，将自己的错误行径推脱到他人身上。而阿冢直到最后都没有得到任何回应，只是不断地施暴，连自己都厌恶自己了。

所以她停止了思考。他人也好，自己也好，这世上的一切也好，如果全都不去关心，也就没有什么烦恼，不去喜爱便也没有嫌恶。并不是就此原谅了他，只是废人一般的丈夫和废人一般的自己，都已经无关紧要了——

她决定这么想。

有了这个决断，头脑之内就变得一片朦胧，心情也轻松了几分。是喜爱还是厌恶，是正确还是错误，是善还是恶，是欢喜还是哀愁，什么虚荣，什么体面，什么大义，把这一切抛之脑后，整个世界便模模糊糊地远去，仿佛包裹在绢丝之中，什么都感觉不到了。

这样一来就再也没有困扰了。

——毕竟……

人还没有死。

不过……

即便如此，偶尔，肚子下面，小腹边缘，不知有什么会一阵阵地沸腾不已。

刚才就是这样。

明明不热但身体却在蒸腾。什么都不做，单单是卧着，身体都仿佛会潮湿而腐烂。虽然麻烦，但她还是打了一桶水，擦拭了一遍身体。在这之前还没有什么变化。

直到，露出肌肤的那一瞬间。

不，是用水轻拭肌肤的那一瞬间。

隐隐作痛。

眼眶边的筋肉感到隐隐的刺痛。

一直沉睡在身体中的股股怒气苏醒了。麻痹了许久的身体瞬间觉醒过来。

忍耐了一小会儿。她背对储物间，尽量避免被移门缝隙中的那双眼睛窥视到。为了镇定，她还饮了酒。若是能喝个酩酊大醉就不必起什么波澜了，她这么想。

然而，喝得越多，五感就越是清醒。

那个，昏暗的缝隙间，投来的鄙俗而黯淡的眼神，那双卑鄙又狡猾的眼睛。

光是一想到，阿冢就差点吐了出来。

怒骂。不留情面。厌恶憎恨到无以复加。

正在此时，那个打鼓的家伙来了。

——多九郎。

觑着一副不知所谓的表情来套近乎，真是个讨厌的男人。

五月的雨，哪怕是刚下完，天空仍然阴沉到随时都能掉下来。

卖柴火的发出几句异样模糊的吆喝声，仿佛随着走廊滑进了耳朵。

后门边的石榴树旁，挂着一件褪成铁锈色的和服。

"这天阴沉得都快压到地上啦。"

阿杵仰视着天空，露出仿佛吃了个涩柿子的表情。

阿杵是居住在正后方联排屋中的木屐商人多助的老婆。这联排屋附近大多臭不可闻，对阿冢来说却是气味相投。不知是因为什么而搭上了话，难得与人交往的阿冢，常常从能言善道的阿杵口中了解到外界的风潮。

阿杵拿着一个烤山芋。

"我也搞不清楚哪儿来的，总之是别人送的。"

阿杵冒冒失失地闯进家中，避过阿冢的身子，窥探屋中的样子。

"你吃不吃这山芋不关我的事。要给我家那死不足惜的窝囊废吃的话，我看还不如直接扔了的好。"

"才不会乱扔呢，多浪费。"

"能填饱肚子对我们这些穷人来说就再好不过了。"阿杵说着，走过庭院，坐在了阿冢的身旁，把装满山芋的筛子随手丢在走廊边上。趁这机会，阿杵的眼睛紧紧地盯着座席的深处。看来她是相当在意里面的状况。过了一会儿，阿杵终于开口了："还是躲在里面不肯出来吗?"

"和平常一样啦。"阿冢回答，其实她根本就不想开口说话。

"真是个怪里怪气的老爷呢。"阿杵的脖子扭得更厉害了，朝里面窥视，"不过人这么安静不也挺好的嘛。我家的那个老不死的，整天咚咚咣咣地来来去去，简直要把人吵死。就算是睡着了，还要磨牙和打鼾，踹他一脚都不肯起来。真想把他塞进箱子就这么丢掉算了。"

"跟你换个丈夫呗。"阿冢抛出了一句异想天开的话。阿杵说的话完全没有进她的耳朵，更别说用脑袋去想了。真是所谓的左耳进右耳出。

阿杵嘿嘿地笑了。

"真要换也不错呢。不过真不凑巧，我们挤在联排屋里的，可不是什么上等人。你那位小平次大人多半会不愿意吧。"

"既然要换，就连这个屋子一起换给你。"阿冢说道。

"那可是梦想成真了。不过阿冢啊，这屋子算得上是你的吗？"

"当然，是我的东西才愿意给你嘛。这跟你送我山芋是一样的道理。"

"这可真够大手笔的。"阿杵冷冷地说着，双手摆出八字形，环顾左右，又瞧了瞧天花板。

"连屋子带老婆一起拱手相送，这当演员的真够慷慨的。"

"说什么演员，让人笑掉大牙。那可是个废人，男人中的人渣。"

"别看你长这么漂亮，嘴还真毒。"阿杵笑了。

"你是喜欢才嫁给他的吧？"

"怎么可能有这回事！"

这是不可能的。哪怕天塌了都没那一天。

"哎呀，说错了吗？"阿杵皱起了眉头。

"真是人言可畏。"

"莫非是听说了我花钱把痴迷的演员买回家吗?"

"这种话倒真是没听说过。"阿杵不自然地辩解道,但她的语气和神情早就露出了马脚。

外界的传言就是这样的。俗话说"坏事传千里",哪怕不想听,这流言蜚语也会钻进人的耳朵。

传言她耽于戏剧雅乐,爱上了有妇之夫的旦角主演,一掷千金去笼络他,搔首弄姿去勾引他,终于横刀夺爱。遭她羞辱的原配妻女均愤然而死,那演员的独生子也被逐出家门。于是演员就好比娼妓签了卖身契,被终日锁在家中。虽说还让他出去演戏,可这举世稀有的恶妻,竟然连饭都不给他吃,衣服也不给他换,厌倦了之后就对他拳打脚踢,从此之后这位丈夫便患了失心疯。外界的传言大致如此。

虽然常言道"无风不起浪",流言终将随时间淡去,可过了很久,这些毫无事实依据、根本站不住脚的恶言恶语,依然没有收敛的迹象。

"谁会喜欢那种人啊。"阿冢说道。看来她打算继续说下去。

"他又没有什么演戏的天赋,说我是迷上了他才嫁给他,你看我们像是这种夫妇吗?这一带那些叽叽喳喳叫个不停的雀儿,全都是只会传些下流段子的野麻雀而已。真想把她们的舌头都拔下来。"

"哦呀,真吓人。"阿杵探出脖子。

"不过呢,我们这种穷人家,哪有什么挑丈夫的资格呢?叽叽喳喳的麻雀们,其实羡慕得很。毕竟啊——"

阿杵抻长的脖子忽而一转,"这屋子原本可是……"

"一个富豪的妾宅。"阿冢回应道，"隐居在此的是个木材批发商，那老色鬼死了之后，绕着他团团转的女人立刻就嫁给了其他男人，这屋子空了下来，我便便宜买下了。"

"再怎么便宜也是独户的屋子呢。为了和丈夫一起过日子，花了不少钱吧。"

"是我要住啦。"

阿冢一直都想要一间屋子。

"有间屋子就什么都好办了。只要能避风雨，哪怕没钱吃饭，身在大江户，总能挨过去的。再说我哪里知道那个蠢货是靠什么吃饭的，直到一起之后才知道呢。那副德行还能算是个演员？我知道这事儿的时候都已经嫁给他一个月了。"

"原来是这样。"阿杵大声叫了出来，"这样说来，你这人也有点古怪。这世上哪有老婆不知道老爷是干哪一行的？"

"这样的老婆就在你面前啊。人吃哪口饭，这根本就是无所谓之事嘛。"

"那你是迷上了他？"

"你可真是纠缠不清。我根本不可能迷上他。"

不，也许从过去开始，这个问题就没有答案。喜爱与厌恶是那么重要的事吗？阿冢无法理解。话说回来，人有心无心又有何不同？清晨会变成晌午，晌午又会变成黄昏，一切都是会变换的。哪怕是再喜欢的人，总有一天都会厌倦的，厌倦之后再换一个人也并非罕事。既然嫁人就要从一而终，为了配偶，隐忍到底吧，这不就是世上人人称道的说法吗？既然如此，因喜爱一个人而选择一起过日子根本就毫无道理。

——那么……

为什么人偏要结为夫妇呢？来到同一屋檐下生活又是为了什么？

"你怎么不说话了？"阿杵略显无趣地说道。

她没脾气地甩动着双脚："我可不会拿这事儿来跟你纠缠不清。哎，那些个麻雀就算了，我可是不同的。毕竟都看在眼里呢。"

阿杵再次歪过头向屋内深处窥探。

"我可不知道过去发生了什么。那种男人可不是能被女人喜欢的类型。说到底毕竟是那个样子。你坚持说不可能爱上他，我也不是不能理解。即便如此，你仍然是那个小平次大人的妻子啊。又不是有人强迫你。哪怕不是迷上了他，也是你自己主动嫁给他的吧。"

话说得没错。

然而……

"还能是怎样？莫非你要回答，我又不是武家出生，这桩婚事是父母之命吗？"

没有回答。阿豖已经懒得回答。

"就说说呗。讲给我听听。"

阿杵把脸凑过来，不知为什么闻到了一股木屑的香味。

"实际上，关于你的事迹，大概和外界传言的正相反吧。"

"正相反——是怎么说？"

"那个……"

阿杵眯成一条细缝的双眼中，眸子微微一动，指向屋内的储物间。

“你爱上了这个没用的男人吧。”

仿佛耳语般小声。

“乞求一起生活的人，明明是阿冢你自己吧。”

“那——”

那，大概，不是这样。

“说得没错吧。”

“毕竟——”阿杵一副心知肚明的表情。

“你不是既年轻又漂亮吗？在深川一带游荡的那种气量的男人，根本入不了你的眼吧。我不知道你是靠什么赚钱的，不过也藏着一笔小钱吧。”

“不是我赚来的，是父母遗留下的财产而已。就是因为这样，我被一笔婚资绑住了，连三行半[1]都不给我写。”

“原来如此。”

“什么？”

“那个演员嘛，按照你的话说，不就是一根怎么煮怎么烧都嚼不烂的干萝卜吗？”

“只不过是个被逐出师门的渣滓而已。”

“那么，躲在那儿的本尊，要么就是要你的身体，要么就是要你的钱。”

“钱一点都没少呢。”

1　三行半：江户时代夫妇断绝关系时所写的离别状。

阿冢手上的钱，除了用来买房的，连一文钱都没花出去。生计方面，是靠小平次那些可怜的收入支撑着。她从来就没想过要花钱。

"啊呀，真是的。"

"如果是我，早就不小心花光了。"阿杵坦白说，"毕竟你还有——"

"那家伙根本就赚不了钱，每天都揭不开锅。"

嘴上提到他的时候也不给情面。那个愚钝之徒根本就没有一点值得正眼看的价值。

"手上有钱都不花吗?"阿杵看来相当惊讶，"你这人真的很古怪。"

"说得对。"

阿冢终于站起身来。

"虽然说是父母亲给的，这钱毕竟是来自他人之手。"

"你这么说，那父母现在如何了呢?"

"听说都死了。"

阿冢的父亲——

阿冢的家族曾经富甲一方。

"我啊……"

不想说。这事儿连对小平次都没有说过。

然而，嘴还是停不下来。对阿杵这种根本无所谓的人，为什么要把这么重要的事情告诉她，连阿冢自己都觉得疑惑。

"我也是天皇脚下生人。"

"原来是关西出生的吗?"

"大和之庄。"

阿杵直说不知道。

"是百姓吗?"

"我家,是曾被称作穗积长者的大户,也就是所谓的乡绅——"

"大富之家吧?"

"那为什么你又……"阿杵再次探出上身,"发生什么了?"

"这个嘛。全都是我不好。十五岁的时候,我患病了。"

"患病了?是什么病呢?"

正对着阿杵那张呆蠢的脸,阿冢没了说下去的欲望。

"这些事根本无关紧要啦。因为这病,来来回回折腾了许久,我在十九岁时离开了家。我手上的钱,就是当时,离开家之时——"

——一点盘缠。

父亲是这么说的。

"总之有种种故事啦。"

阿冢斩断了话茬。已经够烦人了。

"于是乎就无处可去了。"

"真是搞不懂你。"阿杵歪着头。

"就好比千里迢迢嫁出去,可那户人家却因为一场大火全部烧光了。"

若真是一场大火才好呢。

"如此这般,我想回家也回不了了。"

"是嘛,换作是我,就立刻卷铺盖逃走了。"

"我只是讨厌这样的做法。"

怎么可能——回不了家？

"于是我就成了以石为枕的无根之草，从西流落到东。也曾走偏，也曾迷路，也曾一路流浪。被欺骗过，被强迫过，也被威胁过。女人靠一己之力活着大抵就要遭这些罪。我仿佛被吸引到了这儿，来到江户的时候是五年前。当时，在前往江户的水户街道路上的一个旅店。我——"

遭了劫难。

"劫难吗？"

"装作旅客来骗夺财物的人，抑或是敲诈勒索的无赖汉，旅途上多的是这种不守规矩的家伙。家常便饭了。"

"我可是连伊势参拜这么近都没出过门呢。"阿杼嘀咕，"听你说旅途是这么吓人啊，可那帮男人倒是津津乐道呢。你身上又没多少钱，为什么会盯上你？"

并非如此。

"我当时，穿得像乞丐一样破烂，那些地痞流氓和行商人，都没想到我身上带着大钱呢。"

女人是不应该一个人上路的。

走在黑漆漆的小道上，身形优美反倒成了一种麻烦。

比起这些——

她更不想去碰这些钱。

"我直接装在小篮子里了。"阿冢毫不在意地说，"那个人渣——就是当初在旅店里认识的。"

现在想来，小平次当初应该在去北方巡演回程的路上吧。当然，阿冢当时根本不认识小平次。就算不是阿冢，看那男人落魄的神情、羸弱的体态、一脸穷酸相，任谁都不会相信他是个演员的。

何况……

还笨嘴拙舌。

大概一路回到江户都没说过话。

"他救了你吗?"阿杵问道。

这有意思吗? 阿冢觉得这一点意思都没有。

"是不是你身处危险的时候，被他救了一命呢?"

"他当然不可能会救人。怎么可能会救人呢? 那个人渣就像佛塔一样杵在那儿而已。而我就……"

小平次仅仅是当场站着。

那个人渣就直挺挺地站在祭坛的阴影里，就好像是真正的鬼怪一般，他仅仅是看着阿冢被人调戏。直到一切结束之后，小平次才怯生生地，出现在了一里冢[1]之前。

那天晚上，阿冢和小平次睡了。

她不是主动追求，也不是被追求。

小平次就像婴儿一样贴在阿冢的肢体上，不知为何呜呜地哭了。

真是让人毛骨悚然，连一丝怜爱之情都感觉不到。

更不要说什么爱慕之情了，只会让人越发厌恶。

——即便如此，从那时起就一直……

"那为什么还成了家呢?"阿杵发出惊讶的叫声。

1　一里冢：每隔一里的土冢，相当于里程碑。

"谁知道呢。当时，那个人渣之前的夫人刚好归了西，儿子又给了别人带。说我横刀夺爱简直是胡说八道。又不是我想要接近他，求他和我在一起。"

"不过呢，日久生情也有点过了吧。就为了这个，还买了屋子?"

"才不是日久生情。"

"那又是怎么的? 同情心作祟吗?"

"也没有那种事。"

一切都无所谓。一定是这样。

除此之外，简直难以想象。再怎么想，阿冢还是很讨厌小平次。

并不是没法喜欢上他，而是纯粹的讨厌。不管是容貌、动作、声音、话语，他的一切都令人厌恶至极。就连说句客套话都没有值得奉承的地方。根本就无法与人走得更近。哪怕花一辈子，也没办法与他互相理解，更加不会想要去互相理解。

除了对一切都无所谓，根本没法解释。

有一个证据。

阿冢到现在，连自己真正的名字都不曾告诉过小平次。

就连阿冢这个名字，也是不经意间产生的一个称呼。

或许是因为在土冢前相遇了吧——阿冢自以为如此。但不管怎样，这都与小平次所说的不同。也许这就是不可思议吧——阿冢也曾这么想过。

正是因为一切都无所谓，才会扯上这种奇怪的关系。

阿冢看了一眼庭院的角落，那里生着几株橐吾[1]。

——那是……

"那才是我真正的名字。"阿冢说道。

真是一样的莫名其妙。

"谁会信呢?"阿杵退到了庭院。紧接着露出了格外下贱的表情，"这个人真是疯了。"

"多半没错，真是疯了呢。"阿杵反复说道。

"所以说啊……"

话说到一半，阿杵再一次朝围栏的方向窥探了一下，转过身来，"阿冢妹妹。"

难得地直呼其名。

"又怎么了?"

"真讨厌呢。你大概又要怪我多管闲事，哪怕你要换个男人，也是花点心思挑一下的好。我想说的只有这句话。"

"换个男人又是怎么说?"

"我刚才还和那个打鼓的擦肩而过呢。"

她说的是多九郎吧。

"那男人可不行啊。"阿杵说道，"虽然看上去人模人样的，可是他心术不正，不会听你好好说话的。乍看他待人处世都挺漂亮，说起话来道貌岸然，其实那全都是花言巧语。把女人骗到身边来，玩腻了就抛弃，根本是个壁虱一样的男人。哪怕是傍个富翁还得挑几

1　橐吾：多年生草本植物。

回。那家伙肯定是不行的。"

阿杵眉头紧锁。

原来如此,她是这么想的吗?

"这我比谁都清楚。"

阿冢像猫一样伸了个懒腰。

"我怎么可能找那种男人当情人?"

"哦呀,原来不是吗?"阿杵努了努下巴。

"那个打鼓的,早就知道他只会出入于那些到处都是铜臭味和铅白粉的地方。我在这儿都见他来过两三回了,我能打包票,他就是打你的主意呢。"

"你搞错了吧。他是小平次的朋友。情夫只让人无比心烦,我哪里会要这种人?他来也只是寒暄几句而已,来一次我就越厌恶他一分。老是色眯眯地盯着我来回看,真是浅薄!刚才来时兴致勃勃,离开时可就败兴而归了呢。"

"看见他就横生厌恶。"阿冢决然地说道。

——和小平次相比,还真不知道哪个更讨厌一些。

"是嘛。那我就安心了。原来他不是你中意的男人呢。真是不好意思,又多管闲事了。哪怕是个窝囊废,好歹有个丈夫在家——"

"啊呀。"阿杵忽然大叫起来。顺着她目光的方向一看,储物间的移门已经完全敞开。

再看里面——空空如也。

阿冢开始在铺席上寻找小平次的留言。

玉川歌仙

玉川歌仙凝眸注视着自己身后那一片仿佛鱼肉片般的冷白色。

它既像是镜中的一片迷雾，也像是背后纷乱景色的一部分。

既然已经映照在镜中，那毋庸置疑一定是存在于此的，然而它不论怎么看，都显得甚是淡薄，几乎让人感觉不到厚度与重量。哪怕是刻在木板上的图案，都多少有些厚度，然而那镜中一角的白色，就是连磨损的帷幕，也似乎要比它更重一些。

它正低着头，一动也不动。

这是一种难以形容、不可思议的光景。就好比一张锦绘[1]生生贴在半空中。那只能让人想到镜中出现的幽暗虚像。

莫非是自己眼花了？歌仙回过头去。

回过头去却什么都没有看见——几乎已经确信了一半。

然而……

定睛一看，它仍然在那儿。

1　锦绘：指彩色浮世绘。

真真切切，不知这说法对不对。

那既不是一幅绘画也不是舞台背景——那是一个名叫小平次的活生生的演员。

很难……

很难想象那是一个活人。卸了妆又去了扮相，就连绢布衣裳也已经脱掉，可小平次在舞台之上仍然是一个幽灵。不用穿寿衣也不用涂白粉，小平次便是死人本身。不用鬼哭狼嚎也不用什么酒火。这些东西，就算用了也是白费。就如同在真正的原野上，用一丛杂草来做背景，只会让人当成一出滑稽戏。

——这……

"这可了不得。"歌仙摇摇头，又回到刚才面对镜子的位置，对着卸到一半的妆继续擦拭。脱下一身绢丝，擦掉红白脂粉，映在圆镜中的便是一张皮肤黝黑真真正正的男人的脸。再如何对镜自欺，唯独这一点却是无法改变的事实。

歌仙生来原本皮肤白皙，颜面的轮廓也像极了女子，戏团长就是看中了这一点。只要涂抹修饰再打扮一番，一上舞台，就是个活灵活现的女子。在众人的交口称赞下，这男人便成了戏团的头牌旦角。

即便如此，不做修饰便不能化作女子。

镜中映出的面相，不论如何看都是个男子。就算年轻之时是个俊美少年，然年纪一大，仍然只是个男人而已。

——即便如此，那小平次又如何呢？

他素来就是幽灵本身。

——已入化境了吗？

演员真是不可思议，歌仙想。成为角色之时，自己就不是自己了。不论是思考方式、境遇还是外表都千差万别。自从自己演了旦角，在舞台上的时候就彻底成了女性。不论是身体、意志还是所作所为，皆为女子。这和身为男人的歌仙是不同的。但是，那又并不是毫不相干的他人，那个作为女人的自己，也无疑是自己的一部分。站立于舞台之时，歌仙便不是任何人。大概也因此，歌仙在长年累月的演艺生涯中，偶尔就连自己是何种存在都无法理解。越是对这问题深究下去，就越觉得自己怎样都好。

演的角色会浸入现实吗？

外表会左右人的内心吗？

在巡演中，正是由于这些问题，他才不愿与人见面。

——小平次也……也是一样吗？歌仙如此想道。

更衣室变得一片寂静。不久之前，还吵闹个不停的地方，现在已经没有一个人影。阳台那边发出微弱的声音。是有人在收拾屋子的声音，而伴奏和演员们已经早早四散而去了。方才一位演员带着礼金突然来访，歌仙招待一番后，便只剩自己还没卸完妆，只能晚些离开了。

因此，恰巧只剩下头牌旦角独自留在了更衣室中。

歌仙擦拭完面容，再一次回过头。

小平次还是和刚才一样，依旧在那儿。

面颊没有一丝颤动，甚至连眼睛会不会眨一下都令人怀疑。

飘摇的灯火发出无助的燃烧声。这景象中，含着几分寂静，又显得凄惨，或许有人看来就是十分阴森可怖。为什么能在那种地方一动也不动呢？弟子和助手早早离场，自己却为何不归去呢？竹帘晃动，蜡烛的火苗也摇摆不定。

飘忽的人影在更衣室来回闪动。

——他还活着吗？

一个荒唐的念头在心中飘过，歌仙勉强出了声：

"小平次先生。"

没有反应。

又叫了一声小平次后，歌仙坐着转了个方向。

景象有些细微的变化。

"您不回去吗？"

"莫非是在挂心我吗？"歌仙继续说道。

难道说这忘了归家的小平次，在更衣室目睹了歌仙的芳容，想要回家也回不去，只能留在原地吗？抑或是客串出演的小平次，出于礼仪，无法只留主演歌仙在更衣室而提前归去吗？

那也是情理之中的事。

因为这次的巡演，推荐小平次来助演的就是歌仙本人。在旅途中偶然见识小平次演过的幽灵后，歌仙便对戏团长开始了游说。推荐他的理由只有一个，因为那场戏真是令人毛骨悚然。虽然不知他出身何处，姓甚名谁，歌仙依然强烈举荐，认为若要上演亡魂戏，这个演员便是绝佳人选，世上不可能再有第二个人能有他那番扮演幽灵的功力了。

在寻找和劝诱之时，戏团长一定都提到了这些话，小平次当然也对此心知肚明吧。向人打听才知道，小平次是个什么角色都演不好的落魄演员，既然如此，或许他从歌仙身上感到了些许恩情吧。

"小平次先生。"

歌仙第三次呼唤，而小平次不知是听到了还是没听到，毫无应答之声。

如同杂草颤动般的声音。

"我的妆卸完了，您还要在那儿待多久呀？"

缓缓地，他缓缓地动了一下。

"是身体有所不适吗？"

动作停止了。

是戏团长——大概是有吩咐吧。

"是戏团长吩咐您在那里等待吗？"

似乎也并非如此。

那么他又或许是那种老实到过分的人，是只会缩在角落的愚顽之徒吗？

"若是戏团长请您在此等待，不，即便不是如此，也不要坐在那么肮脏的角落里，至少移步到这儿来歇息一下如何？小平次先生是本戏团的贵客。您宽宏大量应了我们的邀请，助我们一臂之力，来到这样的穷乡僻壤，还要您长途跋涉地同道旅行，对您是如此不敬，实在抱歉。我无论如何都过意不去。"

小平次迟钝的动作仿佛夕阳下沉，他缓缓垂下了头。

"如何啊？"

"在。"

"邀请您来是我的主意。您这样的话，我可就颜面尽失了。请来这边歇息一会儿吧。"

小平次留在原地，深深地低下头，当场跪下来。

"请您不必多礼。"只听见一句含混不清的话语。

那暗沉仿佛从外侧侵蚀而来，已经没有了人的气息。

而小平次原本坐着的那个角落，也忽然没了分毫的气息。

只有小平次跪坐的角落四周变成了一片蒙昧。好比将沉在水底的泥土搅动起来一般，只有那个角落被卷入了一片昏暗的旋涡。

即便如此也不愿意勉强与人接近。哪怕想要强拉小平次也没了意义，他已经融入了那片昏暗。

"您喜欢那样我也不能强求，请至少把头抬起来吧。"歌仙不得已说道，"不必对我如此挂心，即便是头牌旦角也不过如此。戏团中有的是技艺高超的旅行艺人。我也只不过是个学艺未精的半吊子而已。反倒是您，听戏团长说，您本是音羽屋门下的弟子吧？若是论资排辈，您当然是在我之上呢。"

"万万不可——"

传来了如同烟雾般朦胧又黯淡的声音。

"在下只是个被逐出师门的废人，若您是学艺未精，在下只配属于更低一等——

"与人平起平坐恐怕只会折辱师尊之名，在下有一门之耻的自知之明——

"师门之名今后还请您不必再提起——"

那声音一句比一句轻。说着说着，小平次的头又低了下去。

"您这么说，那我也只能从命了。"歌仙说道，"看来您也有不少难言之隐吧。即便如此，不论有何种理由，也不必如此卑下啊。您的演技可真是了不得！因缘巧合，我歌仙在总州的舞台上瞻仰了您的演出，那幽灵演得实在是无比出众，简直让人毛骨悚然。"

"真不敢当。"那昏暗的角落传来应答之声。

"该道谢的是我才对。"歌仙毕恭毕敬地说道，"托您的福，本次巡演多少有了保障。这也是多亏了小平次先生能出一分力啊。"

来客数量还不差。不，考虑到戏团规模和所处场所，这已经是上好中的上好了。

原本这戏团就是一批乌合之众。能作卖点的也只不过是歌仙的旦角。可这卖点越是往乡下走越是不灵验。路越走越远，却只有那些奇妙诡谲的天下奇观展，要不就是些极尽低俗的演出才能让观客驻足。其他戏团暂且不可知，仅就玉川座看来，去往远方的巡演几乎就没有办成功的。

若说穿着绢丝戏服的正经戏曲，为何还有观客捧场？不管怎么想，都是靠了小平次那演得惟妙惟肖的幽灵。

因为心中正是如此想的，歌仙直截了当地向小平次表达了想法。

而小平次却身子紧缩着说道："我的这点雕虫小技才是下等演艺，不过是玷污戏剧的下等技艺而已。"谦逊得有些过分。

仔细想来，小平次并非是完全不会演戏。只不过平素之时，他那过分谦逊瑟缩的样子让人受不了。他那样子，天上下雨就要向染坊赔礼，天上放晴就要向青蛙道歉，毕竟是不会有人正眼看他的。

"您别这么说。"歌仙回答道。

这不是什么鼓励的言语，歌仙也没打算说这种话。

"您演的戏可让观客震颤不已呢，也就是说您早就被观客所接受了。能吸引人方为演艺。只要观客说声好，便没有什么下等或低劣之分了。"

小平次——几乎没有给出任何反应。即使被人褒奖，垂下的头也没有一点动作。过了一会儿，传来"您过奖了"这蚊子叫声一般的应答。

"哪有过奖。"

歌仙否定地说。其实，他刚才就想这么说。

"我刚才已经提到过，小平次先生。我大概是在总州看到了您演的戏。不，我出生在安房国小凑一带，一个名叫那古村的地方。我有幸在小屋观赏到您的演出，大概是在我为已故父母扫墓后归来的途中。没错，其中有不少来龙去脉。我连父母的丧事都没能办得风光一些，每日的供奉和法事尽是敷衍，真是个不孝子。难得回一次家乡，每日眼中所见便是父母的丧事。我想起来了，那正是我归来的路上。"

没错。

当时，歌仙的心里一点都不安稳。当时的他，心中满是黯淡的念头，令人生厌的记忆在脑海中不断来回飘荡。

那些厌恶的记忆，便是父母的死状。

"小平次先生。"歌仙呼唤道。

如果不是一句句呼唤，心里就会涌上不安。到底——

人还在不在那里？假如人不在了，歌仙或许只是和虚妄的对象在对话。想到这一点，他无论如何都不愿接受。不过既然呼唤了还是没有应答的气息，那与不呼唤也没有什么区别。

"小平次先生，您……曾抱起过尸体吗?"歌仙问道。

那片幽暗中有了细微的反应。虽然如此，也只是在朦胧模糊的淡漠之中，有了一丝变动而已。

"我抱过。父亲大人和母亲大人的亡骸，便是我亲自用这双手抱起来，抱在胸前过了整整一晚。"

歌仙的双手探向那边暗淡之中。

"那可真是，无法言喻，难以用语言来形容的感触。要说厌烦或者不畅快的话，并没有那种感觉；当然，要问感觉好不好，那也绝对称不上好，但与厌恶是截然不同的。毕竟是人的尸首，乃是污秽之物，然而那尸首的形状，竟是我最亲最爱的父母。还能感受到一丝温存。说到肌肤的触感，刚死之人都是一样的。说到那感觉……"

歌仙探出身子。

"便是看着看着就变硬了。不，说是变硬也还有些不一样。并不是变成一块石头。或许只是没了柔软的质地。就好比，按压下去，皮肤便再也不会弹回来了。不久之后，筋骨便开始收紧，肌肉开始萎缩。那真是，一步步变化而去呢。触摸着尸体的手掌、指尖，都能感受到这种变化。当然还有气味。尸臭这味道，很快就能闻到了。接着，还有颜色，颜色也是。"

颜色。那种皮肤的色泽。

歌仙的头脑，仿佛被套上一层死人皮肤胀起的薄膜。

那不是肉色的，是如同死人一般的青白色泽，但绝不是那种单纯的颜色。乍看一眼，那红色确实已经消失，但也并没有彻底消散。不知是血液开始固结，还是身体开始腐烂，红色变成了黑色，在筋络中凝结。暗沉的白色，不，白中透黑。那是各种色彩混在一起的集合体。

人，在活着的时候，尚且能称为人。血液在身体中巡回流淌，沁入肌肉，给皮肤染上色彩，肌肉包覆着骨骼，生出筋络，长出毛发。然而当人失去生命的那一瞬间开始，血归血，肉归肉，筋归筋，毛归毛。它们只是以人的形体连接在一起而已，早就不再是人。统领它们的到底是意识还是魂魄，歌仙并不明白。无论如何，没了这统领之物，肉体的部分就失去了关联。

之后便是腐烂、溶解、混合，每部分都被孤立，互相之间再也无法建立起关联。皮肤归皮肤，筋络归筋络，肌肉归肌肉，自行开始了腐败。

所以才有了那种难以形容的色泽。

"所以——面孔也……"

面孔也……

没了意志的双眼。没有注视目标的眸子。不再呼吸的鼻子。

"没错，容貌还和生前一样，但是已经彻底不同。那并非人造之物可以相比。不论这道具制作得多么恐怖且丑陋，不论搭配出如何的奇形怪状，都无法模仿出死人的面孔。那就是，没有任何修饰，仅仅存在而已。仅仅是一种单纯的恐怖。"

没错。死了之后，面相不变，容貌自然也不会变。

父亲依旧是父亲的容颜，而母亲也是母亲的容颜。即便如此，它们却不再是父亲和母亲。

"当时，在那舞台之上的小平次先生……"

就仿佛父亲的那张脸。

那绝不是生者的容貌。

无论下多少功夫都绝对无法模仿的死人面相，竟然有演员能出色地演绎出来。就在那临时搭建的乡间戏小舞台上，在那一切都粗制滥造的戏曲之中，竟然见到了真的死人。

那惊悚的感觉就仿佛被凉水淋了一身。

"您是货真价实的。"歌仙对着一片朦胧说道。

"令尊……"

那片昏暗之中，首次说出了清晰的话语。

"令尊，到底是遭遇了何种不测呢？"

"遭到了不轨之徒的凶杀。"

背后中了刀。从肩口到胸部被斩裂。

"是——遭人杀害了吗？"

"您愿意听我讲述吗？"

没有回应，不过昏暗之中确实有了一个颔首的动作。

玉川歌仙作为演员自然是小有名气。当初他被卖到烟花巷，就在要被人打伤之前，有位大恩人出了重金将他买下，那人便是替他取了"歌仙"作艺名的戏团长——玉川仙之丞。

歌仙的原名叫作安西喜次郎。

父亲喜内是个浪人，不过却是个谨严而耿直的武夫。据说安西家族追溯而上便是里见家的家臣。歌仙——喜次郎其实是武士出身。

尽管如此，喜次郎似乎并没有作为武家一员的自觉。

　　父亲文武双全，在一家之中属于很有学问的，常常让住在附近的儿童聚集在一起，教授他们读书写字，但也仅仅是收人谢礼而已的程度，绝不是为生计而教人学问。他向来遵从武士不受外界钱财的规矩，副业或经商之类一概不沾。一直以来，父亲都过着简朴的生活。然而，不论过得多么节俭，有些时候也别无选择。因此，亡母与祖母时常去海湾采拾一些紫菜来贱卖，勉强度日。

　　受贫穷但正直的父母教导，喜次郎认为这才是真正的武士。虽然从小贫苦，但喜次郎回想起来完全不会感到不自由。喜次郎在成长中受的宠爱多人一倍，从小就是个罕有的美少年，更是聪明伶俐过人，父母对他的期待也与日俱增。总有一天会成为一个有名望的人，要干出一番事业，留下美名，喜次郎就这样一心期待着。因此，他不论是读书做学问还是剑术、柔术都认真研习，就连小舞、谣曲、吹笛、打鼓等技艺也都掌握在手。

　　在捉襟见肘的贫困生活中，这简直是勉强中的勉强。

　　父亲、母亲、祖母，全都期盼着喜次郎的功成名就，而喜次郎每日都在出世立身的欣喜中度过，情况大致如此。若是普通人，面对如此过度的期待，早已有重重的负担了吧，如今的歌仙也这么想。然而喜次郎就很不同。

　　只因他天生淳朴温顺。

　　那已经是十七八年前的事了，歌仙的语气似乎并没有在向任何人讲述的样子。

　　"当初大概是闹了饥荒，整个世道都显得贫苦不堪，所以也并非只有我一家人是贫穷的。没错，回想起父母亲的辛苦，我只觉得很轻松。毕竟，我能熟悉歌舞乐曲这类技艺，以至于后来靠这些技艺谋生，还真是派上了大用场，不得不感谢父母呢。"

"我还特别喜爱绘画呢。"歌仙接着说。

他并没有在向任何一个特定的人讲述。那片模糊之处的颜色变得更深，在那昏暗和阴影之中，最初到底有过谁，已经无法判断了。即使凝神注视，也只能看到一片虚像和朦胧中幽幽地映照出一个人影。谁也不认识他。若是不看他的脸，那就是真正的幽灵。

仿佛就在对着幽灵说话。

"有一次——一位有名的画师从江户而来，曾经为我画过肖像。我当时只是一个年幼的孩童，记不清他的高姓大名，只听说他是狩野流派出身，又德高望重，那次的肖像真是画得十分出色——"

那幅画，歌仙一直都没有忘记。

或者说，直到如今都难以忘怀。在薄薄的宣纸上，仅仅是涂抹一些颜料，那画便栩栩如生。而在那薄薄的平面上，本不可能有什么活物。

"画。"

黑暗之中的幽灵开口了。

"没错，一幅画。所以说，当时的我，还以为所谓武士就是侍奉君主来作画舞蹈，并因此深陷在一种愚蠢的幸福之中。然而很快——"

祖母病倒了。

父亲是个孝顺的男人，甚是忧愁，变卖家产请来名医，自己率先照看病情，却毫无效果，又将家中长年的积蓄用尽。父亲喜内若只是辛苦一些还好，没想到最后，就连父亲本人也染上了怪病，卧床不起。

"父亲的病真是怪病。背后出现了大疖子，接着慢慢肿大，渐渐地连肉都开始腐烂。伴随着发烧，痛苦难当，根本就不能再继续工作了——"

平日就已经贫困不堪，突然多了两个病人，生活简直无以为继。安西家眼看着就要揭不开锅了。

每日花费巨大，而反过来收入却断绝了，只好集亲族好友之力，到处拜托乞求，各种物件衣物悉数变卖，就连厨房的家什也全都换作了米钱。即便如此，祖母与父亲也不见有一点恢复的兆头。画着喜次郎的那幅画后来被裱成了一幅挂轴，到了那时候，也不得不放手出卖了。壁龛中没了那幅画，喜次郎才意识到自己家已经到了退无可退的糟糕状况。

不久之后……

"正所谓坐吃山空、坐饮海干，到了进退维谷之际，父亲做出了某个抉择。"

"抉择。"

"没错。安西家还有一个传家宝。"

过去，祖先安西伊予曾经立下武功，曾受里见安房义弘大人的赏赐，那就是里见家代代相传的宝刀——太刀交钢大功铧。那可是无论陷入何种穷困，都无法放弃且从不带出门外的传家宝。

将这把太刀的证文交与当铺记账，换来金子，这是卧病中父亲的抉择。

武士的荣耀和武家的气节，这些对于喜次郎来说都是无法理解的，然而他能深切感受到父亲的悔恨。自己得了怪病尚且不说，连照看老母都不成，孝心也无法成全。身受这种耻辱，简直无颜面对祖先，可又无法对生母见死不救。这便是父亲的想法。

当时还熬了一阵子，然而换来的金子也很快用尽了。放贷之时像惠比寿神[1]一样满面笑容，讨债之时他们便露出了阎罗王般的狰狞。债主无情，是世间常理。还贷不成，对方便立刻威逼要安西家交出实物太刀，真是好比穷鬼排队上门。

"那真是很可怕。我当时只有十三岁，只是个还未初冠的小孩儿。每日从早到晚被那些穷鬼催促，心力交瘁的父亲只好提出了切腹的想法。要偿还贷款，就相当于失去了祖先武功之证，而子嗣喜次郎在年老后便没有值得夸耀的资本，只道吾辈武运至此为尽——然而，就算父亲选择了切腹，那些债主恐怕也不会承认。"只要自己死了，太刀定能留下。"父亲是这么说的。一切都只是为了我和老母。我和母亲则拼命阻止了他。父亲无比痛苦，而母亲更加操劳。毕竟，都到了要剃下头发去卖来换取柴火的地步。什么都不做的只剩我自己一人。于是——"

天上的神佛都不管不顾，只能说是运道已尽——

1　惠比寿神：日本的本地神。传说他满面笑容，身着猎衣，右手持钓竿，左手抱象征吉祥的大头鱼，用鱼和农作物与人物物交换，被日本人尊崇为生意兴隆的守护神。

听见父母的哭诉，喜次郎无论如何都坐立难安，趁着父母熟睡之时，他偷偷离开了家。

"当时我觉得只能依靠神佛了。我来到河岸洒水净身，裸身参拜了那古寺的观音堂。现在看来，那简直是不计后果的愚蠢行径。当时的我无比虔诚——"

父亲抱着必死的觉悟，祖母久病垂危，母亲在苦难中挣扎，而祖先相传的太刀又被抵押，这一切只要有了钱就能解决——

"'南无千手观世音菩萨，愿您大发慈悲，救助我一家脱离贫苦病痛。'我一心一意地祈祷着，却不知那是严寒季节，寒气侵入五脏六腑，我的身体突然如冰一样寒冷，就快没了气息。若不是有好心人偶然路过，我自己早就先归了西。"

歌仙笑了。

那其实是一厢情愿的祈祷。歌仙当时只觉得向观世音菩萨求来钱就好。哪怕再虔诚，这种愿望也是不可能实现的。钱是要靠血汗才能换来的。现在的歌仙看来，那真是愚蠢透顶的愿望。

"不过呢……"歌仙继续说道，"天无绝人之路——有这句话吧。"

更衣室已经彻底黑了。刚开始还没有感觉到，现在已经变成了自言自语。

不，这是面对着冥府之底而来的幽鬼亡魂，在继续忏悔。

"救助了我的，是一个叫作动木运平的浪人。那位先生实在是宅心仁厚，不光救了一个冻僵的小鬼，还给他开辟了一条从绝境中存活的道路。"

听取了说明之后，动木被喜次郎的一片孝心感动了。

然而苏醒后的喜次郎，终于意识到自己所祈求的愿望太过狂妄，便因此陷入了深深的羞耻。即便说是源于一片孝心，向神佛乞讨金钱来免除贫苦，也简直是浅薄至极。哪怕因此丢了性命也只是愚蠢而已。而这条性命竟被人救下，才是佛祖慈悲为怀。至此，他下了这样的决心，无论自己去到哪里，也要找到雇主；即便出自己的一分微力，也要救家人于水火之中。

　　然而他那个年龄，就算有人愿意雇用，赚来的钱也根本无法供养双亲和祖母。

　　于是乎……

　　"对了，动木大人问我知不知道祢宜町有男娼屋。"

　　男娼屋，就是所谓的色子之屋，以男子为娼的妓院。

　　那家男娼屋的主人忽然信起了佛，前往小凑山诞生寺参拜之时，与同去的动木相识了，之后便时常来往。

　　"确实，若我是个女儿，早就已经被卖到烟花巷中成了陪酒女郎了吧。有了这种想法的话，也并不觉得可耻。一时下定决心之后，我回到家中将此事告知了父母。没错，父亲和母亲都十分吃惊，一时失声，连话都说不出来。"

　　何况，到了这般境地，也别无选择了。

　　将天地之间唯一的独生子卖出去，而只为保住上一代的性命，面对祖先还有何种颜面？简直比起猫狗畜生还要不如，哪怕啃砂吃土，也不能做出这种事情。父亲愤然拒绝。

　　然而，无论怎样思量，也没有其他的路可走。

　　喜次郎觉得，活着看见父母与祖母身处如此痛苦之中，倒不如死了痛快，便取来小刀架在脖子上。

"当时到底是不是真的寻死，连我自己也不知道。病榻上的祖母沿着地板爬过来阻止我。父亲则哭得撼天动地，然后说了这句话——我听闻古代有石珍断指治愈父亲重病，刘氏割股为治婆婆顽疾，这也是不亚于这两人的孝行……"

签约五年，喜次郎的卖身钱是一百两。

不知为何，父亲泪流满面、浑身震颤着签字画押的样子，喜次郎，不，歌仙直到现在都会偶尔想起。

也许，那是他最后一次看见活着的父亲。

如果过分惜别，只会让人徒增留恋。乘坐着动木备好的竹轿，喜次郎在日落之前就离开了居住已久的那古村。然而，没想到还未过一夜，就返了回去。因为有消息传来，说安西家出了大事。

父亲死了。

背后被斩开。从肩口到胸部都被斩裂。

祖母被斜砍一刀致死。

母亲的胸部被刺穿。

死了。

不只如此，百两黄金，传家宝大功铧，全都彻底消失了。

"况且我当时，已经卖身。既然无法偿还百两黄金，我的身子便是男娼屋所有。主人仅允许我归家一日，就连丧事也无暇操办。在他们接走我之前，我只能……只能抱紧父母的尸骸。"

就这样。

歌仙抱着肉眼不可见的黑暗。

烛台的油即将耗尽。

那片黯淡中的身影，在刹那间委顿在地。

当时的您，就同死人的容颜别无二致，歌仙对着深深的黑暗说道。

黑暗中没有任何应答。

当然了，死人是什么话都不会说的。

呼。

一阵温润的风吹来，幽暗的烛火飘摇几下便熄灭了。

歌仙也融入了那片昏黑之中，成了幽灵。

——原来如此，这样就好。

什么都做不了，什么都不用做，仅仅是存在而已。

"小平次。"

突然，小屋之外传来低沉的声音。

"小平次。""小平次。"

歌仙迅速放低身子。什么事都没有，没有什么可怕的。

"小平次。""小平次。""小平次。""小平次。"

"久等了啊，小平次。"

黑夜是这么说的。

仿佛响应黑夜的呼吸一般，更衣室一角的那片模糊的黑暗，也蠢蠢欲动。

要走了吗，要离我而去了吗?

回过神来。歌仙独自怀抱着黑夜，不住地哭泣。

动木运平

动木运平注视着杯中白浊的液体。

无趣。甚是无趣。到底是什么缘故让胸中满是失意，连运平本人也不明白。只要人静下来，坐立难安的感觉就在腹中膨胀，仿佛要炸裂开来。愤懑充满了头颅，几乎要把眼球挤出来。积累如此多愤懑怒气的人，恐怕除了自己就不会有第二人了，运平是这么想的。

没有理由。

本应如此。

运平从小就如此。对什么都看不顺眼。不论是刮风还是下雨，都是一肚子气。不论是阴是晴，都恶心到想吐。只要是从醒来到睡去的时间里，没有一刻是心境安宁的。不论做什么都了无兴致。看见窗户纸就想捅破，看见茶碗就想摔碎，看见人脸就想痛揍，看见家畜就想杀死。吃饭也觉得烦人，躺着也辗转反侧无法入眠。

一向一向，都是如此。

他生于苦苦支撑的浪人之家，贫困又杂乱无章。心气甚高却处处无能的父亲、阴暗又唯唯诺诺的母亲，都让运平深深厌恶。去死就好了，去死就好了，运平曾如此诅咒过，他从未觉得父母可敬可爱。不知为什么，只有小自己五岁的弟弟不让自己心烦，而那弟弟，不知何时已经被送出去做了养子，消失不见了。从那以后，运平就一向、一向心情恶劣。

时间一长，便越来越严重。

喝酒也不觉得痛快，赌钱也没有一丝愉悦，抱着女人也感受不到喜悦。不论做什么事，都没有一点快乐。运平便理所当然成了一个无赖。他犯过无数脱离人伦、背离天道的恶事。

他并不是喜欢干坏事。不管是杀人还是盗窃，运平也从来不觉得有趣或是可笑，反而却无比嫌恶，觉得无聊透顶、愚蠢至极。尽管如此，五脏六腑缝隙间积攒的愤懑，还是怂恿着运平继续破戒。

白浊的液体。

并不是因为甘醇而饮用。

没有比酒更难喝的东西了。不论是气味还是滋味，都让人厌烦得想吐。

——所以才要喝。

"畜生。"

运平奋力将斟满酒的酒杯摔在地板上。

物体破碎的声音。

让人好受了一些。但并不会因此而感到胸中畅快。

"混账东西！"运平再一次喊叫道，接着把酒壶踢飞了。

"真是一点都没变啊，还是那么凶暴。"耳畔响起了突兀的人声。那故意抬高起来，轻飘飘的语气，实在让人心烦意乱。

那是个叫藤六的蠢货。

他二十八九岁，是附近大户百姓人家的六男，却既不继承家业，也没有正当职业。到了这一步却不肯做个无赖，只是从家里骗了钱出来，终日赌博游乐，简直是个无可救药的大蠢货。"真是烦人。"运平满腹轻蔑地盯着藤六看。

"烦死人的乡下老鼠。"

"我才不是什么乡下老鼠呢。"藤六把滚在地板上的酒壶捡了起来，"真浪费。白白让这破庙的地板喝了美酒，还不如留给我喝呢。"

"没听见我说你烦死人吗？"

"是是，在下知晓。"藤六说着就坐在了佛坛之上。

"哼。话说回来，还真是煞风景。这儿要是什么都没有，反倒让人心情畅快不少。"

藤六这不敬的话语，指代的正是佛坛上本该坐着的阿弥陀佛。他弯下腰来，皱起眉头露出了奇怪的表情，环顾起正殿昏暗的天花板。

"不过，老爷啊，那个叫现西的臭和尚怎么想都该是个大恶人。那种人要是也算佛门中人，这世道也算走到头了。我可是认识好几个臭和尚呢，像那种坏到骨头里的还真是没见过。"

藤六将双手背后，大步徜徉，脑袋转个不停。

那粗鲁的态度也令运平大为不快。

"别假装自己无所不知，就能信口开河。"运平强忍着将他一刀斩杀的冲动，"被你这种人渣称作恶人，那个叫现西的人看来也是个不得好死的家伙。"

这个叫作现西的和尚，曾经栖居在运平过夜的这个破庙——当然运平也不知寺庙叫什么名字，相当早之前就在此敲木念佛，是个乞食僧。就如同藤六所说，是个软硬不吃的邪魔外道。

"话可不能乱说啊。"藤六浮夸地说道，"如您所见，我在村上早就臭名昭著，被称作黑道藤六，是为人所不齿的奸恶之徒。不过呢，还是比不上现西那个家伙。毕竟那个臭和尚，竟然潜入寺庙，把阿弥陀佛本尊给熔毁了呀。若是说从本尊旁边的侍者先开始熔，还能让人接受。他竟毫不犹豫地熔了本尊，实在让人吃惊。您好好瞧瞧，这儿能卖的就只剩下烛台了。"

"蠢货！管你们用什么顺序去熔毁佛像，罪孽都是一样的。何况，用熔了佛像换来的钱去喝酒玩女人的不知是何方神圣呢！"

"嘿嘿。"藤六哼哼了一声。

"我只不过是把现西弄来的不义之财处理掉一些而已。"

"得了好处还卖乖。你这浑蛋和现西两个人，扒了死人的衣服，剪了死人的毛发拿出去卖，以为没人知道吗？你们不就是同类吗？"

"只不过给脱衣婆[1]帮把手嘛。"藤六说道。

"把人的装束脱去再送过三途川，那才叫亲切呢。没有衣服能挂起来，那也量不准生前的罪孽有多深重了。"

"无聊。"

1　脱衣婆：也作夺衣婆，是日本神话中守候在三途川对岸的老太婆。传说，人死后衣服会被脱衣婆脱掉，由悬衣翁将衣服挂在衣领树上，如果树枝被衣物压得很弯，说明这个人生前罪大恶极。

"真的无聊吗？"

运平觉得很无聊。如果真的有地狱，那一定就是当今现世。死了之后便是虚妄。同样是碌碌无为，还不如死了更好呢。运平发自内心地这么想。

"话说回来……"藤六接着说。这种黏滑又肤浅的轻浮话语简直听不下去。

"那个臭和尚——可是个连杀生都毫不在意的家伙，真是个铁打的邪魔外道。"

"听说他来这儿没多久，已经杀了超过三个人了呢。"藤六说道。

"那又如何？"

"哪有什么如何如何的道理？我虽说混的是黑道，可杀人——"

"不杀人吗？"

"不杀。"

藤六一边回答，不安分的眼眸一边在四处游走。

运平看着那转个不停的眼球，有一股想把它挖出来的冲动。

"我、我才不会去杀人。不会杀的。不过那家伙可是出家人，竟然能随意取人性命，还以此吹嘘。简直是最最堕落的邪魔外道。"

"杀人就是堕落吗？"

运平的低沉嗓音让藤六倒吸一口气。

"您、您的意思是……"

运平已经手持太刀。

这是一把长四尺，弯度极佳的名刀。拔刀之时，珠玉飞散，血溅室内。

对一切都很厌恶的运平，唯一不讨厌的就是这把神品之刀。

"我啊，在十四岁的时候杀了父母。"

他手握刀柄。

"之后三十年，在我手上丢掉的性命，你的双手加起来都不够数。"

"那、那是……"

藤六的脸已经成了青葫芦，彻底没了血色。

"老……老爷，可别当真。咱……咱们不是自己人嘛。您在山中遭难，把老爷带到这儿藏起来的，可是我呀。何况从那之后，我可是已经关照您一年了不是吗？"

"一年了吗？"

"这把刀已经有一年没吸过人血了吗？"运平无心地说道。

"老……老爷！"

"你给我记住。我斩人并不需要理由。"

运平单膝站起来。

就连那单膝站起的小小动作，运平都觉得十分厌烦，他的心情越发糟糕了。为了这种男人，自己又何苦去做那动作呢？

"毫无来由就杀了父母的人便是我。管他是恩人还是朋辈，我通通不会在意。不管受人多大的恩情，不管对我有多么关照，我一点也不会觉得欢愉，更不会有一丝感激之情。人啊，全都死了最好，我一向都是——"

一向一向。

"这么想的。"

藤六狼狈地喊着"老爷""老爷",一路后退,最后紧贴在了墙壁上。

"饶命。我什么都愿意做。饶命啊。我可不想像酒壶那样被劈开,真的饶了我吧。"

"该死的无胆匪类,真难看。"

运平收起刀。随着刀鞘铮铮作响,藤六失魂落魄地松下肩膀。

这种男人,砍了他才是最蠢的做法。那只会让爱刀生锈而已。

运平一脚踢翻了烛台。本还燃烧着的蜡烛,仿佛鬼火一般拖出长长的尾巴,在接触到地面之前就消逝了。

佛堂内越发晦暗了。

"没事找我就滚回去吧。我说杀就会杀了你的。"

"怎……怎么可能没事就来呢?我是找现西那臭和尚才来的——对了,老爷……老爷也行。"

"换我也行?你这说的是什么话?"

"不,那个……不是那个意思啦。"

藤六再次用手掩面。

"老爷……老爷您腰间的那漂亮的刀,恐怕是想吸人血了吧?"

愚蠢至极。

"没想到我打个比方,你这蠢货都信以为真。刀乃死物,东西会想斩人吗?"

"这和老爷您想斩人是一回事啦。"藤六说道。

不是一回事。

根本不是一回事。

藤六从佛坛退下，不出声地笑了。

"老爷，您可知道村外搭起的小戏台吗？"

"不知道。"

"已经搭起来啦。"

"那又如何？别给我胡说八道。"

"您先等一等，听我说完。"藤六摆摆手。

"那是从江户来的玉川座戏团在巡演，他们搭起了草帘小屋，插着旗帜，是来演乡间歌舞伎的呢。真没想到还会来这种穷乡僻壤，那可真是大赚一笔啊。"

"那又如何？"

"如何？对老爷您这种江户出身的大人物来说，戏曲和狂言根本不是什么少见之物。对我们这些乡下老鼠来说，江户的大歌舞伎根本是难得一见。虽说那小屋很简陋，演员也很拙劣，装束和道具更是临时准备的粗劣之物。比起狂言来，小舞的时间更长，一场戏从头到尾都只是粗制滥造；但对于山野村夫来说，也不失为相当的娱乐呢。"

"那种雕虫小技随它如何都好。我可不会去看戏。"

这世上本就没有什么趣味。模仿世间风物的戏曲，简直是无趣中的无趣。

光是想想就让人的脏腑沸腾起来。

"简直是最讨厌了。"运平直白地说。

"等一等，等一等啊。"藤六慌慌张张地坐正了。

"其……其实啊……对了，须贺屋的大小姐——您知道须贺屋吧？"

"是船运商须贺屋吗？"

从绉细布、安达绢，到纸布、管席之类，他们会收购附近所有的特产名物，然后从青森港口出发，周游列国，赚取极大利润，是附近最为富有的商人。

"那个须贺屋啊……"藤六说道，"听说老爷您也盯上了？"

"盯上又是怎么回事？"

"不，是您的同伴吧？"

"同伴？我可没有同伴！"运平怒斥道。

"别开玩笑了。我对那种玩意儿毫无兴趣。鰊八和鸠二那两个混账，一天到晚都盘算着这些鬼主意。"

鰊八和鸠二，是一同潜伏在破庙中的恶徒。

是从何时开始和这两人共同进退的，运平根本不记得。回想起来，他们已经成了小弟，缠在运平身边超过三年了。

被尊为大哥兄长，运平可不会感到一点点喜悦，极尽忠义之事只让人感到烦闷。一起干坏事的时候，也没有一次感到愉快。正因如此，才无数次地将人斩杀。实际上，他们最初是三个人，其中一个已经被运平斩下了头颅。而那个被杀的人的名字也已经记不清了。所以，运平也从没有把这两人当作同伴或是小弟。

然而，日月交替如此繁复，就连斩斩杀杀也都已经厌倦，只有岁月流淌过去了。

因为本没有什么兴趣，所以也不了解什么详情。听说这两人过去曾属于蝙蝠一伙，是在西国胡作非为的一批海盗。总之不是什么省油的灯。这两人和藤六一样半斤八两，放任下去不管的话，这群人渣总有一天会落魄死在荒野。

运平去年为了纾解心情，和这帮人在常州路边试刀，随意砍杀，极尽无赖之所能，闹得沸沸扬扬之后，终于待不下去，只得一起逃到了奥州。

不过运平根本没有正在逃命的自觉。有追兵前来，只是一味斩杀了事，若是自己被砍中，也只是一死而已。这世道早已无趣又烦闷。运平觉得走上门去送死也足够麻烦，所以才一直活到了今天。

"您不就是那两个盗贼的头目吗？"

"藤六！"

说时迟那时快，运平已经倏地拔出四尺名刀，释放出一道闪光之后，便收入刀鞘。

烛台上残留的火焰唰地一分为二。不多时，烛台连带燃烧的蜡烛被整个儿从中间劈成了两半，摔落地板上发出一声闷响。

地面上蜡烛的残火还摇曳着，持续燃烧了一小会儿，闪现几次之后，化作两丝青烟，消失了。

破庙中杂乱的正殿已经彻底被昏黑充斥。

"下次还敢这么称呼我，你的左右眼就是这个下场。给我好好记住。"

昏暗之中只听见咿咿呀呀的叫喊声。

"我明白啦。铭记在心，请饶我一条小命。那……那么大动干戈可就没意义啦。说……说实话，我迷上了那须贺屋的大小姐。"

"啊？说到最后又是你的风流韵事吗？连自己的屁股都擦不干净

的人渣，竟然还为了女色和恋情闹腾起来。你这花痴！"

"这才是真正丢不掉的啊。"藤六说道，"哪怕老爷您现在就砍了我，女色之道我也决不放弃。须贺屋的大小姐——名叫阿秋，那可真是个好女人。我曾好几次写过情书给她，却毫无回音。"

"那是当然的。你这种人渣写多少甜言蜜语给她，都不可能如你所愿的。"

"并非如此。"藤六忽然严肃了起来，"我并不是被她讨厌了。"

"是嘛。"

"须贺屋的心机颇深。我写的文书肯定根本就没有送到阿秋身边。"

"你这种臭烘烘的无赖要接近别人的女儿，有点儿心的父母自然会小心提防。"

"我说的不是这回事。"藤六激昂起来，"不是的。并非如此。根本不是这回事。那须贺屋的主人善七，一定发了疯。"

"为什么这么说？"

"外客暂且不说，就连平日出入家中之人和亲族，只要是男人，就绝对不允许接近他的女儿，就连家丁也别想说上话。女儿要在人前露面，必定要配上十重、二十重的护卫。只要是雄性，哪怕是一只公猫都不能接近女儿。这也太过分了吧。"

"那便是所谓的细心提防啊。"运平说道。

可藤六却坚持认为那是疯了。

"就算是再小心提防，也该有个限度。那可一点也不平常。那个女孩儿——阿秋的姐姐似乎名叫阿春，她在两年前——死了。"

"死了又怎样?"

"您听我说,似乎是在睡梦中被歹人夜袭了。"

"是盗贼入侵吗?"

"非也。"

"是男人啊。"藤六说道,"阿春被人侵犯后,玩弄致死的。"

"被谁?"

"也……也不知是何方神圣。根本找不出嫌犯。那人在夜晚潜入房中,将她强行按倒之后,对她侵犯羞辱,本该就此为止的,可那女孩儿哭叫得实在厉害……"

"就杀了她吗?"

"用裁缝剪刀对着喉头就是一刺。"

真是罪孽深重啊,运平想。

无论是这种对女色执着的心情,还是明哲保身的想法,运平都无法理解。

能抱多少个女人都只是一片虚无。没有比强行施暴这种行为更加麻烦的了。若是因为被抓住就要丢了性命,实在没出路才杀个人,尚且可以理解。如果害怕闹出事来,从一开始就不该去做。因在意他人的眼光,为了保身而杀死那女人,早知如此的话,还不如一开始就杀了她。在活着的时候侵犯她,跟杀死之后再羞辱她,根本就没有什么区别。既然女人这么讨厌你,为什么不早点下定决心杀了她呢?

听了这番话,藤六不禁感叹道:"老爷您真是个可怕的人。"

"我虽然已经被人称为毫无人性,可比起老爷的境界,那真是差得远呢。简直只能吃惊。"

"毫无人性。"

母亲也说过同样的话。

当然是斩杀她之时所说的话。

"算了。"藤六仿佛已经自暴自弃。

"总之，从那以后，须贺屋的主人就像发了痴，变得无比小心翼翼。"

"因为这个原因，你的那点欲求就无法满足了，想说的就是这些吗？"

"说得没错。"藤六回答说，"是啊，简直就连一只小虫都别想接近她，就差把她藏在箱子里了。不过，虽说我不能接近她，其他混球儿也没法接近她。然而——"

"就是那巡演的戏团。"藤六说道，"真是咽不下这口气。"

"哎呀——那个戏团里，有个叫玉川歌仙的旦角。阿秋她，似乎对那虚有其表的臭戏子很是有意思。"

"大户小姐爱上了歌舞伎演员吗？"

这在江户已经是绝不少见的老生常谈了，而在这种穷乡僻壤却非常罕见。

"可是藤六，须贺屋不是提防得很紧吗？就连家丁也别想接近小姐，如此警戒，怎么可能允许女儿收买什么演员呢？但若是说那姑娘是瞒着父母在徇私情，想必须贺屋再做警戒也防不了她。"

"说得没错。可在这之前，把阿秋带去看戏的却是须贺屋家主善七本人。"

"竟然是家主亲自带去的吗？"

"怎么说呢，带去看戏也并没有什么稀奇的，到此为止还算正常。毕竟是乡下难得一见的歌舞伎演出，带女儿去看一回也无可厚非。然而，明明知道女儿为歌仙神魂颠倒，还连日带她去看戏，每两日连自己都会去一次。所以才说他是发了疯。"

"真的发了疯吗？"

"做出那么不检点的事儿，偏偏对方还是个三流戏子。"

"说不定已经默许双方的交往了呢。"

"简直自不量力，真是该死。"藤六说道。

"今天啊，这对父女竟还进了更衣室，不知在里面做了些什么。从更衣室出来的时候，那阿秋满脸笑容简直让人看不下去。这又是为何？平日总是一副假装正经、高岭之花的样子，可今天的她笑得就好比卖春妇。竟让她春心萌动了啊，畜生！畜生！"

一句句"畜生""畜生"飘荡在昏暗的正殿中。

"藤六你这家伙，难道要一辈子绕着那姑娘团团转吗？"

"当然了。不，并不仅仅如此。阿秋啊，并没有厌恶我呢。只不过不认识我而已。如果我时常在她身旁出现，总有一天她会注意到我的。所以我总是跟在她身后，一向都在她身旁。没想到来了个混账戏子。"

"开什么玩笑！"随着一声大吼，正门开了。

是被一脚踹开的。

——这家伙病入膏肓了。

幽幽的月色下，运平盯着藤六模糊的轮廓，再次手握刀柄。

——砍了他吗？

他就算活着也只让人看着心烦。那种行尸走肉，砍了他才最好。

"刀下留人。"传来了人的声音。

云层飘散，月光射入堂中，浮现出异形般的身姿。

脏兮兮的青头巾，海藻一般破碎的衣裳，锅底一般乌黑的面庞。

肆意生长的长髯与发丝中，藏着锐利的眼神——

这便是藤六方才提到的，那在世间害人无数，稀世罕见的破戒僧——现西。

"动木大人，把这种下贱之人砍了也无益。想必您不会是为民除害才斩杀这种人吧，就算您再千刀万剐，也并没有一点趣味啊。总之，正因为是动木大人您，才更心知肚明吧。"

藤六战战兢兢地回过头去。

"老爷——"

藤六背对月光，看不清他脸上的表情。

"老……老爷为何……要将我……"

"藤六，是你有眼无珠，似乎你还不知道这位动木大人是何方神圣吧。愚僧若是来晚一步，你早就已经身首异处了。"

藤六一转身，已经把半个自己藏在了门板的阴影中。

"可……我……我对老爷并没有……"

月光下，现西那脏兮兮的面庞，露出了鄙俗的笑容。

"总之，先交给愚僧吧。"

那怪异的僧人说着，紧紧抓住藤六的双肩，把他推向门口。

门板被压得吱呀作响。

"藤六。"

"有……有何贵干?"

"我大致听了你的话。藤六,你到底有什么打算?"

"什么打算?"

"你是想借愚僧的一臂之力吧。不,听你的口气,恐怕还想要说服动木大人。如果你如此有求于人,也就是说——要杀人。"

现西咧开嘴似笑非笑。

张开的嘴巴之中也是一片漆黑。

"杀……杀人……"

"是想让我们把那叫歌仙的江户人杀了吧?"

"哪……哪里的话,我可是……"

"闭嘴!"现西大喝一声,把藤六撞飞到堂内。

"听着藤六,你若是在心中念念不忘要人去死,这与实际杀人毫无区别。你不过是没有下手的胆量,但你早就是个杀人犯了。"

现西把地板跺得咚咚响,在堂中反复回荡。

"这世上啊,没有神也没有佛。若真有,也是在人的胸中,在人的心头,心中自然有神佛。汝等心中满是恶念之人,早已偏离天道人伦。事到临头,还假装什么善人?你与愚僧本是同类。同样是杀人凶手而已。"

同样是——

杀人凶手。

藤六瘫软在地。

运平在地板上吐了一口唾沫。

——真是装腔作势。

破戒僧弓着背，蜷曲着身子，一张肮脏的黑脸忽然出现在藤六面前。

"怎么样藤六？这样下去，你腹中之虫恐怕难以满足。愚僧有一妙计。"

"妙……妙计……"

"没错，我能帮你把阿秋诱拐来，成全你的畸恋。"

"诱……诱拐。这种事情做不得……"

"那又如何？若是能圆你梦想，不妨交给愚僧来办，愚僧也乐意助你一臂之力。这点代价忍下便可，如何啊？"

"别说蠢话了。"藤六站起来。

"之后又该怎么办？做出那种事之后，该如何收场？"

"杀了她便可。"现西简单地说道。

"杀……杀了她？"

现西紧抓藤六胸前的衣服，激烈地摇晃。

"听着，听着藤六。若不这样做，你那淫邪的念想，绝对是无法实现的。你最好有点自知之明，阿秋那样的姑娘，哪怕是违背了天地之理，也不会爱上你这种痴妄之徒的。若你毫无行动，日后一样是被她厌恶一辈子、轻蔑一辈子，如同惧怕蛇蝎一般惧怕你一辈子。那还不如一夜圆梦更好——"

杀了她。

"要、要把阿秋——杀死吗？"

"若是你做不到，不如让愚僧送她上路。"现西说道，"不，就让愚僧动手杀人吧。"

"现……现西，你……"

现西那被长髭覆盖的脸庞忽而变得平和。

"愚僧——有杀人之疾。"

现西说着，缓缓地面对运平。

"动木大人。"

"哼。"

似乎他对这些话毫无感想。

恐怕这人也已经病入膏肓。

"那不知是何年何月……"现西仿佛述怀一般打开了话匣子。

"周游诸国的愚僧，在某天晚上遭遇暴雨，不得已而求宿于一户人家。那家的主人已经外出行商，只留下一个女儿看家。那姑娘的眼神仿佛把愚僧当作尘芥看待，那也无可厚非，毕竟愚僧是这副相貌。于是愚僧便请求道：'若是能赐我今宵寄宿一夜之恩惠，您定当福田如海阔，恩德与天齐，请大发慈悲留宿愚僧一夜吧。'然而那姑娘竟拒绝了。精疲力竭的愚僧再次跪拜请求。紧接着……

"我跪求之时，扰乱了她的前襟，她露出了年糕一般雪白的小腿，衣裳上残留的熏香飘入鼻中。

"愚僧已经无法再忍耐。抱紧压倒她之时，那姑娘终于露出了怯懦的表情，仿佛是被角鹰捕捉住的紫燕一般。在恐惧颤抖之时，她的眼神，眼神……

"依旧充满了对愚僧的侮蔑。"现西说道。

"当时愚僧被难以抑制的瞋恚所驱使，破了杀生之戒。然而杀人之时，来回于心中的并非畏惧也并非后悔，那是一种愉悦。从那以后，愚僧便成了活生生的鬼。打破戒律，打破比什么都严格的戒律之时，那是何等的愉悦——"

现西紧紧盯着运平。

运平转过脸去。

丑陋。

对于运平来说，这种事是否正确本无所谓。如果没有这样那样的理由，便无法下手杀人吗？运平想道。不论是向上挥刀还是向下挥刀，人都会死，没有什么愉悦不愉悦。杀人与砍翻一个茶碗毫无区别。

"你、你这浑蛋……"

"没什么大不了的。"

"可、可是把阿秋杀了……"

"不杀的话便会露出马脚。先奸后杀。"现西轻声说，"不过，愚僧所谓的妙策还没说完。好好听着，藤六。先侵犯了阿秋，然后杀了她。杀死之后，再嫁罪给那江户的演员。如何？"

"歌——歌仙吗？"

"这样一来，你也就高枕无忧啦。"

藤六总算放下心来，松下了双肩。

"对啊，原来如此。只要让那混账戏子背黑锅……"

他的肩头颤动不已。是在嗤笑。

"这样一来——好啊，这样好，这样好。"藤六反复念叨，过了一会儿，不禁笑出了声。

"这点子或许不错。臭和尚，真不错啊，妙计！"

现西抓挠着瘦削的双臂，再次面对运平。

"不知您有何高见，动木大人？"

"与我无关。"

"真是够慎重。愚僧已经在数年前背弃人伦。若是能解您的气，斩杀了我也毫无怨言。可斩杀愚僧，想必您也不可能抒怀。还是睁只眼闭只眼吧。"

"给我站起来！"现西对着藤六说道，揪住他的衣领。

"阿秋，今晚不会回须贺屋了。"

"在……在哪里——"

"在个方便的地方。阿秋看戏回程之时，忽然起了腹痛，无法行走，留在沿路的百姓家休憩呢。"

"你是说她还留在狭布一带吗？"

"而且听说她父亲须贺屋善七，因为生意上的关系，把女儿和丫鬟两人留在了百姓家，先回了店里。"

"那是真的吗？"藤六赶紧问道。

"千真万确。愚僧今日应人所托，前往那处去为人除邪。傍晚时分，那百姓家的一人正在炫耀刚得到的一分银[1]，说是替人照看女儿所得，这事绝无差错。我可是刚听到就回到了这里。这也许是某种因缘吧。今宵便是行恶事千载一遇的良机。那百姓家离戏台只有几步之遥。我们假称是玉川座的演员，想要把阿秋诱骗出来轻而易举。

1　一分银：日本古时发行的货币面额之一。

玩弄杀死之后，只需要丢弃在唱戏的小屋之中，之后只需要添油加醋地去报官，那演员就落入陷阱啦。"

——是煽动我吗？

真是看不顺眼。

给我滚，滚去哪里都好，运平想着想着，侧过身子。要是继续听这群蠢货口吐虚妄之言，真的会忍不住将他们斩杀掉的。

运平心中又满是愤懑。

"明白，那赶紧上路吧。"藤六站了起来。

门没关，那小混混儿和鬼畜法师的身影已经消失了。

只留下黑暗。

异常……异常愤怒。

不知道是何理由。在藤六来之前，愤懑早已在胸中纠缠不已。

然而……不对劲。

有什么不对劲。运平无法接受。

运平确实是个杀人魔，没有人性，大恶徒。然而，现西的话是说不通的。根本无法理解现西的想法。

杀人不可能有什么欢愉。

没有哀愁，没有忧伤。既然如此，还要杀人，那自己岂不是病得最深？

腹中翻腾不已，血气上升到额角，耳根也挛动起来。

为什么，为什么会这样？为什么无法排解这种坐立不安的感觉？

运平紧抓太刀站了起来。果然——还是杀了的好。

要把藤六和现西大卸八块。

到底为什么下了这样的决心，运平不知道。思考也是白费劲。杀死父母的时候也是这样。他明白自己是无法被了解的。

运平冲向夜间的墓场，那充斥着苔藓、霉变、腐败的呛人泥土气味的墓场。

他左手举起四尺长、弯曲的名刀，右手则紧握着虚无，在破碎的墓碑与腐朽的舍利塔之间穿梭疾行。

要把藤六和现西给斩了，让他们再也无法踏足大地，运平下定了决心。多亏鲢八和鸠二不在场。如果他们也在，一定也要把他们给斩了。

运平血红的眼神在锦木冢附近捕捉到了那两个恶棍。

就在此时，北国苍郁的木林中，一阵风嗖嗖地从树梢掠过。

运平停下了脚步。总觉得——这风很是让人厌恶。

现西也停下来了。

当然藤六也停在原地。

月色朦胧，夜影晃动。

是虫的声音吗？

——不，那是啜泣声。

听起来不像是人声，但让人不得不怀疑。

同一时刻，运平感到某处有人的气息，灵机一动，闪到路边，藏身于草丛中，那是他本能的判断。

——出什么事了？

他全身不寒而栗，腹中翻腾的愤懑之气，已经从毛孔中飞散开去。

飘飘忽忽，墓碑的后面燃起了鬼火。

藤六战栗地向后退。

墓碑之上，站着一个女人。

单单是站着。

她看上去没有怨恨，也毫不哀伤。突兀地，站在那儿。

恣肆生长的黑发乱作一团，她的脸比雪还要白。喉咙口滴淌着鲜血。看上去没有一点疼痛，也不见她有苦楚。

无论如何，看上去都不是活物。没有疼痛也没有苦楚，她仅仅是存在于那里。

滚滚流淌而出的鲜血，将缠绕在她身上的罗布染成了朱红色。而那女人的另外半身已经彻底融入了黑暗中，在一片朦胧模糊之间，看不透彻。

就连她在看着哪里都不清楚。不——

——恐怕没在看任何东西。

就在那一刹那，运平大概从出生以来第一次感觉到了恐怖。

——那个女人。

藤六发出了惨叫声。

"妾身乃——"

毫无抑扬的声音，在这静谧之地，仿佛贴着地，静静地飘荡。

"妾身乃——

"因汝毒手而死于非命之冤魂，为报大仇，特来此现世——

"汝强施奸淫，可知妾身愤恨之情——

"阳数尚未尽，擅自绝妾身性命，尚且贪图发簪——

"妾身向阎罗王控诉雪恨之愿，阎王赐妾身一晌，特来此处——

"取汝性命——"

死灵。

——那是死灵吗？

毫无情感的声音还在继续。

这种恐惧，就好比死物发出的声音，连续起来竟有了含义。

那不是世上应有之人。那么……

——那是现西杀死的那个姑娘吗？

"将妾身奸淫凌辱残杀，尚且贪心不足——

"如今竟妄图行奸计，向舍妹狠下毒手，罪无可赦——

"定将诅咒作祟，引汝堕下地狱——"

——妹妹。

"阿……阿春。"

阿春。是须贺屋阿秋的姐姐。那么说来——

"是……是我错啦！是我错啦！"

发出惨叫声的——

不是现西，而是藤六。

胧月照耀下，纵使远远看去，藤六的狼狈相也一目了然。

他的脸色仿佛枯木，又如同死狗一样伏地不起。

藤六哭喊着："我……我是被你迷上了。所以……所以才那样，那样想一亲芳泽。然……然而却被你无情拒绝。我那么苦苦追求，你竟不从，所以……

"所以才只能把你杀了啊！"藤六叫喊道。

"都是你哭叫得那么激烈，引来了人可不好。错不就在你自身吗？我只是怕被人捉去，这才杀了你啊！

"是你的错，是你的错！"藤六面朝地面，不断吼叫道。

"竟还执迷不悟——

"果然罪无可赦——

"速速随妾身前往地狱，受无尽苛责之苦——"

"是我错了，是我错了！"藤六抬起头，全身不住地震颤。

"是……是我错了。是我心怀歹念。求……求您饶我一命。

"愿您成佛。"藤六双手合十，挤出声来。

死灵——那无视一切的双眼望向藤六。

"汝之恶行，本无可宽恕——

"然汝方才有悔过之言，妾身尚留有执念，若将发簪归还于妾身——

"暂且赦汝一命——

"若非如此，定将速速堕入地狱，受无尽苛责之苦——"

"发簪、发簪、发簪。"藤六喊叫着，将手伸入怀中。

"给你，还你，还你。这不是我偷的，只是当作你的遗物才带走了。从那以来，我从不离肌肤地带着它，一直都贴身细心保管。给你，还你，还给你。

"就是这个，就是这个。"

藤六取出一支类似发簪的东西，双手举过头呈上去的那一瞬间，鬼火忽然消失了。从墓碑后的阴影中凛然走出两个带着数名随从的武士。藤六还满脸吃惊未缓过神来，手中的发簪就被收走了。

"绝对没错，与须贺屋给出的东西没有丝毫差别，就是这个发簪。这可是铁证如山。"

"小凑百姓长吉家六男藤六，因杀害须贺屋善七之女阿春之凶嫌，即刻逮捕。规矩点的就乖乖受绑！"

藤六睁开双眼，盯着两名武士的面孔，反复打量了好几遍。紧接着，仿佛咽喉要裂开一般，疯狂吼叫起来。运平当时头脑中一片混乱，四处找了找现西的身影，那怪异的破戒僧，早已和死灵一起——

消失得无影无踪。

运平的胸中再次充满了愤懑。

荒神棚多九郎

多九郎独自坐在后台门口的地上，歪着头，越过自己的肩头凝视着地面。

北国的土是黑色的，不知为何多九郎这样想到，不像是土地肥沃的原因，那不是富含养分的黑。土壤已经枯竭，只能养育一些苔藓之物，毫无养分可言。只不过，这一带的土地看起来似乎浸润了什么东西，所以是黑色的。

——因为古老吗？

也许确实是古老，祭祀供品的残骸已浸润其中。

人们留下的大量汗水、血液、唾沫，还有污垢、毛发、眼泪、怨念、憎恨、执着等，这些东西都浸润在了土壤之中。

北国的冬天很冷，所以浸润之物便与整个土壤完全冻结，继而融化，渗透进了土壤内部的最深处。

说到底，土壤不过是尸骸，因为人和动物、树木花草死后腐化就成了土壤。就这点而言，还真难相信人们竟能与之如此亲近。生者的渣滓重重叠叠地渗入进去，并经历几度星霜，然后便成为土壤。

看来土壤是种专门凝聚加固烦恼之物。

多九郎不自禁地联想着这些，嘲笑自己尽想些无聊之事，拈起落在屁股旁边的小树枝，轻轻地立在地面。

刺地画了一条线。

数粒白沙掉落在黑土之上。

——已经干涸了。

土壤还是湿的。虽然并不能感到水分，但还有黏性。但沙粒上却没有。

就像烧尽烦恼的舍利子一般？

——真是一点都没有趣。

缺少了情爱、欲望之类的，这样的舍利子又有何乐趣可言？

——小平次……

无趣。

这些沙粒是从小平次的草鞋上掉下来的，白沙地的沙子。

——这种野草丛生的乡下也有白沙地吗？

不管用沙子如何覆盖，积年累月浸染的烦恼都是无法掩盖住的。就如这间戏剧屋一样，只是仓促间建立起来的仿造物。

多九郎放下树枝。

掉下去的树枝也没发出一点声音，被土地完全地吸了过去。

村子里引起了一阵小骚乱。据说两年前杀害年轻女子的歹徒已经被逮捕了。

做解说的旁白说，歹徒是平民小凑的儿子，也曾多次来这间戏剧屋，但伴奏人多九郎却没一丝印象。不过他倒是认识那被杀女子的双亲。须贺屋善七在附近邻镇也是个数一数二的大财主，这次公演也得到他的大力赞助。也不知他看中了这个破舞台的哪点，不到三天总要到戏剧屋露一次脸。善七的女儿——被杀害女子的妹妹——则每日都来。父女二人也曾多次一道前来，就连后台的多九郎也认识了。

也因如此，这件事成了玉川座内部的热门话题。

听剧组众人你一言我一语，都谈论着善七和杀人者应该在戏剧屋曾有过照面。

大概是说奸杀了一个无辜女子，两年来都毫无悔意游手好闲地活着，最后竟还厚颜无耻地来看戏剧表演，和自己下手杀害女子的父亲坐邻座也能无动于衷，此事简直令人难以置信。

村里人也沸沸扬扬。

这个村子里没有一点乐趣可言，是个只会劳作然后死去的无聊村庄。仅因为杀人者被逮捕，整个村庄就变得像祭祀活动般喧闹不已。托此之福，戏剧屋也很空闲。

没有客人来。

仅因为杀人者被逮捕，戏剧屋的客人就减少，这在江户是不可想象的。如果是游街示众或者当众斩首尚有可看的，只是被逮捕的话，根本无可看之处。虽然并无什么可看的，但看戏终归是要买门票，可闲话却是免费的。不用花钱便能喧哗着一扫无聊的话，估计谁也不会来看戏了吧。比起虚假的狂言喜剧之流，现实中杀人者的故事肯定更为有趣。在这点上，多九郎也是这么认为的。

如此下去，舞台也不妙了。大家都认为，与其这么闲着，倒不如停止演出更好。这次的演出也算成功，也得到了观众叫座。有一两天空档也对旅行剧组的盈利没什么影响。更何况，观众也是时候感到厌倦了，就算以此为契机撤退，眼下看来也无所谓了。

舞台停演，后台众人和几名演员便商量着去官衙看看。其实，就算去了也看不到什么，但一众蠢材却说什么相逢亦是缘，身为仇敌却同台邻座真是因果之类的，显得兴致勃勃。

但多九郎却没心情一起闹腾，也提不起一点起哄的情绪。若是在江户，也许还会来点劲，看在这群蠢材的面子骂上一两句，但现在却怎么也提不起劲来。

——是这片土地的原因。

这片烦恼的黑土地将稀里糊涂的心情吸走了。

一直被吸着，直到吸干了无聊地死掉。这不符合多九郎的性格。

——这里不适合喧闹起哄。

事到如今就算抓到杀人者，女子也不可能活过来了。

多九郎清醒过来。

——小平次。

多九郎想起了那个愚钝之人阴沉的脸。

那个人现在在官衙。他并不是去那儿参观的，他好像是这件事的证人。当然，是杀害女子事件的证人。

具体到底是怎么回事，详细的情况多九郎也不清楚。和他人都没法好好说话的小平次能够做什么证明，多九郎也猜不出来。

小平次不可能目睹了杀人过程，他应该没来过这里。玉川座在当地是首次亮相。连时常四处游走的一群人也是第一次造访这里，一直待在储物柜中不踏出半步的废物更不可能来过。这点是毋庸置疑的。

小平次昨日也被叫去了官衙。

杀人者被捕就在昨天的夜晚。

——他看到了什么吗？

多九郎伸手撑在地上。很硬。硬而柔软，粗糙的，但却很湿润的土壤的触感，通过手掌，好像烦恼一波又一波地涌上来。虽没干劲却无法平静，一种浮躁的情绪缠绕着身体。

他心里突然无比想念女人的肌肤，但又没兴趣去抱那些又胖又丑的饭盛女[1]。虽然有人说宿场女郎很文雅讲究，但对多九郎来说还是不行。虽然白粉的味道不会有不同，但他心里还是排斥。

——阿冢。

没有抱过的女人雌性的味道穿过鼻子最深处。

明明想着小平次的事，但却思念着阿冢。

一旦意识到这点，阿冢的肉体、肌肤、味道便充满了头脑。

——怎么回事？

这一点也不像自己，多九郎感到焦躁。

多九郎并非是个会执着于一个女人的正经人，也不是一个会被一个异性夺去心神的乳臭小儿。他是一个爱打架闹事的流氓和令人棘手的荒神棚，女人对他而言就是买来和丢弃的。可这又是怎么回事？

1　饭盛女：江户时代在宿场以奉公人名义提供性服务的私娼。宿场，水陆转运的货栈。

多九郎抓了一把土。坚硬的地面和柔软的肌肤不同，没法抓起来。多九郎的右手就像给地面挠痒般，只在黑土地上留下了一些划痕。他感到指甲间积满了妄想之念。

就在这时，传来一声呼唤他的声音。

原以为周围没有人，所以多九郎不由得有点吃惊地直起了身子。

回过头一看，喜次郎正站在后台阴影处，一脸无所事事的模样。

"什么啊，原来是喜次郎，别吓人啊。"

听见他粗暴地回答，喜次郎用怨怼的眼神看了他一眼，说道："请你不要再这样叫我。"

可能是光线的原因，他看起来很疲惫。

"喂喂喂，这句话可是我的台词。我说喜次郎，哎哟是歌仙，你看你那是什么样子，就好像马上要响起伴奏似的。又不是小平次，别在那种地方飘忽地立着，令人不舒服。别太过分了。"

"剧组休息，我在哪里摆出什么表情都是我的自由。"

"不管怎样，你好歹也是招牌啊。"多九郎说着站起身来，直起腰，随后露出一副吃惊的表情。

"招牌旦角摆出这副阴郁的表情，客人才会跑掉啊！"

"根本不是这么回事。"

喜次郎在后台门口边上的衣箱上坐下来。

"这里的客人就是冲着小平次那张阴郁的脸来的，这次的演出卖点是幽灵，和我可没关系。"

实际上，喜次郎确实说对了一半。

出远门演出有很多方面都受限，能准备的东西也有限。大规模的舞台设置自然是不可能的，装扮也会变得简单。大概也因如此，比起戏剧，中场休息时穿插的歌舞曲目所占的比重反而更多。精致高雅的节目在土里土气的乡下太扎眼，华丽的服装和三味线音乐等也很罕见，所以手舞足蹈一类反倒受欢迎。另外，除了有名的剧，故事情节复杂的狂言剧目都不是那么受欢迎。

然而——这次却很受欢迎。只不过，不是拍手叫好、大声欢呼纸捻满天飞的那种欢迎。看客都因小平次那阴沉至极的脸和平白无起伏的台词而全身战栗。在经历了一番胆战心惊之后，再以华丽的手舞足蹈来一扫阴郁。在多九郎看来，似乎这才是真正受欢迎的原因。

只有这次，小平次算派上了用处。

"哼！你该不会是因此恼怒，而在这里做幽灵的练习吧？打住、打住，学那种东西可没一丁点好处。整个剧组都变成一群木头的话那才真的是乡下的平民戏剧了。再者，光是幽灵可没法演戏啊。"

多九郎骂完便卷起衣摆蹲了下去。

"才不是这样。"喜次郎一脸无趣地回答道。

"那个人——到底是谁？"

"那个人是指谁？是说那个愚钝的小平次吗？"

"就是那个愚钝的人啊。"喜次郎转过脸来。

多九郎吃了一惊。

在不久之前——喜次郎的确是个连男人也会痴迷的美少年。虽然没有哪里发生什么变化，但现在看起来却很普通。虽不能说欠缺神采，但的确只是个普通的男人。

"你，喜次郎——"

多九郎突然无语，不知该说什么好。喜次郎敏感地读出了多九郎的神色，小声地问："怎么了？"

"你想说我不涂白粉便认不出来了吗？"

"我可没这么说。"

"你的表情就是这个意思。"

"算是吧。"

"这也是没办法啊。"多九郎继续毫无意义地说着。

"是因为你在的时间长啊。"喜次郎也无意义地回答道。听声音确实是玉川歌仙。

"这也确实没有办法。"

"是啊，我是男娼屋的下人，你则是被卖到那里的男娼——不过，你在接客之前就被仙之丞看中很快就成了戏子。我嘛——"

"四处流浪的打鼓人——"多九郎用一贯的打趣口吻说着，"当然现在倒没有嘲笑的人。大白天干脆来喝酒好了——"说着便走上后台，最后拿出了一坛浊酒。

"虽然我们相识已久，但和你这样喝酒还是第一次。"

多九郎给喜次郎的茶碗倒上白而混浊的酒。

多九郎边倒酒边口不对心地说："剧团才子与游走的打鼓人真是云泥之别。"喜次郎把酒接过来，答曰："剧团才子？这个称呼真是令人吃惊。说到这里总感觉有些沉重。"

"怎么，你对这种小剧团不满？"

"才不是。"喜次郎小声答道，"虽家世不足道，但我若真有才华，其他的剧团必定会主动找我。年轻时自然不必说，如今却没有任何邀约了。"

"不是仙之丞不肯放手吗？"

"谁知道呢。"

喜次郎掖起衣摆坐正身子，含了一口浊酒。

"就算有才华，我的才华说到底也不是演技，而这份才华已经凋谢了。"

"你只是无精打采不是吗，这么说太丢脸了。"

"啊，的确很丢脸啊。所以啊，我啊——很嫉妒小平次啊。"

"小平次——"

多九郎愕然，这么直截了当地说反令他无话可答。

"你疯啦，喜次郎！你这根本是往死胡同里钻啊！"

"难道不是个难以取悦的名人吗？"

"真是胡说。"多九郎道。

公演也是时候散场结束了，事到如今就算隐瞒也没有意义。反正这种谎言也不会再说第二次了。他在心里思忖。

"直言不讳地来讲，他就是想搅和浑水得一笔钱。只是光这么说也就无趣了。那家伙不管修行几年，登上舞台多少次，都是根毫无用处的萝卜。不不，如果涂白粉的外行被比喻成萝卜，那他就是更烂的腐臭萝卜。怎么煮怎么烧都不能吃，所以被扫地出门了。"

"真是一门之耻——"多九郎破口骂道。

也不知为什么，一想到小平次他就无比地愤怒，说出口的话也格外愤慨。

"虽然以前并非这样——"他不禁又说道。

"他本人也曾经这么说过。"喜次郎道。看起来喜次郎并没有什么怀疑，但对多九郎的话却是半听半忘。虽然也可能是多九郎骂得太过的原因，但想到这点却让多九郎越加冲动地想破口大骂。

"那根本不是在自谦或是什么的，那就是事实。活着一刻就只有一刻，活着丢人的臭鱼，就算活着也毫无用处，他就是这么个浑蛋！"

"说得太过分了吧。"

"事实就是如此啊！"

这不是谎言，因为小平次的老婆也说过同样的话。

——阿冢。

原来那个女人用那么不堪入耳的话说自己丈夫就是出于这种心态啊，多九郎明白了。那个男人，不管他人怎么骂都算不上过分的吧。

"但是啊——"喜次郎偏过头去。

"但是什么？"

"就算这是事实——"

"就算是，怎么？"

"那人和我到底谁更厉害呢——"喜次郎莫名其妙地说道。

"厉害？你说的厉害是指什么？"

"我并不是指身份啊、家世啊之类的。我也不过曾是男娼的贱民，你也是个被排斥的无家可归者。在世人眼中，都是五十步笑百步的流浪人。愚钝也好，笨蛋也好，这种事情根本没关系不是吗？事实上，那个小平次虽很奇怪却是个名人，预先就是这么宣扬的，实际上也客似云来。纵然那是编造出来的事实，但的确得到了真实的结果。与之比起来，我又如何？"

喜次郎鬓角的一缕头发垂下来，贴在了脸颊旁。

"真——这真是出色的旦角啊。"

自己在说什么啊——多九郎生出一种极为焦躁的情绪。

"若客人多的话那就是。"

"肯定很多啊。"

"谁知道呢？"喜次郎仰头一口饮尽剩下的浊酒。

"你认为再过十年还会有人来吗？"

——真是个娘娘腔。

多九郎很讨厌这种矫作的语言。

"别说这种钻牛角尖的话。谁都会老的，不管是名人高手还是招牌，老了就都完了。实际上就算是仙之丞，在你独立起来后就不再演年轻姑娘了不是吗？现在连看板也不上了。"

"老板是忙着算账呢。"喜次郎眯缝起眼睛。

"你才是。平日里一直说着老板是你的恩人，说他坏话不太好吧。"

"我可没说坏话。老板是已经放弃了自己技艺的大人。这不也是很伟大的吗？他知道自己能做和不能做的事。与之相比我又如何？我是靠外貌才来到这里的，根本不知道年轻为何物，它只不过是随时间流逝而很快消失的东西而已。"

"那又有何不可？"多九郎不懂。

"那不也很好吗？外在也是技艺的一种啊，我就算把整个人倒过来也模仿不出你半分。再者，这么偏僻的地方，只是有点不受欢迎又如何？那些乡下老土的客人根本不懂江户的戏剧，那些人只懂怪模怪样的南瓜舞。那个浑蛋小平次，你担心他才是可笑呢。"

那个家伙——干脆死了算了。

多九郎没理由地这么想着。

"听着，喜次郎，小平次是因为可怕而受欢迎。客人接受他是因为看到可怕的东西，那只是个杂耍，根本不是技艺。那就和秘佛开盒——不，还不是这种了不起的东西，就和秩父的大鼬[1]一样，管他是头牌还是垃圾或是什么都无关紧要，就算死了也没什么大不了。所以说——"

"你想说不是技艺是吗？"

"说对了。证据就是，那个蠢人连一个慰劳品、一个纸捻都没有收到不是吗？那副尊荣举止，谁看到都会感到厌恶。就算登上舞台也没一个女人会看上他。而比起来你呢，虽然你说客人不太喜欢你的表演，但不还是照样被追捧？就连最近演出结束了，也还有人来。"

"你是说现在街知巷闻的须贺屋先生吗？"喜次郎冷淡地说着，砰地把茶碗放在了凉席上。

"前天须贺屋来了吗？"

"没错，真不知他到底来做什么。"

"来做什么——当然是来看你啊。"

"多九郎。"喜次郎满脸疲倦地瞪着多九郎。

---

1 为日本故事传说，喻指平淡无奇。

"怎……怎么了？"

"我也在这条道上走很久了，客人喜欢的是什么，对方是否对自己有意，这点我还是很清楚的。"

"须贺屋不是一直在赞助你吗？不，我听说他女儿的目标是玉川歌仙，未经世事的姑娘被你所迷，才在你身上挥洒金钱之类的。"

"阿秋小姐对我应该是没什么兴趣的。眼里看不出想法，言辞亦无情感，是奉承还是真情这点判断能力我还是有的。他们——"

"是有什么企图——"喜次郎闭上了嘴。

"企图吗——"

特意花钱买门票经常来往，又送慰劳品又寄礼物来讨好，挥洒金钱，为捧一个行脚戏子而做到这份儿上她能有什么企图？

"是你的心理作用吧？"

想来喜次郎已掉入了褊狭嫉妒的洞中。从洞底看去，世间就变得狭窄，也看不到现实。"你是想太多了吧。"多九郎反复说着。

"绝非如此。尤其前天更是让人看得清楚。"

"明明无话可说却一直拖拖拉拉，只有态度非常好，就是给人这种感觉。不管怎么看都是在消磨时间地刻意补场——"喜次郎嘟囔道。

"但是啊，喜次郎，那个须贺屋不像闲得要找一个戏子来消磨时间。那是从繁忙的生意中抽空才能来的人，他何必要在这里消磨时间？若你所说属实，那须贺屋必定是有很重要的事。是什么，挣钱吗——内幕——"

——有内幕。

"就是说有内幕的意思啊——德次郎似乎这么说过。"

"稍等等。"

多九郎抬起手。

"那是前天对吧，是前天吧？"

"是啊，就是杀害阿秋小姐的姐姐阿春小姐的歹徒在锦木冢被捕的那天。"

和这件事有关系吗？如果是这样——

小平次……

小平次这个蠢人。

"那家伙为何会去官衙——"

多九郎自言自语。

喜次郎立刻反应道："是说小平次吗？"

"听说那个人当时就在现场。"

"抓捕现场？"

锦木冢是个什么都没有的荒地。据说犯人被逮捕也是在深夜之后，那个蠢人会出现在那里实在很奇怪。

不和人说话，剧目演完便悄悄收拾，不打一声招呼不知何时就回旅店了——平常小平次就是这样的。就算回到旅店也完全见不到人，谁都不知道他是睡了还是醒着，有没有吃饭。多九郎认为他肯定是藏到了某个角落里，但一般人却不会想到这点，人们甚至还会窃窃私语议论他会不会是真的幽灵。

"真是奇怪。"多九郎道。

"所以我才问你啊——"喜次郎很不满地回应道。

"那个人，到底是谁？"

"什么都不是，就是个蠢人——"

多九郎正想回答这句话时，突然想到——

——有内幕吗？

幽灵的角色应该还有其他的工作。协助金之外还有余兴工钱五两。

"余兴是什么？"

"余兴？啊，是指雇用小平次时老板说的幽灵小剧目吗？"

"就是那个小剧目啊！"

当时想着只要有钱之后怎样都无所谓，多九郎也没有多做深思，但拿幽灵出现的剧目来做余兴确实是件奇怪的事。不过转念一想，世间喜好奇形异物的大有人在，也不是没可能。

这件事背后还有内情。

"这个嘛，我也不知道了。出发江户之时，说是有个乡下的富翁，我想应该就是这次演出的赞助者，说是让去那里演出。"

"来说这件事的难道不是骗子吗？"

"他是照实传达的。"喜次郎道。

"最先来搭线的的确是那个人，但出钱的却是别人。据说是奥州青森的富翁，但是却从来没见过——"

喜次郎似乎很疑惑，但多九郎却莫名地觉得理清了头绪。

说到这一带的富翁，那——

不就是须贺屋吗？

"练习倒是也有练习过。"喜次郎道。

"练习？什么练习？"

"就是这个余兴剧目的练习啊，旅途中老板曾给过他台词什么的。"

"给小平次吗？"

"老板说把台词记住，小平次也一直盯着在看。"

"那是一个人演出的剧目吗？但是喜次郎，那个小平次怎么会独自做练习？"

"他练习过啊。"喜次郎回答。

"不像啊，连我都没见过，你却知道得这么清楚。"

"所以说，他做过练习啊。"

"在哪儿？"

"都说了，小平次他在锦木冢做过练习啊。"

"原来，是说这个吗？"

"你什么都没在听吗？"喜次郎就像摆架子亮相般说道，然后理了理衣襟。

面容是男人，举止却是女人。

"深夜时小平次去了锦木冢，一个人在那儿练习幽灵戏剧。听说好像是老板的要求，要他尽量表现得可怕些，好制造出氛围——"

"仙之丞这么说过吗？还是听小平次说的？"

"小平次可不会和我说话。"喜次郎望向一边。

"这些都是官衙那边传来的传闻。昨天老板也被叫去了，是小平次说的，还是老板说的，这就不清楚了。"

虽然和小平次相识已久，但多九郎从未见过那个蠢人进行过练习。但想想那个笨蛋绝非是个聪敏的男人，不可能轻易就记住那么长的台词。虽然离滔滔不绝还有距离，但舞台上也都勉强记住了剧本，既然这样，他应该也会在人看不到的地方进行练习的吧。

"小平次大晚上出去——"

"当然是练习幽灵剧目了。据说刚好从那儿路过的犯人碰到了他，以为是遇上真正的幽灵吓破了胆，有的没的全都说出来了。就像人们说的，内心有愧的话，芒草也会看成妖怪；胆怯的话，灯笼也会伸出舌头，伞也会长出脚来。再加上他遇上的是演起幽灵来天下第一的小平次，大家都说那也是理所应当的。"

"理所应当吗？"

也就是说，是制造出了谁都会感到恐惧的环境吗？

"听说小平次念的台词和犯人听到的完全不一样，小平次练习的是堕入地狱血池的难产女徘徊怨恨的言语，是姑获鸟[1]缝衣的剧目，但只有杀人者听到的是自己所杀的阿春小姐说的话。就是这样。"

"既然是那个剧目的话也难怪了。"喜次郎眼神里流露出对小平次的嫉妒。

奇怪。

"然后呢，难道你的意思是，小平次一直听着杀人者自己道出了所有事情，便跑去通报吗？大晚上跑到官衙去？慢腾腾的话，杀人者可是会逃掉的哟。那个窝囊废又怎么可能绑得住恶棍？那种浑蛋

1　姑获鸟：传说是死去的产妇的执念所化，妇人抱着婴儿在夜里行走，怀抱里婴儿的哭声就化成了姑获鸟的叫声。

是不能相信的。"

"他们在那里啊。"喜次郎说道。

"在那里，谁?"

"官差啊! 听说叫作星川、门野某某的官差就在现场。"

"为什么?"

"事情未免做得太过顺利了吧?"多九郎道。

多九郎说出来后才意识到，自己几乎一滴酒也没喝。

"偶然进行练习之时，偶然间杀人者刚好经过，偶然间刚好官差也在那儿等，偶然也太多了。这也未免有点……不，太假了。"

"才不是偶然，事情确实是很凑巧。有人曾到官衙去通报。"

"通报什么?"

"锦木冢上有鬼魂出现，每晚都会化作女形诉说怨言，因为很多人都感到害怕，希望官衙能进行彻查——简而言之就是有人看到小平次练习剧目，以为是真正的幽灵，于是就到官衙通报了。"

"因此官差才会——"

这也未免传得太过了。

"虽然又是一些无聊的传言，但作为官衙却不能置之不理。惯常的手段就是趁早将蛊惑人心的风传根源斩断，于是便趁夜藏到了坟墓后面。虽然官差认定那幽灵肯定不会出现才会出动的，可……"

"结果，却出现了是吗?"

"出现了啊，就这么睁着眼睛看到了。接着幽灵小平次大人就这样满身是泥地出现了。就连官差也吓破了胆。他们都被吓得无法动弹，现场还有一个人被吓得瘫软了。那个人——"

"就是杀人者吗？"

"没错。然后官差听他不停地说着，总觉得内容很熟悉。难不成——于是便竖起耳朵仔细聆听，发现他说的正是杀害阿春小姐的事。就在这时，那家伙一边道歉一边从怀中掏出了簪子。官差记得，那就是杀人现场消失的东西。"

"为什么？"

"哎，因为出动的两个官差刚好是两年前受理阿春小姐被杀事件的人。"

——果然。

太过巧合了。

"小平次可出名了啊。"

喜次郎的话让多九郎慌忙地回过神来。定睛一看，喜次郎的眼神已完全沉静下来，他已经醉了。多九郎反问出什么名。喜次郎卷起袖子道："名声啊名声。"

"小平次上演了令冷血的杀人者全身颤抖、官差也感到害怕的幽灵剧目，因此世人都说他简直是真正的幽灵。一般而言，轰动世间的事情，到中途便会受到非议而淡下去，但这次却没有任何非议，而是功绩啊。官差也是，如果只是由于害怕便逃掉的话，就会被责难是个连幽灵和戏子也区分不出来的胆小鬼，那就一定会受到些处分。幸而中途意识到了，最终顺利逮捕到了杀人者，这也是功绩啊。"

"一切都圆满收场，因此世间才会喧哗不已。须贺屋也非常高兴。"喜次郎不知为何惋惜道。

"说到底，我的事情他肯定早就不记得了吧？"

"是吗，所谓证人——是指这样的证人吗?"

小平次亲自听到了杀人者的证词。

被召到白州去作证的话，大概就是要为此作证。不过那个蠢人嘛，反正也没法正常说话，只会嗯嗯地点头称是吧——

扬名了吗?

不——

"那个晚上——"

喜次郎的下摆乱了，露出的白色小腿让多九郎闻到了阿冢的味道。

"那个晚上我被须贺屋留住，就我一个人收拾善后到很晚，等意识到时已经没人了。"

"前天——"多九郎想起来了，"话说起来，前天老板入账很多啊。虽然进来的客人并不多，但他却说挣了很多小费。所有人都跑去买饭盛女，我啊……"

"却没有抱女人的心情。"

不。

"对了，此前不是集合附近的平民一起玩色子吗?"

"嗯，因为老板也不见人影，那时候就我一个人作为给赏钱的须贺屋的对手。就在我一个人卸妆时，看，就在那儿。"

喜次郎用茶碗往多九郎身后指了指。

多九郎吃惊地回头看去。

有一团阴影。

"小平次就在那里——"喜次郎说道。

"小平次，他留下来了吗?"

"说是老板的吩咐。"

"但来叫我的却是其他人——"喜次郎道。

"其他人，是谁?"

"我不知道。他的声音没法让人觉得是个人，当我注意到时那个人就在那里，但不知何时又消失不见了。多九郎，那个人——"

那个人到底是谁?

原来是这种花招儿。

多九郎看着喜次郎的脸，眼圈红了，他根本不是喝酒的料。

——这家伙，只是被利用了而已。

这次的事情，所有一切——不，这个余兴本身就是为了抓住犯人而设下的圈套。按多九郎的看法，委托人应该是须贺屋，画画的则是德次郎说过的山师。小平次，不，整个剧团都是一颗棋子。虽然详情并不知晓，但这个不谙世事的旦角却在某个地方察觉到了一点，于是不明就里地悔恨不已。

令人可气。

多九郎最讨厌这种小花招儿。

多九郎将还未曾沾过口的茶碗放到垫子上，站起身来。

虽然并不是很明了，但他却感到无比愤怒。小平次与之有关，尤其是这点令他更加怒火中烧。

"怎么多九郎你不喝了吗?"醉醺醺的喜次郎将酒递过去问。

"我啊，终究只有虚无的才华。我的价值就如瞬间凋落的花瓣。既如此——这副凋落后的姿态已经不需要了不是吗? 和死去了一样。

如今的我就是我的影子，曾经活着的我的真面目……"

"是那幅画上的模样——"喜次郎说着莫名其妙的话，卧倒在了垫子上。

站着的多九郎向下看着那诱人的姿势。

这家伙也……没有归所吗？多九郎偏过了眼神。

刚偏过头就有人拍了一下他的背后。是弹三味线的惣糸。惣糸带着猥琐的笑容道："还以为大白天就在做淫荡之事，原来是旦角大醉啊。"

"一看，在一旁观赏的人不就是专好打架的多九郎大哥吗？"

"怎么，你不是一脸蠢样随大家去官衙了吗？"

"去了去了啊——"惣糸搓着双手从多九郎身边穿过，拿起垫子上多九郎喝剩的酒一口干掉了。

"真是个贪婪鬼。去了怎么样？"

"哎呀哎呀，真是不得了啊！"

"什么不得了，杀人者被施以磔刑[1]了吗？"

"才不是呢——"惣糸又蹲下去倒酒。

"是名人小平次的大功绩啊！有代官大人的赏金黄金五两，加上须贺屋的礼金十两，总共大挣了十五两啊！很神气吧！"

不是十五两。老板还给过五两，应该是巨额金币二十两。

"真是令人羡慕不已啊，幽灵小平次大人！"

"喂！"

---

1 磔刑：古代一种酷刑，将肢体分裂。

多九郎揪住惣系的衣襟。酒洒了出来，垫子上湿了一片。

"你……你干什么!"

"小平次在哪儿?"

"这、我……我根本不知道那个男人的行踪啊!"

"他去官衙了吗?"

"去……去了啊!现场可热闹了，大家都围到他身边，但不管大家拍他什么马屁他都是那副样子，慢慢地经过围绕着他的人。现在，应该在旅店——"

"旅店吗?"

多九郎一把推开弹三味线的。

那卑劣小人尖叫着:"你干什么啊!"

"我只是特别讨厌你这种什么都不想，整天嘻嘻哈哈的浑蛋而已。"

多九郎这已经是在迁怒惣系了。

他头也没回地走出了小屋。身后的笨蛋还在那儿说着什么，多九郎已经听不到了。

小平次，小平次小平次，小平次小平次小平次!

为何那个浑蛋，那种垃圾，那种愚蠢之人会……

阴沉的脸孔占据了整个大脑，脑海中不断浮现出那个男人蹲在那里的样子，他那从瞳孔的缝隙间偷窥的令人厌恶至极的模样不断在头脑中徘徊。多九郎往地上吐了一口唾沫。

——被吸走了。

浑蛋土地。

从小屋到借宿的民家并不是很远。现在想想那个建筑物大概也是须贺屋买下或者其他方式分配赠予的吧。回想起来所有事情全都顺利得过头了。

民家附近没有人影，大概都乐而忘返了吧。

多九郎打开门叫道："小平次！在的话就给我出来！"

多九郎已经不清楚自己在愤怒什么了。就算是这次的事情，有可能小平次也是不知情的。但即便如此——

他大踏步地走进屋里，内屋的储藏间微微地，开着一条极细的缝隙。他用力拉开——

那个蠢人就在那里。

幽灵小平次

那时小平次一直闭着眼睛。

不，应该说是一直在凝视着自己的眼睑内部更为贴切。因为他的眼睑虽闭上了，眼珠却并未停止活动。小平次在眼中看到了那令人恶心的黑红而模糊的内里。因为从储藏室细小的缝隙中微微透进来的朦胧光线，还是有能力穿透薄而柔弱的眼膜的。

红色的——

是因为那像眼睑的薄薄的东西也淌着鲜血的缘故吗？小平次想。

原来自己也有鲜血在流啊，他又想到。

旅途归来后，前一个妻子已经变成了牌位，而儿子也不知何时成了白骨。

所以，妻子和儿子是否流淌着血液小平次也不清楚。

——志津。

志津是个胃口很小、瘦弱又没有血色的女人。

小太郎则是个纤细安静，让人觉得很柔弱的孩子。

没有血色的女人就那样轻飘飘地消失，柔弱的孩童也不知何时腐烂埋没。就像一开始就未曾活过一般，小平次想。

如今不在，所以过去也不曾存在。

这么想也并未有什么不对。与其说没什么不对，不如说这样想更轻松。正因为小平次记得，过去才并未消失。

过去这种东西就像幻想一般，只是有那种感觉，但实际什么都没有。回想过去的行为就像是将那一幻想映照在水面一样吗？

只是有一种映照其上的感觉。实际映现的却是自己。

回忆全都是自己的影子。所以，回忆中的志津是装出志津模样的小平次，小太郎是模仿着小太郎的小平次。记忆中的戏园子里，只不过是很多的小平次在演绎回忆而已。都只是独角戏罢了。小平次回忆里的东西，所有的一切都是小平次自己。

不想见到自己的脸。

眼睑内的东西已经令人不胜其烦。

不论何事，小平次都喜欢淡然安静地冷漠对待。

所以，对小平次而言，拥有美好回忆的分身一重一重地不断堆累，这真的是一件无比苦恼的事。

只要现在就好。

那种单薄是小平次喜欢的。

回忆这部分与其让当世第一的笨拙演员来出演，还不如干脆消失得一干二净更好，对志津和小太郎来说也是一种幸福吧。

小平次半睁开眼，手伸进怀中——金块。

这个村子到底发生了什么事，小平次并不太清楚。实话说来，他只是完全按照他人的吩咐去做，不管不顾地听任事态发展。当自己注意到的时候，手中已捏有别人给的金币。他人对自己又是害怕又是道歉，又是赞赏又是感激的，诸多此类，但不管这些态度如何强加于身，对小平次都没有丝毫影响。

怀中厚实了，肚子却只感到寒冷。

大枚金币二十两。这是一笔巨款，比身材扁平的小平次要重得多。不知为何，金子很有分量，给人感觉和一块块血肉很是相似。

——那个商人为何会那般感谢自己呢？

小平次不是很明白。

他说："这样死去的女儿也终于能浮现眼前了。"

人死了也就那样。人既无法从包住自己的膜中出来，亦无法进入他人的膜中去。生命枯竭的话只会萎蔫直至消失，死了便失去内涵了。没有内涵的东西是不会悲伤也不会憎恨的，这是小平次最了解的事情。浮浮沉沉全只依凭生者的心，所有一切都不过是余留之人的独角戏而已。

如此的话，那便没必要介怀亦无须花费钱财了。

总而言之，那个男人还有那个商人以及那个武士大概都只是沉醉在自己的戏剧之中而已。

这样想着，小平次便理解了。总之，小平次的演技很笨拙，因为笨拙才无法沉湎于过去。就连创造回忆他也是笨得要死。

小平次抚摸着金币表面。对既无内涵又不温暖的如薄纱般光滑的小平次而言，它的重量、硬度和触感都是异样的。凹凸的表面又冷又硬。

但即便如此……

——阿冢。

不知为何，指尖金币的触感令他想起了阿冢。

阿冢，并非回忆，这不是小平次的戏剧。那个女人是真实存在的，活着的，有着切实的内涵。

不仅如此，第一次相遇时——

阿冢正流着鲜血。从嘴角，额头，还有膝盖——

白皙的小腿和手臂上也是一块块青黑斑点。斑点周围很红，透亮的肌肤下的血大概已经凝固了吧。细致的白皙薄膜包裹着弹性十足的果肉和果汁。

阿冢的身体里，流淌着血液。

那时的阿冢用湿润的黑色眼眸毫无表情地看着小平次。

她的眼神空虚，内里也是空空如也。但即便如此，那柔软而富有弹性的肉里依然满溢着浓稠的温暖血液，在身体里咕噜咕噜地巡回。一想到此他便无比恐惧，小平次——

他紧紧地抱住阿冢，埋进了那柔软的肌肤里。白色的丰满肉块将单薄干枯的小平次吞没，只有那一瞬间，小平次才消失得无影无踪。平日里一直念着想要消失，想要抹消存在，却不管怎么做都无法消失的小平次，刹那间感觉真的消失了一般。

阿冢的血有铁的味道。

阿冢活着。但小平次是明白的，阿冢虽是个流着鲜血的女人，但她的灵魂却并不求生。无论怎么埋入肉中，揉弄肌肤，阿冢都不在她的血肉之中。阿冢的灵魂不在这个世界，她在中间地带渴求着彼岸。

小平次像死去了一般地活着。

阿豕虽活着却期盼着死亡。

小平次的直觉准了一半。

不知为何阿豕并没拒绝小平次。虽然没有完全接受，却也并未抗拒。两人一路相伴同行，进入江户后依然没有说过一句话，但阿豕却并未疏远小平次。

那时候也是，小平次完全不明白到底是怎么回事。对连自己是喜是哀都无法判断的小平次而言，是不可能理解他人的心情的。

她对他说要买房子请他帮忙。两人共同寻找出售的房屋，然后就那样住在了一起。不是因为她拜托他留下，只是没有说让他滚而已。

他丝毫不明白阿豕的想法。但阿豕却向世人称小平次为主人，宣扬自己是小平次的妻子之类的。她曾说过，因为住在同一屋檐下也就勉强算是夫妻了。而小平次想想也觉得确是如此。

对方的事二人都不曾提及。小平次自不必说，而阿豕也对自己的事一直默然不语。就连阿豕这个名字也是在买房子写地契的时候，她敷衍说写什么都行，小平次才随意填上去的。

连名字都不知道。加之五年来几乎都不曾有过对话。

但是——

只有一次阿豕说起了自己的事。

"妾身——

"是个无可救药的病人。

"一个迷恋上不存在于这个世上的人，从而舍弃了人生的大笨蛋。

"是个想要嫁给挂轴画像而离家出走、丧失伦常的女人啊——"

如果完全相信这番话，那就意味着阿冢恋上了挂轴上的画像，脱离了世间伦常。确实阿冢带有一个类似书套或是木箱的东西，现在应该也还在家里某处。若是事实，那便是说阿冢迷上了没有内涵、没有重量的单薄画像，并一直持续追求着。

所以——阿冢一定很讨厌自己的内涵，很讨厌自己的重量吧。

小平次这样想着，如此便能理解那份思绪了。虽然不清楚实际的情况，但小平次是如此理解的。阿冢是个流着血液的人，小平次仍对此感到厌恶至极。但即便如此，即便阿冢和小平次如此不同，她流着汩汩血液（若那是事实的话），阿冢应该比小平次要痛苦得多。

只是阿冢与小平次不一样，她并不希望自己的内涵消失，也并未想过抹消自己的重量。在她看来，反正要令自身消失是不可能的，索性便不管不顾了。不，也可能她已觉悟到——只要活着便不可能变得单薄，所以才会那般暴怒。

——阿冢。

阿冢的怒骂声，阿冢血气上涌时的肌肤，阿冢的触感。

小平次触碰左脚后脚跟，龟裂的粗糙触感与阿冢软绵绵的触感重叠。一种难以形容的感觉。

不管怎么揉弄都没有变薄一丝一毫。

噗噗。

包裹着小平次的薄膜微微震动。

眼睑张开一点，模糊朦胧的一寸五分的人世映射入眼。

这个人世——一条蓼虫从储藏室的缝隙间混了进来。虫子在昏暗的屋里飞了一小会儿便停留在他左脚脚趾尖上。

——原来如此，我是有躯体的。

虽说虚无单薄也没有内涵，但至少还能让虫子停留。

虫子给小平次留下了像被针尖轻轻碰到的微弱触感，便爬到了地板上。

小平次想——自己到底是怎么想阿冢的呢？

怎么想——根本没怎么想，不可能想的。

然后便停止想这件事。

真是愚蠢。这可不是已迫近不惑之年却一如婴儿般无能无力的小平次，连悲欢喜乐的心情也无法好好拥有的笨拙、废物般的小平次该想的。

想要和别人扯上关系才不正常。

真的是疯了。

小平次用骨节嶙峋的手赶走虫子，但虫子却没有逃走，反而像被夹在储藏室的角落一般一动不动了。

——也就是这种东西而已。

他不知为何这样想到。

不过是一个追求无生之生的笨蛋和一个迷恋无生之物的女人偶然相遇而已。

——挂轴的画像。

说起来玉川歌仙也说过类似的事情。

他曾说过，在某晚紧抱双亲被砍死尸骸的旦角，一直忘不了那幅装裱了描绘自己年轻模样的挂轴。

明明没有内涵，只是将颜料涂在宣纸上的东西而已——

但那幅画却活生生地存在于世。

似乎这样说过。

单薄的表面明明不可能有生命存在。

的确是这么说过的吧。

那个旦角也在表面和内涵的狭缝之间迷失了自我，小平次这样想道。歌仙是阿冢的另一面，借用阿冢的话来说，便是一个偏离伦常的大愚痴。

到此，小平次总算渐渐地明白了那个商人的心情。

亦即是说，心里想着死人的仇恨或是感到悲伤，这和迷恋上画像不是同样的道理吗？如果阿冢是偏离伦常的愚痴之人的话，那么记挂死人之事可说是同样的愚蠢。

小平次又闭上了眼睛。平常为了远离漆黑一片，小平次总是睁着双眼，但唯有现在却怎么都无法做到了。

——为何？

是想看看内里吗？想看看自己内里的黑暗吗？想看看最讨厌的自己吗？想看看恶心的自己吗？

不。

小平次的手指离开脚后跟，再度揣入了怀中。

沉甸甸的，金块。

金币的触感。

——阿冢。

原来这样，所以才会如此吗？小平次理解了。

阿冢的血有铁的味道，原来金币的触感和阿冢的血的味道是一样的。

小平次将手指放到舌头上，来回舔尝阿冢血块的味道。

有某种东西在空洞之中翻滚的错觉，小平次有点沉醉。

就在这时，一阵呼唤小平次的声音传来。

——多九郎。

是安达多九郎的声音。

小平次的手离开了金币，张开眼睛，隐藏起自己，暗暗念着"变薄变薄，消失消失"。

别过来别过来，别到这边来。小平次窥视一寸五分的人世。

"小平次！在的话就滚出来！"多九郎怒吼道。

他那打开大门的嘈杂声，踩踏木板房间的声音，就像武戏中的主角一般，怒火的高潮逐渐靠近而来。

就在想着别过来别过来、停下停下的一刹那。

哐当一声弹起，一寸五分的人世打开了。

缓缓地向上看去，无家可归的安达多九郎穿着草鞋，叉着双腿站在那里。

"喂，小平次。"

连回答的间隙也没有，多九郎粗暴的手腕便伸进储藏室抓住了小平次的前胸。

"你这浑蛋，一点想法都没有吗？"

多九郎边说着话，边将小平次从储藏室拽出来。原本便没什么重量的小平次就像被从抽屉抽出的带子般滑到木板房中。

多九郎在说三次"一点想法都没有吗"的同时一直摇晃着小平次。这个问题是没有回答的，就连他也不知道自己是在问针对何事的看法。

多九郎扬起粗眉伸出下颏，皱起额头俯视着小平次。

无奈小平次只能向上看。

"哼！"

多九郎用鼻子吭了一声，猛地松开小平次。

"还真是一脸不知何事的表情啊，浑蛋！"

小平次猛烈地撞到地上，险些喘不上气来。

"你想说只有被赞扬干得好而没有被责难的记忆吗？是这样吗？喂！"

小平次没有出声。

是从何时开始的呢，面对他人的问题变得难以回答了。

他回头看了一眼。多九郎虽是个粗暴的男人，但迄今为止还不曾向小平次出过手。

看向他的眼睛时，多九郎立刻移开混浊的双眼，道："不要摆出一副毫不知情的样子！"

"什么也——"

"你这话是什么意思！"

多九郎的手再次伸向他的前胸。

"我说啊小平次。"

多九郎满身大汗，呼吸也变得急促，还散发出一股体臭。这证明，多九郎是活着的。

"大爷我可不是斥责你不好什么的。我说小平次啊，听说你好像受到地方官还是什么人的赞赏，还从须贺屋那得到了一大笔礼金，被那些下级官员大肆吹捧不是吗？"

是——那样吗？

他一点都不清楚到底是什么情况。他被带到白州，只不过一直颔首，话也没怎么说就得到了褒奖金、礼金什么的。小平次明明什么都没说，一切却全都得以解决，就像只是点头称是便能解决一般，所有事情都瞬间被安排好了。

——明白了，你这次做得实在精彩，应有赏赐。

——这样他女儿也能成佛了吧。太感谢您了！

——太厉害了，小平次先生！太像了！太像了！

——快看！那就是让恶棍也惶恐的幽灵小平次。

——哟，幽灵小平次！

"那又如何啊！"

多九郎摇晃着小平次。视线不稳定的小平次被晃来晃去。

"喂！听着没，小平次！"

小平次一次次地被剧烈摇晃，就像在波涛汹涌的大海中的海藻般摇来晃去。多九郎坚硬且又厚又热的拳头无数次地撞击着小平次那肋骨浮现的胸板。

"我说，你可别被吹捧就得意忘形，不要一被夸奖就想变成天狗。你那张愚蠢的脸算什么？你就不能做出欢喜大笑的表情吗？真恶心！"

笑。

欢喜。

这应该是很平常的吧，一定是。小平次就是因为这样想了，所以——便笑了。

"不要给我做戏！"

多九郎又一次将小平次推到木板房上。

"明明是个烂到根底的拙劣演员，不要给我演这种烂得要死的戏！怎么样，难道你不高兴吗？我在问你肚子里的想法啊！你那平平的寒酸身体里有人的灵魂存在吗？"

肚子里……

单薄的小平次根本没有肚子的内里。没有内涵的东西怎么会有内里——

——不，似乎有。

若说这单薄的薄膜内侧如今有什么的话——有。

可即便如此，薄膜内侧依然是空的。

那里有空洞。

"呸！"

多九郎发出一声既是咂舌又是嘲弄的声音，将小平次推倒在地。

小平次任由多九郎推倒，他横躺在地上望着肮脏的木板房。

"小平次、小平次——"多九郎就像罹患热病的小孩儿说胡话一般不断重复着，"虽然我一直都没说过，但是小平次，我最讨厌这样的你了。就是因为把你当作朋友才没有说，但我一见你那阴沉的脸就想杀了你。我不知道你是怎么想的，但要我说你就是个垃圾！你老婆说得没有错，既不会笑又不会哭，也不会发怒，这样的你根本就不是人！"

没错。

就是这样，没错。

"为何不发怒？发怒啊，怒吼啊——"多九郎吼叫着。

他在激动什么呢？小平次望着木板房粗糙的顶部想着。那种事从一开始不就明摆着吗？为何现在还如此激动？因为小平次一直都是这样，并不曾有过什么变化。

不，也有一点改变的，小平次想。

怀中很沉。也许是这份厚重让小平次稍微改变了一点。

多九郎的声音已经听不太清楚了。小平次抚摸着怀中阿冢的肌肤。

小平次又被拽了起来。

多九郎不知怎的一脸丧家犬的表情。

"不管我说什么你都没有一点感觉吗？！"

小平次移开了视线。多九郎的模样似乎令他觉得极度可怜，让他不忍看下去。

"你这浑蛋！"

背过脸去的小平次就那样飞了出去，飞出的瞬间发出了一声沉闷的声音。他滚到土地上，撞上了炉灶。他感到脸颊变热，接着涌来一阵疼痛感。

似乎是被揍了。

多九郎直挺挺地在木板房内站着，盯了小平次好一会儿。然后，他打了一个寒战，随即走到土地上，来到小平次的旁边，问："疼吗？"

"很疼吧。虽然你从早到晚都装出一副死了的模样，但被揍还是会疼的吧。怎样，说疼啊！就算你装出一副幽灵的模样你还是活着的！只是腐烂了但却没有死。好痛啊，很痛的吧，喂！"

侧腹处——多九郎一脚踢了过来。

第一次很轻。

第二次，第三次，多九郎猛烈地用脚踹着小平次。小平次气息受阻，胃部脏腑收缩着，苦涩的汁水翻涌到了咽喉。

第四脚踢在了咽喉处。第五脚踢中了心窝，小平次呕吐了起来。

因为什么也没有吃，吐出来的全都是气息和水一样的东西。

金币陷入了肚子，他只顾着去感受金属的异样触感。

"就因为活着才会呕吐，即便如此，你还要装出死了的模样吗？"多九郎对小平次胡乱踢踹。小平次抱着头，满身呕吐物，在地面滚动，就那样滚到了外面。

小平次边滚着边想，的确就如多九郎所说的那样，自己一生虽然都单薄且空虚，但却有能这样滚动的身体。虽然是个没有内容的空皮囊，但被踢打的话，至少还能吐出来。

虽然这对小平次而言是一件非常沉重的事，虽然他应该没法像阿冢那样伴随着血肉生存，但即便如此，这就是现实。

他在土地上爬行，窜进了草丛中。身后传来多九郎的声音：

"喂，小平次，顺便教教你吧。也许你是打算不和任何人扯上关系，不去触碰任何东西，随心所欲地活着，那你就大错特错了。"

他在说什么？

小平次捂住了耳朵。因为他感觉似乎有种不明究竟的东西要进来。多九郎踹了小平次的屁股一脚，大声怒吼着：

"你啊，被人利用了。你怀中的金子不是褒奖金也不是礼金。剧团老板给你的钱加在一起，全都是你的酬劳。你可能什么都不知道，但这次的事情从头到尾都是一出精心设计好的阴谋剧情。你啊，不，就连我也被利用了啊。你这种垃圾大概是不会觉得不甘的，一直就那样装傻充愣，但你的所作所为肯定将一个男人送进了地狱，这是无疑的。"

"听着小平次——"多九郎唤道。

"的确，被抓住的是一个杀了女孩儿的大坏蛋。虽说你是被利用了，但却并非帮着做坏事。但是呢，被抓住的那个人是会死的。恶人也好，废物也好，死就是死。所以你至少想想啊！我可不是叫你去同情他，谁有闲暇去同情一个杀人者呢。只不过啊，自作自受也好，活该也好，什么都行，挣到钱觉得高兴也行啊，想点什么啊，想一想啊。做出一脸什么都没有的表情——"

"我叫你不要无视不顾啊——"说着，多九郎抓住了小平次的衣襟。要缩回脖子也已经迟了，小平次被拉离地面，翻滚着仰躺在地。

"别给我无视！你真是令人烦躁啊！"

小平次捂住肚子。

他不是在保护金块。

阿冢——他爱恋着阿冢。小平次像婴儿一样蜷起了身体。

浑身都痛，好痛好痛。他讨厌痛感，但并不讨厌死，被杀也无所谓。但对小平次而言，感到还活着是一件痛苦的事。

"哦，在保护金子吗？带回江户去吧，是打算给阿冢吗？"

——阿冢。

"可……可……可惜啊——"

多九郎拔高声音。他似乎一直在装腔作势。

"可惜阿冢是我——"

话说到此便中断了，多九郎开始骑到小平次身上对其殴打。

殴打。

殴打。

耳中一阵嘈杂的嗡嗡声。

欢呼声和嘲笑声对小平次而言都是一样的。

"住手，快住手！"说话的声音很陌生。是有人来阻止了吗？

殴打。

殴打。

熙熙攘攘地，人们聚拢过来。

"就算他是个演幽灵的名人，但好歹也是个小演员，别打他的脸了。"

是歌仙吗？耳朵嗡嗡响，因此听不太清楚。

"适可而止吧，多九郎，你到底想干什么？"

"疯了吗？混账。"

真讨厌啊，微暗的话还好，但他讨厌漆黑一片。他讨厌黑暗。小平次勉强睁开眼睛，虽然并没什么悲伤的感觉，他的眼泪还是流了出来。明明悲伤的时候一滴眼泪也没掉过啊，是因为那并不悲伤吗？有景色渗透进来，对小平次而言过于广阔的人世风景渗透了进来。

一个浪人模样的男人正站在树林前，一直凝神注视着这边。

啊啊，他拿着一把很威风的刀。

他这样想着。

多九郎被拉开了。

啊啊，有好几个人在呢。

"小平次先生，小平次先生，你没事吧?"

我原本便是个与死物没两样的东西，没事。

铁锈的味道在口中蔓延。有点酸，有点苦，有点辣。

阿冢从小平次的口中渗出来了吗?

不——

吾也是有血液在流淌的，小平次这样想着。

辻神运平

　　运平观看着毫无趣味可言的乡下戏剧。

　　虽无观众席亦无舞台，总的来说就是有个情绪激昂的笨蛋愚蠢地在那儿来来去去，而周围的蠢人也因其行为而慌张地东跑西窜，看起来也如同一出戏剧一般。这世上是没什么需要大喊大叫、唾沫横飞地殴打他人来表现的道理。是一意孤行还是蛮横不讲理，抑或是情有可原或者有理可说，在外人眼中是无法分辨的。不管是正义还是不义，以如此方式来实行都是无理的。

　　所谓道理，就算尽全力无法走通也是能说得通的——运平想。

　　所以说这个世上是没有道理的。

　　亦即不管什么场合，生气都是愚蠢的事。若是觉得可恨，砍死便可。认为自己没错的想法是种傲慢，觉得对方有可取之处则是种同情。为迎合情势，时而看扁，时而吹捧，时而满地爬，时而又嚣张不已，就算这样活着也对世人没有任何用处。

　　连接人与人的终归都是孽缘。

　　运平摩挲着刀柄。

一副恶棍模样的男人撩起后襟，将一个如水母般缥缈的瘦削男子拽倒在地，踢来踹去。

在运平身边，鰊八和鸠二两人露出谄媚的怪脸，也对这场猴戏看得入迷。

"是那家伙吧?"鰊八道。

"是那个陷害了藤六的幽灵浑蛋，对吧老爷?"

"那个易动怒的流氓吗?"鸠二道。

"才不是呢，"鰊八回答说，"是被揍的那个。揍人的那个好像是伴奏的，是吧老爷?"

"吵死了。"

没有理由要被下贱之人称作老爷。

鰊八抄起手臂。

"不过真不明白，本想来找那个幽灵抢走褒奖金的，却跑出来个大麻烦。明明听说那个幽灵总是单独一人的啊。"

"那又如何，一起杀掉就好啦——"鸠二叫嚷着。

"那家伙也盯上他怀中的钱财了吧。这和盗窃可没什么区别啊。"

"是吧，老爷?"鸠二回过头。

明明没杀过人却自以为了不起地一通胡诌。

若不是在考虑其他的事情，运平早就割断他的喉咙了。

运平对那个施加暴行的男人根本毫无兴趣，他眼睛看着的是那个一直抱头的窝囊男人。

那个是——

是那晚的幽灵吗?

那个只是站着的幽灵吗？

已经过了两天，但直到现在运平眼睛里依旧还清晰地映现着那个凄惨的身影。

他怎么都无法想象那个怪物是捏造的，是表演出来的。

不，这并不是在说什么真正的亡魂或怨灵之类的。所谓的幽灵悉数都是捏造出来的东西。迄今为止，运平虽然惨无人道地杀害了无数无辜之人，但却没有一个变成了恶灵。如果亡魂能以悔恨怨念作祟杀死生者的话，也就不可能会有运平这么冷酷无情的人生了。

不，运平也并不认为幽灵亡魂是完全不存在的。人是种贪恋不舍的生物，仅仅是死也许并不足以斩断念想。所以幽灵也许是存在的，但那种东西应该并不可怕。

不管世上有没有妖怪，原本都是与运平无关之事。他人是死是活，运平本身并不会有什么变化，而不管是幽灵出现也好，魔怪袭来也罢，他也不觉得有什么困扰。运平对生命没有丝毫珍惜，因此便也没什么可怕的。只有怜惜生命的下人才会畏惧那种东西。

说起来，若是觉得杀人是种罪过，剧烈的悔恨惭愧之心确实有可能会纠缠作怪。然而，运平却什么也感觉不到。如果杀掉之后死人还会出来说上一两句怨恨之言，那杀人对他而言反而会变得更加轻松。幽灵到底哪点可怕，运平并不理解。

可是——

虽然只有短短的一瞬间，但那晚运平确实感到了恐惧。

明明在杀害双亲、斩杀朋友之时也没有一丝感觉的。

那个男人——

因为活着才可怕吗?

运平凝视着那个抱着头将脸埋进草丛中的窝囊废。

运平很想弄明白,自己到底在害怕什么。他觉得若是能弄清这一点,这股生来便在腹中盘旋的怨愤就有法可解了。

他看到了那双无附着之物的眼睛,有那么短暂的一瞬间——

怨愤、怒气全都消失了。

这种经历还是头一次。

"水母"被拉离地面,仰躺在地。

鸠二发出一声奇怪的叫声:"您听到了吗,老爷?"

运平对蠢材的狼嚎没有一丝兴趣,半句也没听进耳朵里。

"充耳不闻啊。"鰊八道。

"是真的吗,老爷?"

烦人的声音。运平很讨厌这些家伙粗俗的口吻,令人很是厌烦,便一个眼神瞪了过去。

鰊八不知会错什么意了,说了句:"老爷您也看不顺眼吧?"

"若是相信伴奏人方才所言,那次抓捕是有人在暗地里设下圈套。果真如此的话,此事就不能这么算了吧?"

鰊八皱起他那俨然下人模样的狭窄额头。他似乎依然打算要摆出一副恶棍相,然而却只露出滑稽之感。

"那个浑蛋似乎也并没有偷盗金子的意思啊。"

"他到底抓着他干吗?"

鸠二低下身子走到前面。那个男子正骑跨在上面殴打着"水母"。然后两三个男人从屋后出现,人们都很慌张。事情若是就这样放任不管那就有好戏看了，但不巧却被中途打断了。

"那……那不是现西那浑蛋吗？"

"现西——"

看过去，那个黑道和尚确实正在那儿劝和。

自那个夜晚后，现西就像轻烟般消失了，也没有回寺院去。

原本以为他和藤六一起被抓了起来，看来并非如此。再说官差从坟墓阴影中现身逮捕藤六的时候，那个酒肉和尚已经不在那里了。也就是说，他是在运平感到瞬间战栗的那短短一刹那消失的。

"事情越来越诡异了啊。"鸠二说道。

"对吧，老爷？"

没有回答。他不想回答。就算是那样也与运平没有任何干系。

就在这时，人们陆续聚拢了过来，大概是剧团的人回来了。

"这下可没法办事了啊——"鸠二说着转向背后。

"下次再来吗？"

"管他什么下次再来——如果事情真如那男人所说，只是逼迫勒索那个废物幽灵就太轻松了。盗取金子是金子的事，但必须将暗地里谋划的那个浑蛋找出来不可！"

"你是说要替藤六报仇吗？"

"才不是呢。谁要替那种肥猪下三烂报仇！只不过那样能挣得更多，是这样没错吧，老爷？"

运平的双眼正追随着现西。

那个出家人，如果相信他本人的言辞——那人便是患上了杀人的疾病。他说自己虽身为修行之身，却在犯下贪嗔痴三毒、打破不杀生戒律之时找到了至高的愉悦。那个和尚——

他说杀人是愉快的。

这令人极为不悦。运平不管杀多少人都没有一丝愉悦之感。既得不到任何领悟，也得不到一点快乐。没有罪恶感，亦无幸福之感，只有愤懑纠缠不清。

可即便如此，那个出家人——

现西制住胡闹的伴奏人，口中说着一些劝谏的话，将那个不伦不类的幽灵扶起照料。一个纤弱的男子步履蹒跚地一边埋怨着，一边揪住伴奏人。现西也上前去劝阻了这个人。

——演戏吗？

喜欢杀人的男人是不可能去劝架的。

如此，那便是在演戏了。明明是杀人犯，却想和世人融洽相处，将自己掩盖起来戴上面具想永久存活下去。夺走他人性命的人却只执着于自己的性命，这着实令人难以理解。智者曰，生命之价值并无区别。运平也认为确是如此。在运平看来，生命都是平等而无价值的。若说杀生乃愉悦之事，那一开始便杀掉自己好了。运平之所以没有杀掉自己——

是因为杀了也没什么可开心的。

现西让伴奏人坐了下来。幽灵则被几个人带进了农户家中。

和尚好像在说着什么。

那个手势，那张脸。

原来如此——

骗子，大骗子。

到此运平便看透了。

——那个和尚是个骗子。那晚的那张脸才是谎言。

那家伙根本没有杀过人，所以言语才无法传达，看起来才会那么丑陋。也就是说那个——

"陷害藤六的是现西。"运平这样说道。鍊八和鸠二迷糊地面面相觑。

"老……老爷，那是——"

"杀了他。"

杀……杀了他。运平身体里的愤懑不断膨胀，几欲胀裂的焦躁之感，满满地充斥在脑中，眼球都快蹦出来了。

运平的手握住了刀柄。

长四尺、大弧度的快刀，一拔出鞘便刀光森寒。那是从安房的浪人手中强夺而来的里见家传代的宝刀——交钢大功铦。他按住刀柄准备拔刀。

鍊八劝阻道："别出手，老爷。"

鸠二也说："要是在这里杀人的话，老爷和我们都完蛋了。那样——"

"又有何不可？"

鸠二紧紧抓住运平的右手，鍊八从后制住了他的手腕。"若不松手就杀了你们。"运平道。

正是个好机会。要将这群虚伪者一同斩杀掉吗？心中的愤懑就像开水滚沸一般翻涌上来。斩杀，斩杀，杀掉——

"动木大人，这不是动木大人吗？"

一个纤细的男子正站在常绿灌木旁。是方才揪住伴奏人抗议着什么、又被现西劝阻的男人。远处看总觉得他摇摇晃晃的，似乎是喝醉了。他不只脚下不稳，眼神也直愣愣的，还有一身的酒臭，只是没有面红耳赤，仅眼圈部分有些许泛红，给人一种他好不容易从酩酊大醉中回过神来、勉强能站直的感觉。

　　事情的发展太令人意外，运平的手也停了下来。他不知道这个男人的存在。虽已在这里逗留了一段时间，但他一次也没报过自己的姓名。知道动木运平这个名字的只有拍马屁的二人和那个现西而已。这么说来这个男人——

　　"你是现西的同伙吗？"就在运平打算这么问之前……

　　"是我啊——"

　　男人的脸奇怪地扭曲起来。运平没法抓住这个表情想表达的真意，些微的怯懦让运平露出了破绽。于是，这个破绽抹消掉了杀意。

　　反正即便杀了人，内心也不可能变空。又不是因为什么理由而杀人，不想杀的话收回就好。运平收起了刀。

　　吐出吸进的气息之前，男人奇怪地保持着沉默，然后深深地低下头寒暄道："好久不见。"

　　良久，男人一直都没有抬起头来。

　　鸠二纳闷儿地看过去。运平的脸颊感觉到了眼神，一股油然而生的杀意转向了鸠二。自己为何要接受这种下人如此这般的视线？

　　"喂，虽然穿成这样看不出来，可你不就是那个剧团的旦角吗？"

　　突然，鰊八如此说道。

　　"是的，现在的名字是玉川歌仙，原名是——"

"叫作安西喜次郎。"男人说道。

"安西——"

安西，安西，安西安西。好熟悉。

男人抬起脸。运平紧紧抓住了刀柄。

"动木大人，那已经是很久远的事了，不知您是否还记得，我乃十八年前被动木大人救下性命、安房国小凑那古村的浪人，安西喜内的儿子喜次郎。"

安西喜内。

他记得这个名字。虽然杀过无数的人，在哪里杀过谁也不可能——记得，但唯有安西喜内他忘不了。并不是因他天性纯良才令人印象深刻，也不是因为有来往而抱有什么特别的想法之类的，完全不是。不，他到底是何人物运平也并不知道，只是，唯有那张死去的脸和名字他忘不了。

安西喜内。

运平腰间之物——这把名刀交钢大功锛的主人。

这是对任何事物都无所执着的运平所唯一不曾放手的东西——

他用那锋利的刀刃血祭了众多无辜之人，一把长四尺、大弧度的快刀。

"你——"

被卖作男娼的小孩儿。

"这位老爷——"鲢八发出了刺耳的声音，"会救人吗？这真是令人惊讶啊！年少不更——"

运平肩膀筋肉的活动让鲢八闭了嘴。

救人。的确，运平曾经捡过一个小孩儿，但那时的小孩儿是否是眼前这个男人，运平无法判断。既无法得知，而不管是或不是，这都无关紧要。男人诉说着能在这种地方邂逅是何等奇遇，但运平却没有丝毫这样的想法。

当时会去那古寺的观音堂纯粹只是心血来潮。

想想那时候，运平还很年轻，才二十七八岁。

自十四岁杀害双亲逃离江户以来，在诸国之间流浪数十年，他一次也没有参拜过寺庙神阁之类的，但那时流落到安房后便立刻去了那儿。

天还未亮，祠堂中有个全身赤裸冻僵了的孩童。

弟弟——他想到。

不到十岁便像小狗般被卖掉，连名字也已经记不起来的弟弟——当然那时的他也非常清楚，这是绝对不可能的——但即便如此，运平那时还是那样想了。

所以就捡来了。

热心肠什么的一丁点儿也没有，只是缘于一种拿回曾经失去的玩具的心情而已。

证据就是，在他清醒过来之前，运平想过很多次要不要把这个如姑娘般白皙的小孩儿杀了。因为留着他确实很麻烦，虽然试着把他捡了回来，却没一点趣味可言。但是，运平没有杀掉他。

杀也懒得杀，无奈地问了些根本不想问的事情原委，更加觉得没有杀的意义，最终烦不胜烦便将其送回了家中。

在那里，运平发现了更想要的东西。那就是——这把刀。

活到那时为止，运平从来没有想要什么的念头。不，直到现在也是如此。所以，他心急了。

于是，运平决定了。这个捡来的小孩儿已经没有用处了，那么就像弟弟那样卖掉吧。

然后运平像父亲卖掉弟弟一样，将小孩儿卖到了男娼家。一直感谢着救命之恩的小孩儿——喜次郎——没有丝毫怀疑地打心里相信运平的话。

运平和江户祢宜町的男娼家丁字楼的老板菊右卫门取得了联系。那个像猩猩的男人在运平杀掉双亲时便与其有了来往。使杀了父母的十四岁的运平逃离江户的男人便是菊右卫门，他是个黑心肠且令人厌恶的男人。

不执着于任何事的运平想出那样一个奸计，那也是他一生中唯一的一次。为何要做出那般绕来绕去的事，连运平自己都无法理解。

小孩儿的父亲——喜内——嘴上虽一直都唠叨着"武士""武士"之类的蠢话，但不管他说什么，儿子都坚信自己很没用，因此他完全信任运平。结果万事顺利，最终喜次郎被卖到了菊右卫门那里。然后……

然后……

一将小孩儿载上轿子，运平便杀掉了安西喜内和其所有的家人，夺走了金钱和宝刀。

明明可以连同小孩儿一起杀掉的。从这个意义上来说也算是救命恩人吧。

运平盯着那个埋头不断讲述着的愚蠢男人的脸。

那张脸与喜内死去时的脸重叠了。

在道谢与辞别之后，从他的背后——砍了一刀。回过头来的那张脸，那张嘴的张合……

——卑鄙小人。

是说了这句话吗？已死之人所发出的声音他根本不想听，那与茶碗摔碎的声音没多大区别。虽无多大差别，却另有意思。没有意义的东西却要假装有意义，这是运平无法忍受的事。未待对方说完他便一刀将其自肩口砍到了腹部。所以，那人到底说了什么，运平并不清楚。

只有其相貌他还记得。

一直唠叨着"武士""武士"之类的蠢话的笨蛋，结果却如一只被耍的猴子般死了。

盗走喜次郎的一百两卖身钱和传家宝刀之后，运平就离开安房去了西国。

被卖掉的小孩儿后来怎么样他毫不知情，也没有兴趣知道。就连名字也不记得的弟弟怎么样了他都不知道，更何况捡来的小孩儿。那个小孩儿会变得怎样，更是与自己毫无干系。

——还活着吗？

他仅仅只想到这一点。

说完一通，宝刀主人的儿子吐着酒臭的气息，突然间，神色极为不安，变得沉默了。因为不管他说什么，运平都一言未发。可能是觉得自己说了一大堆，若是认错人就太丢脸了，他便胆怯地偷窥了一下站在背后的二人的脸色。

鍊八歪起了嘴角。他大概不是在作怪，而是感到很可笑吧。

"不用担心。这位正如你所言，便是令人畏惧的辻神[1]运平大人。"

"辻神——"

"西国所谓的，只要碰上便会招致灾祸——非常可怕的一位大人。"

真是多嘴多舌，但也没什么可掩盖的。不管谁对自己有什么看法，都与自己无关。

喜次郎像演戏般搔首弄姿，然后又难堪地摇头。

是因为喝醉了，还是因为已染上演员的习性？

喜次郎奇怪地说了句："我不介意。"

"不介意是指——"

"我的意思是说，不管您是一个什么样的人，您是我的救命恩人这件事永远都不会改变。那时我还是个幼稚不懂世事的小孩儿，如今却是个过气的旦角。岁月如梭，时光无情。我虽不知动木大人发生过什么事，但往日所受恩情我一生都会铭记于心。"

旦角埋下头。运平看着他低下的头的背后……

骚动已经平息。闹事的男人和被殴打的幽灵，还有围绕在旁的一群人都不见了。荒地上的废屋，北国短暂的夏天，没有任何乐趣可言的干枯景象。

"问你一件事。"

应声抬头的男人的脸遮挡了运平眼前的风景。那醉醺醺的模样很难看。

---

1 辻神：对位于交叉路口的魔物妖怪的统称。

"那个人，你和方才那边的和尚是何关系？"

"那个，是那位出家人吗？"

喜次郎眼神兴奋地看向身后。

"哎呀，那位出家人我并没印象。我想大概只是一个看不惯多九郎那家伙胡闹的过路僧人吧。"

"多九郎——"

"啊，就是方才在那儿闹事的伴奏人。"

那人是叫多九郎吗？

"不知他到底是哪里不顺心，但就算是朋友，那般胡闹也必定不简单。被揍的那位是当下受到巷间好评的幽灵小平次。他没理由会因为受到褒奖被揍吧，只能说是被鬼魅附体了吧——"

"小平次——"

那个什么都不关心、眼里空无一物的男人叫小平次吗？

"小平次吗？"

"小平次怎么了？"喜次郎问道。

"这小平次和方才的和尚——你说没有关系吗？"

"不会有关系的。那个小平次一向不爱与人来往，就连与一路长途同行的剧组众人也没说过话。那人——"

"是个废物。"说完后，喜次郎略微踉跄了一下。

"喂喂，你没事吧？"鲇八说着将他扶住了。

"千……千载难逢的相见却这番丑态，真是羞愧至极。"

"废物吗？"

自己害怕一个废物吗？什么都不怕。因为什么都不怕，所以才会畏惧什么都不是的东西吗？

虚无。

对运平这样的男人而言，那既是永远的憧憬，大概也是真真切切所畏惧的东西。运平想着。所谓虚无即空无一物，缥缈之物，就是指诞生至今四十余年间一直在体内巡回、滞留腹中、充斥头脑的愤懑消失殆尽一事。

若能消失该多好。

然而……

若这愤懑就是自己本身又将如何呢？

运平不怕死不怕虚无。但若他所厌恶的愤懑是运平自身的话，会怎样便无从可知了。运平将胸中的愤懑当作他物、异物厌恶地隔离起来，但那些愤懑原本便是与自身不可分割的，不是吗？如此，也可以认为是愤懑自身强烈地执着于人世，所以才会怒火中烧。

执着于生什么的——是应被唾弃的本性，他这样认为。

"小平次吗？"运平重复道。

被鰊八抱住坐倒在地的喜次郎说："那个小平次应该很讨厌自己吧。"

"讨厌——自己。"

"我是不太能理解。没有尊严没有荣誉亦不自爱，人可以这样活下去吗？那位小平次先生和这种东西是无缘的，因此才能那般平淡地活着呢。看起来似乎处于弱势，但实际却是最强的不是吗？"

"多九郎会愤怒也不是不能理解——"说着，喜次郎一头埋了下去。

"这家伙可喝了不少啊——"鸠二道。

"怎么办,老爷?"

没什么要怎么办的。硬要说的话,现在只想将尔等斩首离开这里——运平这样想着。

"原本是来抢夺金子,却被酒醉的旦角缠上,实在不像样。"

"那即是说不管他,就此折回吗?"

"呐,老爷——"鸠二转过那张贫瘠的脸。

"不。"

运平俯视那个醉倒在干枯地面上不停唠叨着的愚蠢男人。

这个男人——

虽不明白他是依靠什么活着的,但他似乎很厌恶耻辱的生活。既如此,那时候将他与双亲一同杀掉该比较好吧?

"你说,你叫喜次郎?"

"没错。我是被您救下性命的安西喜次郎。"

"是这样吗?"

运平拔出了腰间之物。

"老……老爷,求您住手!那种一文不值的——"

运平简短地说了声"闭嘴",便快速地逆手持刀,将刀尖指向了鰊八的鼻子。下人一声惊呼,往后退去。

"安西喜次郎,我来让你清醒一下吧。"

"好好看看——"运平将逆手拿着的刀柄递到喜次郎眼前。

喜次郎不知发生了何事,一脸迷糊地看了看鰊八和鸠二,然后以醺醺醉眼凑近凝视运平的手。

"您……您这是做什么，猜谜语吗?"

"因为你实在太难看了，我只是想让你颠覆现在的自己活好今后宝贵的人生。好好看着，这把刀柄上的装饰工艺和刀锷的雕刻工艺，你难道没有印象吗?长四尺、大弧度的快刀，一出鞘则刀光森寒慑人——"

"这……这是——"

"没错。就是那把你不惜将自己贬为男娼也要保护的安西家代代相传之宝，汝之先祖自里见家拜领的传家宝刀——"

"交……交钢大功锛!"

"我拿着这把刀意味着什么你明白吗?"运平说道。

喜次郎的脸顿时血色尽失。不知是生来的白皙，还是大醉后的苍白，简直如上蜡般眼见着变得一片惨白。眼睛和嘴大张着，一脸愚蠢的模样。

虽然一点也不觉得可笑，运平仍大笑着，转身背向了喜次郎。

九化治平

治平坐在朽烂的栈桥旁，两眼眺望着芦苇缝隙间露出的湖沼水面。

夕阳的光芒从山间斜斜照来，反射在混浊的黑色水面上，闪烁着极不相称的粼粼波光。治平擦了擦满是皱纹的眼睑，咒骂般翕动着鼻翼，野兽般吸入着湿地的潮气。自己矮小的身躯，与其说是人，反倒感觉更像是野兽。吃了睡，醒了吃，简而言之，就是如此。

老婆孩子死后，他的这种想法就越发地浓厚了。

先前没能活出个人模狗样来，如今的生活同样也像渣滓一样。即便不顾不管，夜晚也同样会过去，天明之后，人就会无奈地醒来。如果夜晚永远不会过去，那么人又何须醒来？尽管如此，白昼却同样会降临人间。只要睁开了眼，腹中就会感到饥饿。有饭吃，就不会死掉。只要没死，就必然会和人世扯上关系。

治平摸了摸下巴。胡须已经长了出来。

——必须得刮一刮了。

小心驶得万年船。打扮成小贩模样，刮去乱蓬蓬的胡碴儿，盘起发髻。这下子应该是不会被人看穿了吧？心里虽然这么想着，却依旧不能掉以轻心。

治平是个小心谨慎的人，是个细致入微的人，是个能够卧薪尝胆、分清轻重的人。

他没有欲望，也没有任何可失去的东西，更不执着于苟且偷生。事到如今，不管世事再如何沧海桑田，对他而言也都无所谓了。即便如此，治平却还是没有失却他的小心慎重。他心中早已再没了念想，就这样破罐子破摔地活着。既然如此，自己还有什么好怕的呢？这一点，甚至就连治平自己都搞不明白。或许，这就是胆小怕事。

他没有选择追随老婆孩子而去，而选择了活在世间丢人现眼，或许就是因为怕死。虽然他自己并不觉得。

自打懂事时起，治平任人世摆布，无颜面对老天爷。他能够苟活到如今这般满脸皱纹的年纪，也是因为他的这份慎重。

直到不久之前，治平还是个盗贼。

说是盗贼，但他却既不是打家劫舍的绿林好汉，也不是飞檐走壁的梁上君子。

身为盗贼，治平的任务是充当所谓的卧底。他先潜入到商户家里，骗取了商户家人的信任之后，再把自己的同伙引入家中——这，就是治平在整个过程中担任的角色。欺骗、讹诈、伪装，狸猫会七般变化，狐狸会八般变化，而治平的诨名却是"九化治平"。因为治平也算是此道中的名人，所以他从不自己舞刀弄枪、动手杀人。通常来说，卧底这样的角色，打劫成功之后，他们的身影就会彻底消失。但治平却与众不同，即便是在打劫成功之后，也不会有任何人怀疑治平。

——没有自我。

治平心中就是这样的感觉。正是因为没有了自我，所以他才能彻底地变化成另外的一个人。对治平而言，所谓的变化，并非外在的伪装，而是往自己那个空空如也的皮囊之中，塞另一个人进去。因此，施展出变化之术之后，治平就不再是治平了。虽然他能灵活巧妙地运用不同的身份面貌，但他自己却并没有真正的面目。他的身份面目，并不存在表里之分，暗藏的面目实在太多。正是由于这点，治平总感到困惑，所以他才成家的。

身为盗贼，却娶妻成家，这种行为简直可谓不知天高地厚。虽然治平自己心里也明白这一点，但他却还是不得不如此。

果不其然，没过多久，天谴就到了。老婆和孩子，都在盗贼之间的内讧争斗中死了。

——就像是水面上的光芒一样。四周渐渐染上了淡淡的暮色，散发着粼粼波光的水面也变得一片昏黑。

对治平而言，先前那段跟老婆孩子一起生活的日子，就像是眼前这闪耀在水面上的粼粼波光一样。太阳一旦落山，一切都会全都消失，唯剩下一潭混浊的黑水。

治平金盆洗手，再不涉足江湖恩怨。

然而，他却还是没能死掉。

悲伤到胸口发闷，空虚到几欲发狂，愤怒到难以自控。治平为死去的孩子而感伤，为死去的老婆而惋惜，但，他还是没能死掉。

之所以没死，也是因为他没有自我。

哭泣的是否就是真正的自己？愤怒的是否就是真实的自我？满腹的悲伤与愤怒，到底又是谁的？到头来，治平却感觉茫然若失。是谁在愤怒？是谁在悲伤？治平已经再也分不清楚。

一场纷争之后，唯有治平的一家人成了牺牲品，众人作鸟兽散，而治平也从此再不做盗贼了。不，他再不做人了。治平抛弃人世，隐迹遁形，选择了在深山里过那种野兽一样吃了睡、睡了吃的生活。

——吃了睡，睡了吃。

他什么都不再去想，过了一段平静安生的日子。这样的日子，一直持续到了那男子的出现。

那男子，是一个自称"又市"的毛头小子。

他，就是把整日睡着不起的治平再次唤醒的人。又市是治平金盆洗手之前，从他处流浪到此的一个小混混儿。之前这厮到处惹祸，所以治平倒也听说过他的名字。后来，因为招惹了得罪不起的大人物，最后又市只得彻底藏匿了起来。

去年入秋。抛却尘世，隐居五年——就在治平已经彻底放下一切，笑对人生的时候，又市忽然出现在了他的面前。

当时又市一脸的悲哀。

而到了今年，又市再次出现在治平的面前。这一次，他跟治平说，他准备在陆奥做上一笔大买卖，希望治平能够帮他一把。眼见又市看穿了自己那甚至就连盗贼同伙都没能看穿的伪装，治平感觉这厮绝非等闲之辈。而更令治平好奇不已的，还是又市恳求他帮忙做的事。

又市恳求的事，既非打劫也非勒索。因为又市擅长欺诈，诨名

"小股潜"，所以治平以为他恐怕是想要搞一场欺诈，但事实上却也并非如此。

又市说，他准备找町人报仇。他要亲手杀掉那个奸杀了他女儿的仇人。既然如此，那就是杀人喽？实际上却也并非如此。又市说，如何裁断，就交给官府的人去管了，而他自己要做的事，却是找出真凶，将真凶绳之以法。

虽然已经大致猜到了是谁，但又市手上却没有证据；虽然心中仇深似海，但又市却找不出复仇的办法——

事情似乎就是这样的。

最后，治平答应了又市。

——实在是难以割舍。

即便只是吃了睡、睡了吃，只要还活着，就无法彻底脱离尘世。

又市布下了一个奇特的陷阱。

他要让死人开口，让下手之人自己坦白——这种异想天开的事，常人是无法想到的。

为此，又市准备从江户请个戏班子。本以为只要带上一个扮演死人的戏子就行，但看样子却似乎成不了事。简而言之，又市既不想让帮手了解详细的情况，却又想让其帮忙。

而分配给治平的角色，是一个接近下手真凶、设法教唆的人。

其后，治平彻底赶走了那个久久盘踞在自己心中的百姓角色，将一个十恶不赦的臭和尚换到了自己心里。对——

那个破戒僧现西，就是人称化装高手的九化治平本人。

前往青森，和那个疑似下手之人的男子——藤六接触过之后，治平立刻便确信了。毫无疑问，藤六正是对女孩儿下毒手的人。只是稍稍用了点小伎俩，套了两句话，藤六就接连露出了破绽。

在治平看来，藤六似乎是个难以和人世间相互妥协的人。虽然他戴着面具活在人世间，但其实他却是个只能生活在自己的壳子里的人。只要稍微一逗他，他就会立刻露出丑陋的面容。想要陷害他，似乎也并非什么难事。

然而，这个计划却出现了一个失算的地方。

藤六的身边，总是围绕着一个治平完全没有料到的家伙。

这个人就是藤六从山里捡回来的浪人——动木运平。

动木是个让人感觉捉摸不透的人，而他确实有些本事。但是，真正让治平感到棘手的，其实还是动木的两个随身跟班——鍊八和鸠二。

鍊八和鸠二两人都在先前已解散的蝙蝠组——就是先前治平所在的那个盗贼团伙——里待过的人。当然了，两个家伙当时在盗贼团伙里担任的是治平全身而退之后趁火打劫的任务，所以治平从来都没有和这两人直接对过话。只不过，彼此都知道对方的姓名，而且还碰过两三次面。

当然了，如果伪装被人给揭穿了的话，也不过只是由一个杀人和尚变成盗贼罢了。实际上倒也没什么太大的区别。但是，关键是整个计划便会被彻底打乱。因此，治平一直小心翼翼地躲避着鍊八和鸠二。

藤六立刻就上钩了。他自己跑到官差面前坦白了罪行，接受了责罚。

可是——

事成之后，却又发生一件怪事。

有人看穿了治平他们的整个计划。

这个人就是敲鼓的多九郎——

即便被人看穿了计划，又市和治平也并没做任何触犯王法的事。虽然他们并没有做出任何犯法之事，但这事却也不能就此置之不管。治平只得继续关注着戏班子的动静。

戏班子立刻就收拾启程，离开了狭布的村庄。大概他们也觉得差不多是时候该撤了的缘故吧。然而，玉川座却并未立刻返回江户。

或许是难得出此远门，戏班子里的众人都内心雀跃的缘故吧，打头的戏班主在返回的途中，于郡山附近开始表演了起来。虽然治平也不清楚其间究竟都发生了些什么，总而言之，戏班子在安积郡笹川落了脚。

安积山麓安积沼——

治平若即若离地跟随着戏班子，来到了这片水沼边。

——情况似乎有些不妙。

治平的心中总缠绕着一种不祥的预感。这是长年过着刀头舐血生活的前盗贼的一种直觉。

水面上的波光已经彻底消散，水沼上就如同覆上了一层墨似的。水鸟振翅飞起，治平也趁机站起了身。治平生来身材矮小，光是站起身，根本无法令他的视野变得开阔。矮小的个头，满脸的皱纹，再加上少白头的缘故，令治平看起来要比他的真实年龄老上五岁。

治平拨开芦苇，沿着沼岸前行。

这是一处煞风景的水沼。

治平一直关注着动木运平的一举一动。在那个敲鼓的一边念叨着些有的没的，一边出手狠揍那个演幽灵的戏子时，那个带着鰊八和鸠二的身份不明的浪人就在场。其后，那些家伙就有如烟雾一般彻底消失了。

原本那几人就是有前科的人。既然先前照管他们的藤六已被绳之以法，那么再在这种和自己没有半点干系的地方久待下去，也是没有丝毫好处的。可即便如此——

治平心里边却总有些放不下。

那个敲鼓的也是，自打那之后——

——玉川歌仙。

动木和班子里的头号旦角歌仙之间似乎有些什么关系。自打发生了那起骚动之后，歌仙感觉就像是变了一个人似的。即便只是远远看去，也能看出他的精神很不好。这件事其实倒也没什么，不过，一些小的龃龉长期积累下来的话，往往都会招致一些不测。

治平抚平了自己鬓角。

穿过水沼的不祥之风吹到脸上，让他感觉难以久待。

——菖蒲吗?

菖蒲丛的背阴处，有个令人感觉浑身发毛的东西。

那是?

治平拨开菖蒲，那个东西缓缓地转过头来。

太大意了。治平和那个东西正好四目相对。

"你……你是?"

那个东西原来是个活的男人。

治平很少出岔子，但是不知何故，那一刹那，他有种错觉，觉得那个东西不是活的，也可能是因为他没有活着的迹象。但是，即便治平瞪大两眼凝视他，他还是没有散发出一点人的气息。治平像看一个东西似的盯着眼前的男的，那个男的也盯着治平看。

"你是那个戏班子的……"

演幽灵的戏子，名字好像叫小平次。

小平次丝毫没有吃惊，就连问题也没有回答，不笑亦不怒，只是轻轻地点了点头。这个男人一无所知。虽然他什么都不知道，却是这出戏的中心人物，万一他演不好幽灵的话，这出戏最后就无法顺利收场了。然而，正是这种无可救药的迟钝——周围人的评价——让他演活了死灵。

一回想起来，治平就浑身起鸡皮疙瘩。迄今为止，他从来没见过如此令人恐惧的东西。治平是知道事情关要的，尚且还觉得恐惧，心有内疚回忆的藤六该有多战栗就可想而知了。

"你是那个演幽灵的小平次吧。"

只能糊弄过去了。治平心想，如果就此说再见的话肯定会被怀疑。小平次用小得不能再小、就跟蚊虫振翅般的声音回答了一声"对"。

治平编了个谎，说自己在狭布的乡村看了戏。

"别担心，我就是个悠然自得的杂粮商贩，到陆奥来游山玩水的。其实我也就只是装模作样学芭蕉[1]的一个傻瓜旅者，到这里来之

1　芭蕉：即松尾芭蕉，日本江户时代著名的俳谐师。1684 年秋天开始了他后来所著《旷野纪行》（或《饱经风霜的骷髅之纪录》）一书中提到的旅行。

前倒也还算意气风发，但这乡下地方实在是让我心里感觉不快，到处是村夫野人，一个个的长着海獭皮似的胡须，披着海带丝样的头发，眉眼就如海狗阴茎一般。食物、风土完全不合我的喜好。半月前，我实在是累得够呛的时候，听说有个从江户来的巡回演出戏班子搭棚演出，我就再也按捺不住去看了。我本来就喜欢看戏，看了你们的演出，一下勾起了我的思乡情，这不正在回江户的路上呢。"

治平信口开河。

小平次神色不改，轻微地点了点头。

小平次只做了这点反应。这种场合，关键就在于和对方告别的时机。因为这种时候能确定到底有没有骗过对方。如果不尽快想办法结束这一切，就得没完没了把谎言继续编下去了。谎话越少越管用。圆谎看似会变得滴水不漏，但相反却又会变得更不堪一击。治平十分熟悉这种分寸的拿捏，但是不知何故，这次他却错过了时机。

"哎呀，你的演技太厉害了！我活到这把年纪，从来没见过如此恐怖的冤魂。别看我这样，我可是十足的戏迷，从江户三座的大歌舞伎到乡村的破剧，什么都看过，所以我的判断错不了。"

说过头了。

这一半是出自治平的真心。在锦木冢看到的小平次，令人害怕到骨头里。

八分真实两分谎言，这是骗术的基本。谎话讲了一箩筐之后再慌慌张张地添加实情善后，这是下等骗术。拙劣的谎话是不经咀嚼就能脱口而出的。不出所料，小平次心不在焉，注视着眼前黑不见底的水面。

原来不是演技啊。

治平醒悟了。原来小平次的幽灵样不是演出来的。或许这个男的单为了活着就已经累得够呛，他为了能继续留在尘世已经筋疲力尽，因此一旦爬到稍高一层就束手无策了。他不仅无计可施，反而开始滑向另一个世界，于是只能在现世拼命熬着，仅此而已。

治平撩起了屁股那块衣服。

这种男的，即便骗他也没用。像这种缺底的长勺般的男人，朝他灌多少谎言的酒都只会往地面洒，白费劲。

这样一来……

突然治平不知道该说些什么。

肚子上开口的人渣是什么话都不会讲的。

往开的口子里塞谎言，治平终于能假装自己是另外一个人。

偏离了正道的恶棍也好，退休了的安逸老人也罢，装成谁都无所谓。只要决定一个角色就会讲话了，要是什么角色都没有的话……

治平在小平次的身边坐了下去。脚底沾湿了一片，原来这地方待着非常不舒服。

叶菖蒲，黑沼泽。

微微的暖风。

黑黑的水面泛起了涟漪。

治平伸出了那双满是褶皱的脏手碰了碰自己皱纹密布的脸，接着使劲擦了一下。

"真让人吃不消啊。"

不知是谁说了这句话。但是那些词是从治平嘴里蹦出来的。

小平次第一次有了反应，他轻轻地将脸转向了治平。

"我刚刚讲的全是骗你的。"

治平洗脸似的使劲搓了几次脸，眼睑因摩擦而发热。

"我沦落到了当小偷的地步，我就是从别人口袋里抢钱维持生计的人渣。"

治平言不由衷地问了句："怎么，怕了吧?"不对，治平原本腹中就空无一物。

——这是实情吗?

小平次毫无表情，小声回了句："是吗?"

"你不害怕? 我说不定会杀了你哟。"

治平将右手插入了怀里，那里藏着短刀。

"你不害怕吗?"

"一点点。"

"一点点?"

"我就像没有活着一样。"

"那也还没死啊。"

"那么……"

褪色发白的素色单衣[1]飘浮在薄暮之中。

小平次缓缓地摇动着一双瘦削的手臂，好像在抚摸脚踝。

"这层……"

"这层啥?"

---

1 单衣：没有里衬的和服。

"这层薄膜要是破了，我就不存在了吧。"

"你说薄膜?"

"比布薄，比纸薄，薄如透明的膜。"小平次说道。

"正因为中间空无一物，所以膜破裂之时即是消失之日。如果认为这就是原本虚幻的生的话，那么即便膜消失，世间依旧不变。"幽灵小平次像在用日语假名念汉字文章一样。

"像蜉蝣吗?"

"我想成为蜉蝣。"

"你装什么装啊?"

治平粗鲁地说道。

他觉得小平次笑了。当然外表没有任何变化。或许只是菖蒲动了动。空气中散发着浓烈的水的气味。

"我想如蜉蝣般消失却消失不了，只能徒增年龄，废物一个。像一张薄膜做的气球，中间空空如也。"

"大爷我也是这样。"

治平大大地叹了口气，像要把肚中的空洞缩小似的。

"我的可比你的厚啊，那厚度可是常年做坏事积累的污垢。"

"污垢?"

"是污垢。我是罪人。就算金盆洗手，身上的罪孽也洗不掉啊。"

治平从怀里抽出手，张开皱巴巴的手掌，一动不动地凝视着。

这是经年累月的恶行的污垢。

——原来是这样啊。

本人并不是黑的，只是披了件黑色的外衣，剥去衣服什么都没有。没有是理所当然的，觉得有才大错特错。什么悲伤痛苦、什么烦恼寂寞，这些无形的东西才是所谓的自己。

"正如你这家伙所说的。"

"我什么都没有说。"

"喊……"

治平换了个舒服的坐姿。

"无所谓，我随便想的。"

"随便想的?"

治平说道："你肚子里的东西是想打探也打探不出来的。"

"就算打探也是空的。你我根本都是空的。不对，应该说任何人都是空的，我现在明白这点了。我啊，都成了弯腰驼背的老头子了，还是什么都不懂啊。悲伤的时候不说自己悲伤，想死的时候不说自己想死的话，你的事情就讲不了了。"

"我说的?"

"对了，话说了才成为话，不说的话就什么都不是。说谎也罢吹牛也罢，只有说了才成为谎话或吹牛的话。你之所以让人觉得单薄，我之所以让人觉得肚子上开个口，都是因为不说的缘故。就算自己觉得浅薄，也还是有厚重感的;就算自己觉得空空如也，也还是有血有肉的。我们也吃饭，也拉屎。人啊，无论谁都是丑陋的东西。"

"既丑陋又无用。"治平说道。

当然这话是对自己说的。

治平拔了一根菖蒲。一拔，露出了根。

"这根才是菖蒲的真面目。花会凋谢叶会枯，尽管如此，只要这个肮脏的根还在，茎叶都会再长出来。但是如果只有根的话，就无法判断是什么花了。"

"六年前，我的花、果实、叶子都枯萎了。"治平说道，"伤心啊，痛苦啊。想死。"

"枯死了？"

"喔。我老婆孩子都被带走了。全都是我做坏事的报应啊。所以我才一句话都不说，但是还是伤心啊。但是我就这样什么都不说的话，我就不知道什么是悲伤、什么是痛苦。"

"不知道吗？"小平次终于发出了像样的声音。

"不知道，完全不知道。心里想死，但是也还这样活着，我又想，我自己终究是不是还是不想死？但是话一说出来，就知道我是个想死却没死成的胆小鬼、懦夫，就知道我是个不争气的、留恋人世的臭老头子。"

——终于……

治平心想，我终于化身成了我自己。

"说些有的没的，四处宣扬，像个乞丐似的，逢人便说自己的事。要不这样做就不知道自己是谁。算了，是谁都无所谓。人啊，原本就谁都不是。越是固执于我，越是没有内涵。"

——我……

治平突然想，我在对这种家伙讲什么？他又想到，自己现在讲的不是别人，正是自己。

小平次一脸的忧伤。

"我也是。"

戏子说："我失去了妻子和子女。"

"是吗?"

治平用毫无起伏的语气问道。他既不吃惊,也不想被小平次惊到。

"妻子病死了,孩子落入了流氓的手里。"

"人比想象中更容易消逝啊。"

小平次看着菖蒲的尖头,沉重地回应了句:"是吗?"

"别说临终给她们倒口水喝,就连最后一面都没有见成。"

"死了是不是就没有记忆了?"

"也不是的。"小平次说,"是活着的记忆太模糊了。"

"是你们夫妻缘分浅吗?"

"不是的。"

"不是吗?"

"我们私奔了,称不上缘分浅。"

"你俩私奔了?"

虽说人不可貌相,但治平对此还是很吃惊。

"十七年前我们抛弃故乡,抛弃家园,手牵手逃离,一路避人耳目,最后来到了江户。直到我妻子逝世,我们一共一起生活了十几年。那十几年生活就像做了一场梦。这些年的生活到底是不是这个世界的,连我自己也搞不清楚。如果我们私奔是真实的话,那我想我能确定我喜欢我的妻子,可要问我妻子死了我伤不伤心,说实话,我也搞不清楚。"

"不清楚吗?"

小平次诚实地回答道:"不清楚。"

"我什么都不知道，怎么哭也忘了。既没有眼泪，连哀伤也忘了。或许正如您所说，是我什么都没讲过的缘故吗？"

"什么都没说？"

小平次回答说："我不大能跟人讲话。"

"这不讲得挺好的吗？"

"是吗？"

小平次的脚边有点危险。他的下半身隐隐约约地有点融入沼泽，裤脚、草鞋都像被黑色的沼泽浸透似的。他向前倾了一下，又说了声："是吗？"

治平道："你不明白的话，我就教你。你讲讲看，我听着呢。"

小平次忽地一下变单薄了。真是虚幻的男人，仿佛可以透过他看到沼泽。

"我生于山城国小幡庄。"

小平次语速很快，讲得不太顺畅。

不对，或许他在捡拾过去的残骸。

"我们家以卖马为生。因此房子外观气派，生活条件好。我有一个哥哥，母亲在我十岁那年去世了。很长一段时间，我们家一直没有女性。不多久，哥哥结了婚，父亲也续了弦。这些事发生在我十八岁的时候。嫂子名叫登和，出身武士家庭，原先叫胤。父亲娶的是我们家雇来打零工的农家女，二十岁上下，离过一次婚，名叫志津。父亲和她日久生情，奉子成婚。"

"令尊贵庚？"

"接近五十。"

"老婆年轻啊。"治平说道。

治平也想起来了，他想起自己和死去的妻子也相差五岁，只是治平显老，周围的人都异口同声地对治平说他的妻子年轻。

——不对，应该称之为年轻的后母。

"那是父亲娶了志津不久、秋天的事。"

小平次松了松下腭的力。或许他是在思考用词吧，样子显得更像具尸体。

"父亲和哥哥一起出发去巡游四国名刹。一来他们两个很信佛，二来父亲续了弦之后觉得自己和杂工相爱，心里有点疙瘩，三来也想去拜祭下母亲。没想到——"

"最终没有成行吗?"治平插话道。

"是报应啊。"说完，小平次低下了头。

"旅途中父亲病倒了。结果根本不知道父亲是患了流行病，还是水土不服，或是旧病复发，抑或是被脏东西附上了。他进退两难，只能长时间待在原地，哥哥也是动不了身。由于哥哥长久不在家，嫂子登和就——"

"就往家里带男人。"小平次说道。

听说登和自称自己和元播州浅野家有渊源，落魄之前是显赫武士的女儿。当她还是武士家女儿时，侍奉登和家的一个年轻的下人正是她之后领进家的男人。

"那个年轻人成了马车夫。都是和马打交道的人，也经常进出我们家。不对不对，现在想来，或许嫂子嫁过来以前就已经和那个马车夫有很深的交情了。"

"呃，可疑啊，还有这回事啊。"

"是的。嫂子自从哥哥起程之后就频繁外出，一想到哥哥有可能身遭不测暂时回不了家，嫂子更是明目张胆地把那男的领进家来。我和后母志津多少说了嫂子几句，可我终究是个懦夫，无论怎么抱怨，嫂子她也不可能会听。后母志津年纪轻，而且本就是个下人，她说什么嫂子都当耳旁风。不久，从遥远的异乡寄来一封信，说父亲身体越来越不行了。嫂子马上就当父亲死了，行动越发肆无忌惮。"

听说登和曾说过，自己是长子的老婆，所以家里所有的一切都是自己的。自己想做什么、不做什么，都没有被人说闲话的道理。

"我讨厌看到嫂子和马夫大白天的亲热缠绵，就不靠近家门一步，所以我也就不知道后母和她年幼的孩子都被赶出了主屋，被迫住在马厩里。"

"太过分了。"

"听说嫂子说她们身份低贱，是应得的。"

"卖马的有姓氏有出身吗？"

小平次答道："呃，不知道。"

"不久后，在旅途中休养的父亲和哥哥给我们来了封信，希望我们寄些钱过去。他们在一个地方逗留久了，钱一眨眼就没了。疗养也是需要钱的。毋庸置疑，盘缠、积蓄都用尽了，没钱治病，身体就无法康复。"

"这就是所谓的丈夫戴了绿帽子的事啊。父亲和丈夫在旅途中尝尽辛酸时，妻子却和情夫沉浸于情色之中。因色而忘掉仁孝的不只有男人啊。"

"是的。嫂子她——"

"把信撕得粉碎。"小平次说道。

"没寄钱?"

"我看到的是第五封希望我们寄钱去的信。无论父亲和哥哥怎么请求都没有回信。而这封信上写着:'无计可施。'发现事情真相之后,继母很担心,她把被嫂子扔掉的信捡了回来。"

"你嫂子想见死不救吗?"

"她已经见死不救了。父亲回不来了。整整一年后,哥哥抱着灵位,满脸憔悴地回来了。嫂子以一副若无其事的表情迎接哥哥,还向哥哥告状说,所有的一切都是出身低微的继母的错。"

这故事真是丑恶,但这种事却也经常发生。

"想必后母也会难以忍受的吧?志津拼命争辩过。虽然她和家父在一起的时间不长,但她却也曾与家父发过誓,来世也要结为夫妇。再者她被家父看中做了续弦,而且还为他生下了孩子,怎么说也是位恩人,却被说成了对家父见死不救的罪魁祸首。"

"所以一直背负着这一责难至今,这样的事——"

那是很难忍受的吧。

"但哥哥相信了嫂子的话。他本来就反对父亲将志津娶回家,加之又对自己妻子的背叛毫不知情,也可说是没办法的事吧。我——"

"你怎么了?"治平问。

夜色已经开始拉开帷幕。黄昏时刻的沼泽边上已没有生者的影子,有的只是一个讲述过往的幽灵和听其讲述的一匹野兽。

"我什么都无法说。"

"什么都没有说吗?"

"是的。"幽灵说。

"回想起来,我变得沉默似乎便是那时候开始的。不,这只是心理作用,想想似乎从很久以前便是如此,又好像不是这样。"

看来登和正好利用小平次的沉默,捏造了令人不堪入耳的伪证。概括来说,就是志津与次男小平次私通,对父亲和长子见死不救,还将登和赶出家门,打算篡夺家产——登和捏造出的事实大概就是这样。

"哥哥怒火冲天,斥责了我,也斥责了志津。志津做了很多辩解,但只有嫂子私通之事没有提及。"

"她对此沉默不语?"

应该是最先说这个才对吧。

"被逼至如此地步还沉默不语,真令人不解。"

"我——总觉得可以理解。"

"你明白?"

"当然只是心理作用,自以为如此——"小平次说。

"他人的内心是无法看到的,只是感觉看到了而已。能够窥视到的全部都是自己的内心,所以那应该全都是我自己的心情。"

"是怎样的心情?"

"不,也并非多要紧的事。我只是觉得嫂子会说出那么多谎言,大概只是不想破坏与哥哥的关系,是对哥哥外出时自己带情夫进门的一种赎罪与弥补——我想志津大概也是这么想的吧。"

"哼。"

虽然也许确实如此——

"哥哥对志津说,去死吧。"

"去死,是吗?"

"让她死了向父亲谢罪。"

"那么你——"

"志津紧紧抱着婴儿,抱着父亲的遗孤——我的弟弟,只是一味道歉。"

"道歉吗?"

"大概是醒悟到争辩亦无用吧。哥哥并没有原谅她,逼她立刻在眼前上吊,当场去死。"

即便如此——

"即便如此你依然沉默不语?"

"因为我也感受到了哥哥的心情——"

"别说蠢话啊!如此的话,那个志津夫人会如何啊!她并未做任何要被他人责骂的事啊!在那种情况下,你怎么能考虑你哥哥的心情呢?如此修罗场[1]上,只去顾虑双方的内心,又该如何善后啊!"

"正如您所说,因此我——"

"才沉默不开口——"小平次说道。

治平无言以对。

每个人都得意随性地活着。而这种得意和随性其实根本无法安

1　修罗场:原为佛教用语,通常用来形容惨烈的战场,引申为一个人在困境中做决死的奋斗之意。日语中又可引申为互相竞争的场景。

稳下来，时而觉得得意扬扬，时而觉得随波逐流，只不过是自圆其说而已。声音大的人总觉得自己很有本事，声音小的人则多抱怨不平、无法随心所欲，但不管哪一个都是误解。

嘴上的话所描绘出的清晰样貌只不过是自己的轮廓而已。如果将自己放到一边，也就不可能口若悬河。

"我——"小平次叹了口气。他吐出的叹息化作话语，又乘风消失在了沼泽中。

"我大概对如此境况却依然只在一边窥视的自己感到有点难以忍耐。捏造虚言出口恶骂的嫂子、情绪激动逼迫后母自杀的亲哥哥——这的确是修罗场。"

"我抓住志津的手，将她从哥哥身边拉开，就那样私奔了——"小平次说道。

"也不曾辩解或抗议吗？"

常人都会激烈争辩吧，治平想。

小平次摇摇头。

"我只是按嫂子所说的去做而已。我和后母私通私奔，是个不知廉耻的痴人，是个再不会返回家乡的混账东西。"

"那就是你的妻子吗？"

幽灵无力地点点头。

"这么说来你死去的孩子……"

"是父亲的遗孤。"

"哦——不就是你的弟弟？"

"既然私奔了，志津便是我的妻子，那个孩子便是我的孩子。"

"真有觉悟。"

"并不是什么觉悟。"

"只是不知道其他的选择而已——"小平次埋下了头。

"一个从未有过丈夫和父亲该有的行为的窝囊废，若不是被音羽的师傅捡到便横死街头了。但即便如此，依旧无可依靠，只是浑浑噩噩日复一日。而这样的时间无论怎样重复都带不来任何内涵。经历劫难如剪纸一般，那么志津和小太郎也都和纸上的画像一样——"

"难道不是这样吗？"小平次嘟囔着。

"也许是吧。"治平应道。

"回忆之类的就如同纸一般，那么在你的纸上，画着什么东西吗？"

"还记得他们的样貌吗？"治平问。

小平次轻飘飘地浮了起来。不，只是看着像浮了起来一般，他是站起来的。

"志津，是个瘦削、又白又柔弱，宛如蜡雕般的女人。"

"你还记得吗？"

"儿子小太郎，是一个纤细而听话、率直的孩子。"

小平次静静地将脸转向了治平。

一张已经完全融入微暗夜色的平淡的脸。

"我和志津是夫妻吗？我那时是喜欢志津的吗？我疼爱小太郎吗？志津死后我伤心吗？小太郎的死令我痛苦吗？志津和小太郎——"

"曾经活着存在于这个世界上吗？"

"照我们说好的，让我来告诉你。"治平也站起身。

"如纸片般单薄的你的妻子和孩子，就在方才获得内在了。"

"获得内在——"

"因为你讲述出来了啊。你将他们作为自己的故事，即使是说谎吹牛却也是有血有肉的。"

"血——"

"没错。听好了小平次，你的妻子和孩子都切实地存在过，而且很喜欢你。你也是如此。顺其自然也好，什么都好，一起生活了十几年。如此便是真实的夫妻、真正的父子无疑。既然是夫妻是父子——"

"死了就不可能不感到悲伤——"治平说道，"你啊，只是不懂得如何去悲伤而已。"

"如何悲伤——"

"顺便一起告诉你吧——"治平吹嘘地教起来，"悲伤的时候就要像笨蛋一样说'好难过好难过'，开心的时候就要说'好开心好开心'。不说出口也无妨，那就在心里想。就这样欺骗自己，自己欺骗自己，只有这个办法。"

"欺骗。"

"是讲述啊。"治平道。

"我的父亲曾是传话的。所谓传话可不只是乞讨，追寻根底来说，那乃是四处传达鹿岛的神谕的差事。不过我父亲所讲述的大都是信口开河，幼时起我便知道。但即便是信口胡说地祝贺，他人也会高兴感激，谎言如果四处传布的话，也是会灵验的。听着小平次——"

治平向朦胧的阴影伸手过去。

"所谓的相信就是觉得即便被骗也没关系，而互相相信就是相互欺骗和被骗的意思。这个世上全都是谎言，谎言中不可能有真实，所谓的真实全是被欺骗的人看到的幻觉。所以——"

"这样不也挺好的吗?"治平道。

"拘泥于真正的自己啊真实的自己啊什么的，这种人是最愚蠢不过的了。那种东西根本不存在。你想要的自己会欺骗你自己，若不擅长欺骗也就不擅长——"

"这样不挺好吗?"治平再一次道。

"你虽然在那里茫然发呆，但却真切地存在。我也存在于此。就算我们相互诉说讨厌这样，也是毫无办法的事。"

治平在对自己说着。

"我已经下定决心今后也要继续欺骗世人。现在我发觉散布存在和不存在之事才是我活下去的本分，没错，这就是我。"

"你是阴影，小平次——"治平在口中念道。

昆虫掠过耳边。

"不过，你大概是做不到的吧。"

连自己都无法欺骗的废物也不可能去欺骗世人。

"那么就那样继续就好，没必要迷茫。"

"没有迷茫的事吗?"

"你的生存方式并不轻松啊，但生活并非只有轻松愉快啊。"

"如今你是独身吗?"治平问道。

"和一个女人一起生活——"小平次答道。

"有女人吗?"

"是的——"

小平次将手伸进怀中,紧紧地捏了捏什么似的。

"是现在的——妻子。"

那个被菖蒲包围着、宛若淡墨流动的朦胧影子格外清晰地答道。

"虽然没有结亲也没有感情,也没有什么话可谈,真的只是顺其自然的关系——"

沼泽的黑暗渐渐膨胀,夜晚终于来临了。

"只要你觉得好不就行了吗? 当然——对方如何就不知道了。"

治平骂了一句,然后皱起了脸。

"小平次,你的过往今日我确实已在此听闻了,就算你忘记,它也不会消失不见。所以不要担忧,随心所欲地活下去吧。"

"感激不尽——"小平次低下了头。

治平转过身。

"太阳也要下山了,我住在街上的商贩旅店。我记得你们好像是——"

"我接下来要晚间垂钓。"

"晚间垂钓,在这个沼泽吗?"

"是的。受剧组伴奏的打鼓人安达多九郎的邀请。"

那个——散漫之人。

"他说是向前些日的争执道歉。"小平次说道。

"为了道歉,去钓鱼?"

"大概因为我是个不懂任何乐趣的木头人,酒也不会喝,没有任何兴趣，而特意为我考虑的吧。但事实上我很迷茫，对他们而言我没有任何益处。但我总算能下定决心了。"

小平次又将手伸进怀中，紧紧握住什么东西，接着说道："我觉得也能和他们说点话了。"

然后他拨开菖蒲。

沼泽一片昏暗。沼泽中升起了黑暗，暗夜从阴霾的天空灌注下来。不同的黑暗相互融合，变得更加深沉。

在这片黑暗之中，如淡墨般单薄的男子轻轻地飘荡着。一声如叹息般的呼唤声传来。回头一看，治平原来所在的附近——腐朽的栈桥附近——出现了一点朦胧的灯光，是灯笼吗？

"他们来了。"小平次说道。

然后又再次深深地向治平施礼，没有声音地。

幽灵小平次被夜晚和沼泽吸了进去。

啊啊。

一股不明缘由的不安突然向治平袭来。不好的预感——

"小平次！"在他这样呼喊时，木幡小平次——已经消失在了那迷惘的彼方。

穗积宝儿

宝儿从天花板上向下观望着正在睡觉的自己。

夏天都已经过了，但走廊还大敞四开，门也未锁，被子和寝具乱放一通。灯火也熄灭了，变得凉飕飕的，虫鸣喧哗，圆月也开始残缺。但即便如此，一切依然和夏日般全无改变。虽说日常家具很少，根本谈不上什么随意乱放，但因生活怠惰，总有种散乱之感。

倒下的枕头，披散在寝具上的乱发。

露在空气中的白皙小腿、犹如刚捣好的年糕般的大腿、圆肩、难承其重而平下来的隆起的乳房。这样的女人并不是自己，她这样想着。这也确是如此，像现在这样看着，而观望的主体却在他处。

自己要比这更瘦削一些，手脚也更纤细，并非这般臃肿。最重要的是要比这更为美丽，而非这样丑陋熟烂、淫亵柔软之物。

——吾乃，穗积之宝儿。

大和国十市郡耳无川畔，近郊乡土富翁之穗积丹下正辰之女，以沉鱼落雁之姿、闭月羞花之貌享誉于世的穗积宝儿正是自己。

不仅外貌美丽，亦会咏唱和歌、弹奏丝竹，心地善良，乃是富翁掌上明珠。

咏花叹蝶备受呵护，集父母宠爱于一身，秘密安置在富翁宅邸深闺中的千金小姐，甚至禁止与他人见面，真正是如珠如宝的女儿。

冰凉的虚汗令脖颈感到一阵寒意。宝儿是不出汗的，所以这虚汗对于她可说是完全陌生。

但不管怎样，这个茅舍比之富翁宅邸相差甚远。再说这间寒酸的寝室又是怎么回事？而且——那幅画在那里？

那汲取狩野流流派风格的名人施尽笔墨丹青所描绘的那幅欺玉羞花、神采飞扬的美少年的身姿，曾挂于枕边一直朝夕观望的美童之姿。

宝儿的心被他绝美的容姿所俘，颜色生香令宝儿爱慕之情日益深浓。

——没那幅画便无法存活。

事实上，她不就是因情爱焦心，丧失了精神才卧倒在床的吗？

如此令人在意的画却找不到了。

没有没有没有。哎呀，郁闷的小姑娘啊。

穿着飘来飘去的振袖，带着叮叮当当的首饰——就仅仅只是穿戴上那些东西罢了，而并非自己。脱光裸露后不就是个如小狗般的瘦弱的孩童吗？

什么穗积宝儿？所谓宝物是属于某个人的，既然持有宝物，那么不管怎样，就要将其当作宝物来对待。虽然父母恩情确实令人感激，但他们只是不惜重金尽心照料，而那些照料便是自身的价值，如此这般的想法即便只是想想也有傲慢之嫌。

看起来，美丽只因还是花蕾的缘故。花蕾开放后便会枯萎结果的吧，而结出的果实若不腐烂掉落也无法播撒种子。在未绽放之前，花瓣相信自己是美丽的，会去寻找能与自己相称的事物，所以才会恋上画中之人。无论是谁都生而将腐，污浊枯萎而朽。早早地便对此闭眼逃避，追求永恒不变之色真是让人贻笑大方。世间可谓无人能媲。

——真是愚笨。

任你怎么寻找也是无用，阿冢想，只会令父母认为你是失心发狂而哭泣，令人以为那是不知世事的孩童戏言而吃惊。

为没有目标的恋情而迷惑成为笑柄，对画像痴迷是幼稚的证据。但是，将此事贯彻下去则是绝顶的愚蠢行为。不知是受到了因果循环的报应，还是被魔物附了身，总之都是个违背情理的大笨人。

现在想想，将画买来的父亲丹下循着卖家找到了作画者本人，必定也是怀着让笨女儿觉醒、令她放弃的心情。然而，他做梦也不曾想到，自己的女儿竟真的说出要离家出走、与那素不相识的男子成亲的话来，而且丝毫不听取双亲的意愿。

一到东国便撒娇缠磨，说是遇上了便成亲，一意孤行，饭也不吃，连话也不说，这到底是怎么回事？究竟是什么使其到了这般地步，连阿冢本人也无法理解。

让她带上巨款离家而去是双亲的同情吗？不——恐怕是将其抛弃了吧，阿冢想，父亲和母亲都对疯癫的女儿感到无能为力，辛苦劳累到最后便将其舍弃了。

——有气无力地。

若一直寻求无用之物便会被抛弃啊，阿冢想。

那种东西是没有的，那个男人是不存在的。不，是真的不曾存在过。

看着惊慌失措地不断追寻不可能存在之物的宝儿的身影，阿冢内心泛起一股苦涩无比的情愫。如此愚蠢的女子不是自己。自己是——

妾身才不是什么宝儿，乃是橐吾。

这时，阿冢醒了过来。

白天虽然热得满身大汗，夜晚却凉意沁人。

脖子和大腿根儿感到凉飕飕的。衣角被卷起，右腿整个暴露在外。胸前也敞开着，可以看到肩膀。枕头也横倒着，简直就如同是烂醉昏迷的状态。就算是对任何事都不管不顾的阿冢，这般模样也太过不检点了。再者，若是因此而不慎感冒的话，事后亦难以收拾。

身后的虫叫不绝于耳，一切都大敞四开着。遮窗板可以先暂且不管，但连拉门都不关上的话可不行，她这样想着。又想，在此之前应该将衣襟合拢，合上衣角。虽然她这样想了，却仅止于想想而已。

阿冢不知为何疲倦得全身无力。虽说眼睛张开着，却连动一动眉毛都觉得麻烦，也懒得去活动一根手指。身体中称为筋肉的部分忠实于自身的重量，软绵绵地吸附在寝具之上，令人觉得若再这样继续下去的话，肉就将自骨头上滑落下来似的。

就像变成了湿抹布一般的心境——活生生地腐烂。

不知是什么虫子一直在叫个不停。

阿冢强迫着怠倦的肉体动弹了一下，好不容易才翻了个身。勉强在松弛的状态下翻身使得衣角愈加被卷起，腰部以下几乎全部露了出来，凉飕飕的令人产生一种很不安稳之感。但即便这样。阿冢还是无法挪动身体。倦怠，她只微微地弯屈了下左腿的膝盖。

眼睛张开着，可没有灯光，什么也没有，但是并没有真的处于黑暗之中。想来应该是下雨了。也不是因为看到了什么才这样认为，大概是有股湿润的气息传到鼻腔的缘故。也许是心理作用，虫儿的鸣叫听起来也沾上了水汽。

夜晚低声抽啜地濡湿着。

不一会儿，人世便朦朦胧胧地浮现出来。那是月光冲淡了黑暗的深沉，正如拉开充满与荡漾着水汽的澡堂的门，如透过蚊帐眺望油灯火光一样。

虽然不知阿冢是否将其看在眼里，一片景致模糊地显映出来。

那是庭院，应该是庭院。没有颜色，真如水墨画一般。墙角，庭木，黑色围墙，那是山茶，那是绣球，还有——虫鸣，月光。只有黑色重重叠叠好几层，看着虽清透，却是一幅深不可测的画。

疲倦。无论自己怎么计划，清晨似乎都还很远，身体始终无法跟上想要放下衣角、关上拉门的心情。就在她想还是就这样待着吧，准备闭上沉重的眼睑的一刹那——

阿冢的皮肤表层感到了一个令人极为不快的疙瘩。

——有什么东西在。

她觉得有什么东西在庭院里。这种如此不快的感觉——

——快看。

我被人盯着呢?

一直毫无反应的四肢突然间犹如痉挛般收缩起来,肌肤一阵战栗。阿冢合上衣角,拢起衣襟坐了起来。

虫儿的鸣叫听起来还和之前一样没什么变化,若是有人来访的话,大约就会停止。

——是错觉吗?

僵硬的筋肉一下子恢复了弹性,紧张感消退,双眼合上。刚一合上——

不!

阿冢直起身子。

有人站着,庭院正中有一个黑影站立着。

为何方才会没注意到,那人一直一直都在看着阿冢——

"你……"

她想说"你是……"但喉咙的干涸令声音消隐了。

没有气息,一点也没有。但没有也是理所当然的,因为那个人影是——

"小平次吗?"

那人——那轮廓很明显就是小平次。

阿冢再次紧紧地合拢衣襟,将身子坐得更直,视线凝聚。

"是……小平次吧?"

没有回答。

看来必定是小平次无疑。黑影极为缓慢地动了动,看起来像是升起的轻烟。

虫子一如既往地鸣叫着，那东西暗淡得连虫子都无法察觉。

阿冢向前爬去。

"你——你是何时到这——不，你到底是何时回到江户的?"

对方不可能回答。如果是小平次的话便不会对问题有所回应。

恐惧如云雾般消散了。不，从一开始便没有畏惧，有的只是一种厌恶的感觉。

不多时，阿冢的视线开始适应了夜色。不会错，那确实是那个鄙俗愚钝的身影。

小平次比平日显得更加空洞。他从一开始就没有颜色，尽管如此还是像刚刚脱壳的蝉一样——没有血色，脸庞与其说是白色，毋宁说是漆黑。

"你——"

"是不是受伤了?"阿冢问。

那个总觉得像是被淋湿了的身影，看起来好像有哪里坏掉了一般。

影子用一种打磨石块般刺耳的声音说了一句："阿冢。"

话音刚落，影子便前倾，双手支到廊上。那双手——

没有手指。

"怎……怎么了，怎么回事，发生了什么吗?"

小平次好像是要藏起没有他那手指的手，颓丧地弯着膝盖，靠到了走廊上。

"呐——"

阿冢退了退。若是发生这样的事情，一般都会给予对方照顾的吧，然而阿冢——

她感到恶心，不想去碰小平次。要是被触碰的话还能忍受，但要自己主动去碰触却觉得很厌恶。她真的打从心里讨厌小平次，而小平次也对此心知肚明。他刚踉踉跄跄地爬起身又萎蔫了般垂下了头，没有发出任何声音。

"什……什么事，我可没有感到厌恶。你是不是和些不合身份的人打架了？被追赶着殴打了？不，不管你受伤也好去死也好，那都是你的事！为何要大半夜地站到庭院中间？太愚蠢了！怎么，莫不是想偷窥妾身衣衫凌乱的腿间？内心龌龊的男人！我快发疯了！"

"你这愚钝的男人——"阿冢怒骂。

她只能做到这点了。

小平次耷拉着头，像是颈骨折断了一般，说了声"非常对不起"。

低下的头无论如何都没法回复原位。

"你那是什么样子？莫不是妄想让妾身温柔对待你？想得美！"阿冢语气粗暴地说，"绝不可能！"

"就算你被砍成鱼块，快要死了，我也决不会帮你这种人的。你很讨厌啊，你知道的吧！你让人恶心，你愚钝得简直像化脓的伤口一般，最令我讨厌了！总是像捣米的蝗虫般摇头说着'抱歉''抱歉'，却是口是心非地把道歉的话吐出来而已，无法让人产生一丝好感。看着你道歉的样子就像掉入了便桶一般令人恶心，所以说——"阿冢狠狠大骂说，"若是再道歉就杀了你。"大骂后随即抬起了下颏，这才看到了小平次的胸口。那儿似乎缠着一块白布。

——被砍了吗？

"真是烦人！"阿冢怒骂，然后将油灯点上。

引火木被胡乱地扔进去，可疑的橙色火光给深不可测的黑夜带来了一点厚重感。阿冢伸头探看，小平次正垂着脖子坐在湿漉漉的走廊上。不知是否因为被火光照到很痛苦，小平次低下去的左侧脸简直就像幽鬼一般。不，还称不上是那么上等的东西。

是骷髅头。

是腐朽之后留下的人体残骸。

"快些决定进来与否，妾身要睡了！"

"壁橱柜是开着的。"她说。

小平次像木偶一样转过脸来。他的额头上也有伤，但并没有流血。

话说这家伙都没有流血吗？

小平次看着她。虽然他的面孔如曝晒在野外的骷髅一样，黑色眼窝深处的眸子无法定焦，根本无法判断他到底在看向何处，但小平次肯定是在看着阿冢。

"怎……怎么？"

"阿冢。"

被他一叫，阿冢一阵战栗。

"别……别那么亲热地叫我！"

"我不知道你的真名，只能叫你阿冢。"

"都说了别那么亲热地叫我！那是妾身的名字！"

"是我给你取的名字。"

阿冢沉默了。是那样的吗？也许确是如此。

"有个问题我想问你。"

"我不想和你说话，一听你的声音我就想去死。"

话刚说出口，她的整个背脊便鸡皮疙瘩骤起。

多么不祥的男人啊。

"是关于画中男子的事。"

"什么？"

"安房国小凑边上、那古村居民安西喜内之子喜次郎。"

"你——你要说什么？"

那幅画。

那幅画在哪儿？

那种东西，我可没有在寻找那种东西。

追求那种无聊的东西可是会被抛弃的。

那种东西是没有的，那种男子是不存在的。

不，是真的不存在。

"莫非你没有听说过？"小平次说道。

"谁会听过？"

"若是没有——那就是我想错了，说了些多余之言。"

"记是，记得。"阿冢将满是鸡皮疙瘩的背转向小平次，"虽然记得，但也仅只如此。总之是和妾身无缘的名字。一切全是虚构的谎言，悉数尽皆空造之事。"

阿冢望向了壁龛上的小橱柜。

不用再找了，宝儿，因为那幅画就在那里，是我橐吾阿冢藏起来的。

不是藏了起来，是埋葬了吧？

你这不懂世事、偏离伦常的又笨又愚蠢的疯女人。

那幅画被埋葬在那里了。

"是在那里吧。"小平次说道。

"多……多事！我不是说过听到你的声音便想去死吗？"

"那种男人是不存在的，那全都是愚笨女人看到的幻觉。"阿冢对着虚空说道。

"她以为自己是美丽的，以为自己会一直一直将美丽的模样维持下去。她的美丽是理所应当的，因为她根本不曾靠自己生活过。一张口便有食物送来，如厕也会有人替其将屁股擦拭干净，那样子根本不能称为活着，连要将其玷污也不可能，不是吗？她以为那种虚构般的生活会永久地持续下去。就算只是个孩童，那想法也太过愚蠢了。所以——"

"所以才会疯狂地恋上薄薄的画像之类的东西。"阿冢轻蔑地说道。

"绘在纸上的东西是不会改变的。至多微微褪色，但即便历经多年，画中那人依然还是那副美丽的模样。不变之物是不存在于世间的，而证据就是——"

离开双亲长途跋涉的终点，最终所抵达的那个地方——

"在那块土地上既没有那间屋子，也没有那个男子，所以说一切都是编造的。俗话说得好，真是画中之饼。"

"所以，那又是怎么回事——"阿冢圈着枕头一头倒进被褥中。

"为何你会知道那个名字，可你明明连妾身的名字都不知道。"

“阿冢不是名字吗?”小平次如此说道。

不,也许只是觉得他说话了。虫儿的叫声太吵了。不,那是风声也不一定。

比起这个,这个男人真的在那里吗?

“阿冢——”小平次唤道。

没错,妾身正是阿冢。为何如今还是如此,一副眷恋不舍的模样,令人没有一点欢喜之情。

虽说如此,但想到自己被这样的男人打乱步调,这样的……被这样愚钝的男人!

“我遇到安西喜次郎了。”

“什么?”

小平次瘦弱的背部,令人极度厌恶与不快。

“你说谎!”

“并非谎言。”

“喜次郎在十八年前离开了乡里,那之后安西一家便悉数被杀害了。”

“十八年前——”

“小姐你去探访是几年前的事呢?”小平次问道。

“离家时是十三四岁,绘画之时喜次郎应该是十二三岁吧。”

阿冢离家是在十三年前,而那时喜次郎的家已经不在了。

“果然,是这样吗?”

“那么——那又如何?”

“只觉得是段奇缘。”小平次说道。

"这个安西喜次郎如今是玉川座的一流旦角，玉川歌仙。"

"歌仙——"

说起来，那个可恶的鼓手似乎也确实说过，对小平次一见钟情的是一个叫喜次郎的演员，但没想到那个人居然就是安西喜次郎。

"那么——又怎样，你又要我怎样?"

"不怎么样。"

"什么?"

"我只是说出我知道的事。"

"为何要说，莫非想让我感恩?"

"情感枯竭的愚钝之人根本不懂'恩情'一词。我既未想要怎样，也不管会变成怎样，只不过要将知情之事吞下肚子，鼓胀着逝去实在——"

"实在太过沉重了。"小平次说道。

"卑鄙之人无出息。"阿冢盲目地责难小平次道。

迄今为止还从未与这个男人进行如此之多的交谈，这还是第一次与其进行正常的交谈呢。以前，就算是说话也是阿冢一人自言自语，说也好、问也好还从未有过回答。但想起来那却绝非是件坏事，她从未想过与小平次对话会令人感到如此厌恶。

简直到了令人作呕的程度。

"为了妾身——"

这个愚钝的男人——

"那么你并非是想着妾身的事才前来告知的了? 就为了掏空肚子便恬不知耻地回来了? 甚至不惜蒙受如此重伤? 死了，也就不过如此。人死了的话，留在肚子里的事情也好、粪便也好，都不存在了。"

若是死去了多好。

若是死去了，那这份心情——

这份心情是怎样的心情呢?

小平次——他依旧低着头轻飘飘地站了起来。

月亮被遮盖住了，那东西恢复成了单一的黑色块状。

"阿冢。"

"干吗，什么事?"

"勉强变得快乐和放任去痛苦这两样，到底哪一个更好呢?"

黑影一下子飘上走廊，晃悠悠地变大了。

阿冢全身僵固。

"那种事——"

她回答都是一样的，说:"不管怎样都无所谓。"

影子停顿了一下，缩紧脖子，埋下了脸。靠近看，影子也是有凹凸的，虽然稀薄但确实是个完整的小平次。小平次口中低沉地说着:"大概是吧。"然后简短地说了句"我很是疲累"，便消失到内室中。

阿冢毫无追上前去的欲望，只有视线追着黑影而去。

油灯暗淡的灯光没法照到邻屋，刚好将阿冢的肌肤染成放荡的红色。不一会儿，不安的灯火闪动着，剧烈摇晃了一下便熄灭了。灯油尽了，只听得见一阵沙沙的声音。没有气息的东西所发出的声音就如同是声音的幽灵一般。

小平次似乎正在黑暗中吊起蚊帐，铺着床铺。

不久，声音便停止了，只剩下虫鸣和没用的油灯。

良久，阿冢都没有动弹，静止如抽了筋一般。

是因为听了安西喜次郎的事吗？的确，阿冢的脑海里正浮现着昔日所痴迷的那个美童的画像，所以阿冢里面的穗积宝儿也许正对着那幅很久不曾想起的肖像自我慰藉。但阿冢心中却没有让感伤、不舍、怀旧这类柔软的东西进驻的余地，更不可能有让爱慕憧憬这种不明究竟的东西常驻的空间。

因此让阿冢一动不动的——依然还是小平次。

因为她讨厌小平次。就像是被恶心的虫子包围的厌恶感，不是恐怖，也不是畏惧，必定是因为厌恶、厌恶，厌恶得难以忍耐才会无法动弹的。

邻屋之中有小平次在。那个愚钝的男人与自己只隔着一张隔扇，一想到此便难以忍受了。

他的存在本身便令人厌恶。竖起耳朵听，连睡觉的呼吸也没有，但他依然存在，所以才感到厌恶。

阿冢身体前屈，觉得这个姿势很舒服。她并不是想伸展四肢，可要坐起身来她也做不到。

前屈身体，双手抱着肩膀，什么都不去思考，什么都不想，将脑中的喜次郎赶出来，将心里的小平次赶出来。在一种被火辣辣炙烤般的心情下，阿冢睡着了。

她做了一个梦，梦到自己全身止不住地流出温热的液体，这令她感到十分厌恶。

也许是因为觉得自己做了这么个梦而感到厌恶？难道自己也有做梦的闲暇了吗？

没有定论。咚咚咚——

咚咚咚的声音。不，现在没法出去，气力全无，腹中感觉很难受。

"有人在吗，有人在吗？"

"这里不能招待汝等入内。此处乃妾身之家，这里内如血海，实在无法让他人看见。"

"妾身是来这寻找东西的，这附近一户叫安西的人家。"

"根本没有那种东西。"

"不不，那个小橱柜里，就在那里啊。"

"我很是疲累。"

阿冢惊愕地抬起脸。随即，光线的旋涡便化为赤红袭向双目。红色很快变成白色，色彩又自白光中产生，接着熟悉的庭院景致浮现出来。

"有人在吗？请问这里是艺人木幡小平次先生的家吗？"

"有紧急之事前来告知，请问有人在吗？"

谁？什么？

阿冢坐起身子，腰部感到极为疼痛。后背伸展，倦怠直传入背骨中。

——梦。

似乎做了个讨厌的梦。虽然有点印象，但究竟梦到什么了呢？玄关口有数名男子来访，正你一言我一语地说着什么。还有摇晃脑袋，头发打在耳朵上发出啪嚓啪嚓的声音。

头发也没有绾，睡乱了。这副样子真的没法出去。但门外的人却没有丝毫撤退的意思，还是一直在敲门。纠缠不休的客人，似乎不是乞讨卖物之类的人。

好耀眼。从阳光的角度来看，现在与其说是早晨，不如说已近中午了吧。

没有时间绾发，她便用十指梳理了下头发，合起前襟端正坐姿，接着站起身。门外敲门的声音一直不停。

门没有关闭，房子也并不大。

来到玄关口便看到泥地上站着三个男人。一人手正支在门框上。阿冢一现身，三人便异口同声地道："是夫人吗？"一群素不相识的人。

"是旅行艺人小平次先生的夫人吗？"

"怎么，有何事？妾身——"

阿冢还未说完，四方脸的男人便问："这里是小平次先生的家吧？"

"小平次，小平次还未——"

——不对。

她正想说小平次在旅途中还未回来，但是——

——不，他已经回来了。

——他在这里。

想起来了。忽然间她觉得背后好像变得沉甸甸的。讨厌的感觉。

讨厌的东西就是讨厌，就算天神照耀，凉风拂过，也都改变不了这点。会有这样不快的情绪，那么昨夜的事便不是梦了。这么说，小平次现在正睡在里屋。那个愚钝的男人在黑暗中挂起蚊帐——

一股脚底被抽空的不安突然向阿冢袭来，她回过头。

从半开的隔扇间可以窥伺到微微被吊起的蚊帐。看来是不会错了。

"小平次他——"

"没错，正是这位小平次先生的事。"男人们说着，态度显得很微妙，"说起来那人受了重伤，是在哪里惹上了纠纷什么的吗？"

"还请您好好听说我。小平次先生，您的先生小平次先生他——"

"小平次先生已经死了。"男人说道。

"已经死了。"

"死在郡山安积郡笹川的安积沼泽。"

"已经去世了。"另一个男人说道。

"什——"

阿冢混乱了。

"怎么，尔等……尔等是在愚弄妾身吗？"

回过身。蚊帐，蚊帐后的被褥。

"我等都是玉川座的人。"第三个男人低下了头。

"在奥州青森狭布的乡镇上，幸得小平次先生的援助演出圆满成功。归家时，又突然商定在郡山演出，就在决定第二日进行初演的当晚——"

"有人提议边欣赏萤火虫的风光，边夜间垂钓，就在前往陆奥名胜安积沼泽后——"

"不知是何缘故，小平次先生自船上落水——"

"尔等不要胡说！"阿冢大怒。

"小平次怎会去夜间垂钓？他并非是善于此等玩乐的上等男人！"

"确是如此没错。"男人道。

"也有人一同随行，同座的一流旦角玉川歌仙。"

"歌仙——"

——那个安西喜次郎如今是玉川座的一流旦角——玉川歌仙。

有人如此说过。虽然如此说过，但说的人——

"有主角多闻庄三郎、因无伴奏者而雇来的三味线琴师花井惣糸和打鼓人安达多九郎，五人携同一道前往垂钓——"

"还请您节哀顺变。"男人们低下了头。

"旅途中突如其来的不幸遭遇，一行人都震惊不已。"

"通报给乡镇差人，费尽心力想将小平次先生捞上来——"

"借助渔民们的力量遍寻沼泽底，但一直都找不到。时日一天天过去，最终村民们说，他被沼泽之主带走了。"

"同行的多九郎等人对自己提议去夜间垂钓感到深深自责，甚至想要自尽。歌仙和庄三郎也终日悲叹，根本无法演戏。"

"然而事到如今，也不可能停止演出。即便停止，在找到其遗体遗物之前亦不可能停止搜索。"

"剧团老板玉川仙之丞极为痛心，言之应先通知夫人您，于是拜托我等三人按小平次先生所留书信上的地址，快马换笼轿，马不停蹄地赶来——"

不可能——

"不可能会有这种事情！"

小平次他——

她再次转过身去。蚊帐，被褥。

"夫人。"

"不可能!"

"我很能理解夫人您不愿意相信的心情，但此事是千真万确的。"

对面的男人从怀中取出一个绸布包裹放在门框上。

"这些，是剧团的致歉金和慰问金。"

"什么致歉金?"

"奠仪礼我会稍后再带来。这次助演的费用，以及小平次先生在旅途中挣来的大笔金子全部都放在怀里沉入了水中。"

"待剧团返回江户，老板领班再前来探望。"

"这些事——"

"不管怎样都好。"阿冢说道。

"当家不管在哪、怎么样了都与我无关，就算不回来也无碍。再说那种没用的人没人会给一文铁钱做什么奠仪，妾身也并不想要那种钱。不过——"

她转过身去。

"虽不知你等是何打算——"

她又一次转过头。

"小平次他——"

蚊帐忽然轻轻地摇晃了一下。

"小平次昨晚半夜已经回来了。"

"夫人您真会开玩笑。"男人说。

"我等也绝不可能精心编造这种事来戏弄人的。"

"你们强词狡辩也是没用的。回来了就是回来了。"

三名男子面面相觑，表情显得极为诧异。

"夫人，那是——"

"是昨晚半夜，突然就从庭院——"

"从庭院吗？"

"就站在庭院里。"阿冢道，"这是真的。"

"怎么会——长途归来的主人为何要在半夜从后门进屋呢？"

"他就是那样的人啊。"

他一直都是那样，令人抓狂。

"还受了伤。"

"受伤了？"

"没错，另外还有——"

喜次郎。

"玉川歌仙原本的名字——是叫喜次郎，对吧？"

"喜次郎——这个，倒确实是这样说过。"

"那就不会错了，是小平次说的。"

"说了什么？"

"那是小平次回来告诉我的，说歌仙原来的名字叫喜次郎。我在此之前都不知道这件事，都是听小平次说的，所以——"

男人们面上顿时丧失了血色。而阿冢，再一次回过身子。

"那么，那个小平次先生呢？"

"他胡乱说什么累了疲惫了，就进了里屋。"

"他……他在吗？"

"在啊，在睡呢，睡着——"

阿冢踏着步折返回里屋，将只开了一半的隔扇猛地拉开，卷起蚊帐。床铺铺在地上，揭开被子——什么都没有。

一声"打扰了"传来，从身后走进来的男人们走近前来，越过阿冢的肩膀望去。

"在……在哪儿?"

"我说了他就在这里!"

阿冢大怒。怒吼之下便使尽全力将蚊帐扯了下来。

"这个蚊帐是小平次挂起来的，就连这个被子也是——"

"没……没有啊。"

"他在的，他之前就在这里啊!"

因为感到很厌恶，非常厌恶，几乎叫人发狂地厌恶，所以那个男人绝对曾在这里。明明在却又不在了，就因为是那样的男人。这点最令人讨厌、最令人厌恶了。

阿冢说着"他在""他在"，猛地坐下去捶打如脱壳般的被褥。

到底在还是不在?

就因为他是那样的男人，偶尔只是看不见而已。

"他回来了的，一脸忧郁和苍白。"

"夫……夫人，那……那是——"

"冤魂啊——"男人说道。后面的男人一声尖叫，一屁股摔倒在地。

"他……他化成冤魂来了啊。"

"怎可能有那种事? 死人怎可能会铺床，说幽灵挂蚊帐岂不是令人发笑? 因为那个样子——"

那张黑色的脸，像开了个洞的眼睛，犹如影子般的举止行为，如风般的声音。没有气息。没有声响。

但是——一向不都是如此的吗？

"天哪，难道化为冤鬼回来了吗？"一人说着，其余二人便远远往后退，转身跑到走廊，闭起眼睛，双手合十，不停颤抖道，"这可不行，拜托赶紧成佛吧。"

"宽恕我吧，别执迷不悟啊——"最后一人将绸布包裹放到地板上，飞一般地后退着远离床铺——

"遗……遗体还没有浮上来，所……所以小平次先生才会发怒的。有不详传言说那沼泽居住着怪物，只要捕鱼就会被拉下水的，结果只有自己一个人被拖下了水，因此……因此才会出来作祟的！"

"南无观世音大菩萨！我等只是受人差遣，请宽恕啊！"

"难得挣到大钱，正打算今后使用之际，想来必定还留有遗憾。"

"别执迷不悟，切勿执迷不悟啊！"男人们一口一句地道着歉。

那些，昨晚的事情，那些全部都是——

全都是幻影吗？

这时，阿冢的右脸颊感到一阵针扎似的不快。

不，不对。

壁橱柜的隔扇打开了约一寸五分。

安西喜次郎

喜次郎做了个梦。

不，因为自觉是在做梦，所以很难说真的是梦。

原本那便是实际发生过的事情的再现，与梦中发生的那些变换自如、不明究竟的事是不同的。但喜次郎并不是在流连回味过去、沉浸在过往的回忆之中。他并非全然清醒着，而是半睡半醒。

回想起的每一个情景无疑都是事实，但不知为何总有种违和之感，事件之间的连接也很微妙。再加上，还有几个与事实相异的情景被加入了里面。

——愿望吗？

愿望反映在其中，对此他也有所自知。

但即便如此，却并非意味着那是依照他心中抱有着应该如何的愿望而随意进行编织的。不协调的各个情景既没有如喜次郎所想的互相衔接，更重要的是，那些绝非是令人感到愉快的事。

因此，那只能说是梦。

梦中的喜次郎是一个少年，那幅画像中的美童子。

年十三四、未行戴冠礼之前的少年模样，前发刘海儿和振袖小太刀。

但是喜次郎还是醉了。醉醺醺地纠缠住的人是连做梦也会梦到的恩人——动木运平。

不管说什么，动木都不会回答，只是面无表情地俯视着喜次郎。喜次郎虽然醉了却还很年轻，身体瘦小，只是内心涌起的犹如歹意的东西不断沉积。不管告诉动木多少次自己是喜次郎，但动木都没有任何反应。

如此美丽的少年前来搭话却不表示一丝兴趣，怎会这样呢？莫非自己是个很丑的男人？喜次郎感到很不安。他想，难道自己是个胡须横生、皮肤干裂的可憎男人？

不是的。

动木不予以理睬是因为喜次郎还穿戴着衣衫。要明志则必须净身。喜次郎脱去衣服，冷水淋身——好冷，这种感觉真的好讨厌。

真是可怜哪，可怜可怜啊——

有着如此可怜的遭遇，就算神佛也不忍心不予以同情。

果然，一向动木哭诉"好凉""好痛""好冷啊"，他便会将自己紧紧地拥抱入怀。

"挺住，我现在就替你取暖。"

好温暖。肌肤相碰的触感，紧紧相挨的安心感，还有合为一体的快感。

柔软的肉逐渐变得坚硬，眼见着色泽变化，散发的气味——

尸体的气味。

喜次郎拥抱着小平次。

青黑的脸，如削掉了肉的骷髅般的脸，没有表情的脸，没有感情的脸，没有看着任何东西的——眼睛。

客人拍手送来喝彩。

可怕，好可怕——那是真实的，是真正的冤魂！

父亲安西喜内的遗骸在木台上张牙舞爪，鲜血从尸骸的后背和肩膀汩汩地流出向世人展示着。当然可怕了。那可是真正的尸骸，里面已经腐烂了，内部正在融化。而证据就是母亲大人和祖母大人也都死了，都已经僵硬了不是吗？

所谓真正的武士——

父亲大人还说着这样的话，明明已经腐烂了。我不要变得强壮，挥舞着沉重的长刀那样野蛮的行为是喜次郎做不到的。

喜次郎会尊敬父母是因为他们宠爱自己。

死了不也就此结束了吗？被死人喝彩那种事——太疯狂了。

被运平紧紧抱着的喜次郎这样想着。

啊——若是能一直这样该有多快乐，就像要融化一般，什么都不必考虑。

突然，动木结实的手臂推开喜次郎。

"你实在是太难看了。"

"不会、不会的，我就是以前被画在画中的喜次郎啊。"

"你看，你自己好好看看——你知道我拿着这个意味着什么吗？"

"我知道我知道——父母……杀掉我父母的就是你对吧？"

——杀了我吧，杀了我！

父亲他……父亲他坐在船上。不要，不要。事到如今已经无法回到原来那样了不是吗？过去已经不会再回来了吧？我……我已经不再是喜次郎了。既然如此就别觍着脸出来，死人死去了不就好了吗？就像过去的我已经不会再回来了一样。死人待在冥界就好了啊，死人是不存在于这个世上的。死人——

活着的吗？

好可怕。

手臂使劲伸向前方，歌仙猛地清醒了过来。

心里就似吞了滚油般难受。

外面，天色还早。

这是客栈的一间屋子。虽说不上是多么上等的房间，但多给了些住宿费便让他们将隔壁屋子空了出来。其他人都一起留宿小旅馆中，只有歌仙除外。他讨厌面对那群人。不，在那之前曾经发生过不能住在一起的事。因此——

只不过，歌仙的心情并没因此就变得安稳。

一个人单独地待着太可怕了。一闭上眼，小平次死去的脸便浮现出来。

不，那到底是不是小平次也不清楚。小平次沉入沼泽时他并没有看着他的脸，他只看到远去的后背和不断沉入水中的手臂和痛苦挣扎的指尖。

所以眼睑内浮现的即便是小平次也是活着的小平次，若非如此——

父亲大人。

死去的父亲安西喜内。

歌仙接着抱住了头。

十八年来，一直深信那是自己的救命恩人、拯救安西家的神并对他心怀感激的男人——

动木运平，这个运平——

事实上——乃是夺走传家之宝交钢大功鉾的大恶贼，是斩杀双亲和祖母的罪魁祸首。

哪是恩人，实是杀双亲、毁家园的仇敌。若喜次郎是武士，那人便是无论如何也要打倒的对手。为了报恩，十八年来一直期待再会，就在相隔多年再次邂逅之时，喜次郎却从运平本人口中得知了这么一个事实。

——事到如今……

事到如今这算什么，喜次郎想。

事到如今，即便知道这些也只会令人困惑，即便知晓也什么都做不到。

歌仙虽是武士之子，但已不是武士了。一度贬身为男娼，后又被拾做行走艺人，就此过了大半个人生至今。当知道恩人是双亲的仇敌时他又能如何呢？不，他应该做点什么才是人之常情吧？

这点并不明了。

小市民不会去报仇。不不，反正演员只是行走艺人，论身份，歌仙则在小市民之下。

这样的人会报仇吗？若以曾我兄弟自居，效仿赤穗四十七浪士报仇的话，也许会成为一段美谈¹。但即便成了事实，也还是那样。没有赦免状就杀人报仇，便会接受是否是武士的盘问。若是斩杀了武士，哪怕是有罪状前科的浪人，身为身份卑贱的艺人，事情也不可能轻易作罢。即便世人允许，法律也不会容忍。结局最多不过被印在瓦版上，成为一时的传言。那么到底应不应该报仇呢？即便如此还是要报仇吗？

若不能报仇——

例如去代官所或奉行所恳求申诉才是应有的做法吗？若细细探查的话，运平该是个有不少问题的人，而一直跟随他的二人也是恶棍，都没做过什么好事。

他大概便是被追赶着逃到那片土地上的。

既然如此——应该这么做吗？

那是应该走的路吗？

已经——走错道路了吗？

不，但是——还不到——

歌仙坐起身子。漆黑一片。环顾四周。

也许还来得及。若在这里将他们抓住，那样的话，这些人必定会被判死罪。运平虽是武士却没有任何后台，就算是武士，随意杀人的话也必定会遭到惩罚。他似乎杀过好几个人，所以不可能会无罪赦免。若是如此——就没有任何人会觉得奇怪进而对此怀疑了。

顺带着也能报父母之仇？

---

1 指镰仓时代曾我祐成和曾我时致两兄弟讨伐工藤祐经为父报仇事件。

——就像附加之物一般。

歌仙支起单膝，正当要直起腰身的一刹那，拉门一下子打开了。

"起得真早啊，喜次郎先生。"

压抑低沉的声音。是鲢八。运平三人也住在同一家客栈。

"您要去哪儿?"

只有鲢八的声音接近而来。声音从背后愈来愈靠近，一直近到了耳边。

"该不会是起了什么不好的念头吧?"

"我……我……"

"很担心啊，俺也睡不着呢。"

他感到一种冰冷的钢铁触感正在接近脖子。鲢八拔出了匕首。

"你……你在监视我!"

"说的话这么难听，让人很尴尬啊。俺们和您可是互助互利的啊。喂，难道不是这样的吗?"

"花旦老爷——"鲢八低声说道。话音还未消失，一个薄薄的冰冷东西抵住了歌仙的脖子。

"俺们是给玉川座拾掇道具的，现在确实是这样的吧。"

"既然……既然这样又为何要特意分开住宿?"

"理所当然的啊。"

凶器突然深深地陷入了脖子。

"听好，您和俺们可是同坐一条船的，是这样的吧。希望这点您能清楚明白。"

"我……我……"

"所以俺才特意来忠告您，别有什么奇怪的想法。要是出卖俺们，您也会完蛋。您只有乖乖地等俺们衰老。如若俺们被抓起来了，您也是同伙吧。另外，好让您知道——"

鍊八的声音自歌仙的右耳缓缓地移到左耳。

"动木老爷很可怕哟！"

"可怕——"

"那位老爷可是鬼畜啊！自从十四岁将双亲斩杀后，他对杀人似乎就变得毫不在意了，不管是敌人还是自己人。就算是我或者那个搭档，他也能简单地当是砍柴引火一般轻易斩杀掉。那人是怪物啊！不知道您是怎么回事，竟然会将他当作救命恩人来崇拜，真是不得了啊。"

"真是笑话。"鍊八说道，"竟然和这样的人扯上关系还能活到今天，您也是个好运的男人。好不容易才捡回的命，所以呢——"

"您就好好地珍惜自己的命吧，花旦老爷。"鍊八说着回身转到歌仙面前，盘起腿坐到了被褥上。

微弱的月光下显现出的是一张粗俗下贱的脸。

"我才没有——"

从刚才开始，歌仙便什么话都说不出来了。

"也许吧，您也不像是那么愚蠢的人，您心里应该很明白……不过在这时候偷偷地起来，就算是俺也不能高枕无忧继续睡啊。"

没办法了，什么都不能说。果然，歌仙已经踏上了错误的道路了。不是受到强迫，而是自愿走上的。所有的一切都是自作自受。

"您好像很不服气呢。"鍊八说道，手中依然握着匕首。

"喂喂，您该不会在想着要给父母报仇什么的吧？"

"那又——"

如何呢？

他在考虑该报仇吗，要报仇吗？也想到了不能报仇，报不了仇。或者是心里觉得想要报仇吗？

他想替父亲达成遗愿，一雪母亲的怨气，慰藉祖母的遗恨，他这样想着。但是——这点似乎连他自己也并不确定。那个时候——

当运平长刀相向的时候——

他想，这是百年后在此相遇吗？

这的确令人震惊。

震惊得天地也为之颠覆，震惊得令人什么都无法思考。

尽管如此，那之后他还会觉得恨运平吗？歌仙心中有恨入骨髓的情感吗？实在是太奇怪了。他想，一般而言是应该拥有这样的感觉的吧？应该会感到愤怒吧？但是，歌仙最终不也还是无法估测自己的心情，不知如何应对吗？回想起的也只有父母难看的死相和尸骸的触感而已。

应该如何接受这一事实，歌仙还是得不出结论。

——不对。

其实是清楚的，自己根本就不想报仇。

任其怎样都可以，被杀死的是安西喜次郎的父亲，反正与玉川歌仙是没有关系的。

难道这不是真心话吗？

——是真心话。

歌仙确信了。之所以会迷茫，只是不愿承认自己的这份真心而已。不想自己认为自己是个不孝子，不是吗？

　　——这也不对。

　　仁义孝悌之类的，父亲的教诲他全都不喜欢。

　　喜次郎之所以遵守这些教诲，既不是因为理解了这些理论，亦不是因为感受到了其信念。只是因为遵守了会得到褒奖，不遵守便会被训斥，仅此而已。遵守了也得不到褒奖的话谁会遵守呢？遵守了，就会被大加赞赏。"喜次郎真聪敏""喜次郎真棒"——都会这样赞赏自己。

　　善恶之类的他并不理解。

　　若是没有赞扬自己的人，谁会理睬那些。

　　"要报仇再等一百年吧。"鯻八说道，"不管怎么说对手实在太坏了。"

　　"复仇什么，我可没有——"

　　"我不会做那种事的。"歌仙直言，"因为根本没有任何好处。那样死去的双亲也不会回来，不，如今即便他们回来，没办法的事不也还是没办法吗？我——"

　　"已经不是安西喜次郎了。"歌仙道。

　　"哼——"鯻八嗤笑。

　　"喜次郎也好，歌仙也罢，你就是你。"

　　"不，安西喜次郎是武士之子，如今的我——"

　　"不都是一样吗？"鯻八道。

　　他又将匕首收入了怀中，说："自以为是的家伙都这样，好像自己很明白似的立马强词夺理。真正的自己怎样，现在的自己又是这样，这些俺可一点不懂。俺从饿鬼的时候开始便是俺自己，不管好事坏事都是俺自己。"

"就算你不也是如此吗？"鲢八说道，"还是说怎样？武士的儿子很伟大就会做令人赞扬之事，艺人不伟大便不做是吗？别犯傻了！"

说得没错，歌仙坦然地这样想着，自己从来都是如此，并非被他人赞赏之人。

原本目睹了家人罹病、家计贫困的喜次郎也并不认为净身、祈愿，甚至差点丢掉性命等是基于孝行、忠义之类的行为。家计贫至要将传家宝物长刀卖掉，即便是继承家业的重要嗣子也不会得到重视。家门破落也无法再奢侈了。所以——

所以喜次郎许下愿望希望能得到金钱。

虽然也曾想过，向神佛索要金钱这种遭天罚之事乃幼童肤浅，但那却并不是年幼灵魂因思虑不足而导致的，毋宁说那是理所当然的。

大概从一开始，喜次郎心中便不抱有治愈家人的想法，即便那是和自己有血缘关系的人。但生病毕竟与己无关，痛苦的是父亲，是祖母。

无论有多痛苦，若当事人不对喜次郎直接表明的话谁会理睬？辛劳也好，痛苦也好，如果能一如既往地对待，那么喜次郎就不会感到困扰。但家庭破败了，待遇也会改变。所以——

便许愿"给我金钱"吗？

假装成不幸的样子，孝顺的样子。完全不是。

喜次郎许愿并不是祈求安西家的幸福。哪怕只有一点行孝的想法的话，首先便应该祈求家人康复的吧。但喜次郎并没有这样做。

原本不管要祈求什么，若向神佛许愿的话，只要一心祈祷便好。然而喜次郎却没有祈祷，只是夸张地故意做出惹人注意的动作，演绎成一个天真无邪的可怜孩童，想博得周围人和神佛的同情而已。

这么一来，就如鍊八所说，喜次郎与现在的歌仙完全一样。

扮作美丽女人的模样吸引客人眼球的演戏人——

"在思量什么呢?"鍊八纠缠道，"对自己罪孽深重感到惶恐了吗?"

确实，确实如此。

见歌仙低下头，鍊八更加愉快地嗤笑起来:"没错，这样才好。听好了，花旦先生，不管多逞强都是没用的，你和俺们已经是同类了，毕竟——"

鍊八猛地将脸靠近，直接在歌仙的右耳低声道:

"杀人犯。"

"杀人犯——"

"手上沾染的血污是洗不掉的，觉悟吧。"

鍊八嗖地吸一口气，笑得双肩颤抖，猛然站了起来。

"明日就到暌违已久的江户了，要进入御府内还需你的帮助，今天可得好好休息才行。拜托了哟，毕竟——"

"这会是个长期合作啊!"鍊八说着拍了拍歌仙的肩膀，消失在了拉门的对面。

独自一人，根本不可能睡着。

歌仙坐在被褥上，埋头闭上双眼——只是一直坐着。

——杀人犯！

杀人犯！杀人犯！没错，歌仙杀人了。

是迷糊了还是被魔物附身，抑或是——

黑色的沼泽……

安积沼泽，以前似乎是片广阔的沼泽，但如今却是个大煞风景阴森森的地方。

没错，阴森森的地方。

菖蒲草，燕子花。当然，季节未到，花并没有开。不知是否枯萎了，只有叶子。黑色的水面上密集的片片枯草稀稀拉拉地扩散开去。旧时曾在歌中咏唱的名胜之地，如今简直就像是——没有墓碑的墓地一般。

白天虽也是如此，但远方背景处还能看到燃烧般的红叶。但是一到夜晚——便只有无尽的黑暗。

"现在还能看到萤火虫呢。"安达多九郎如此说道，"一起去一边欣赏萤火虫飞舞的夜景，一边夜间垂钓怎样？"

那个打鼓的——是他邀请小平次的。

小平次！

木幡小平次！

安达多九郎——

多九郎曾经是歌仙——不——喜次郎被卖掉之地祢宜町男娼家丁字楼的用人。

说是男娼，但也并非刚卖出便能立即进店做客人的生意。喜次郎也必须事先学习如何接待客人，而那时照顾喜次郎的便是这个多九郎。

也许是由于这个原因，不管过了多少年，多九郎还是称呼歌仙为喜次郎。

多九郎本身也是被当作男娼买来的孩童。但他脾气暴烈、没有耐性，样貌也很粗俗，便没让他接客，转而做起了杂务。

最终虽然喜次郎在还未接客前便被仙之丞看中买了下来，但玉川座的据点也在祢宜町，经常会和多九郎遇上，而后这段不即不离的缘分便一直持续不断。

七八年前，在仙之丞的介绍下，多九郎入了打鼓人安达某的门下。到底是何名目与详情并不清楚，不过，据说真相是因为多九郎又爱打架且言语脏污，老是惹是非，连丁字楼也奈他莫何。但多九郎并未在那儿待得持久，之后便与人拉拉扯扯做了一阵小摊贩，不久他便又作为流浪鼓手加入各个地方的行走剧团。

既无怨恨也无恩情。只不过相互认识，没有好感也并不亲密，仅仅是这样的关系。

粗鲁的男人。

那天——

歌仙醉倒的那天——

不知为何多九郎殴打了小平次。

多九郎对小平次施加暴力后几乎什么也没说，不一会儿便消失了。

小平次一如既往什么也没说，当然也并未发怒。虽说原因不明，但这单方面的野蛮也实在过分，人们对多九郎责难不已，也有人建议就此将其驱逐。最终在老板的决定下，演出中止了。伴奏者的空位虽然可以填补，但仙之丞说，若剧组众人的心如一盘散沙，演出也无法进行。

一座之人就这样留下不明行踪的多九郎离开了狭布乡镇，起程踏上了江户归途。

歌仙的脚步很沉重，因为有动木运平一事。

要如何做，该怎么去想才好——

先前的想法从刚才起就那样一直持续。

一出青森，消失的多九郎就立马悄悄地回到了剧团中。

他在什么地方做了什么没人知道，不过他的打鼓技术令人称赞，对小平次也平身低头谢罪，也郑重地对老板及其他众人道了歉。鬼才知道他心里到底打的什么主意。

歌仙想，若是萌生杀意的话——必定就是那时。

多九郎对小平次的谢罪极为夸张。即便是从艺人的眼光来看——不，也许正因为是以戏子的眼光来看的，怎么看都让人觉得像是戏剧。但是——

不管多九郎怎么致歉，小平次都没有一点反应。

小平次不是因为生气而予以无视，也不是因为原谅了他而毫无反应。任何人都是演绎着某个角色而活，假装自己成了所饰演的角色而活着。若非如此，歌仙什么的便等同于无。

但若是演来演去，客人都没有反应，演戏人的脸也就变得淡漠。这是令人无法忍受的。

那时，歌仙第一次觉得自己明白了多九郎殴打小平次的理由。

这点才是歌仙抱有杀意的真正源头。不知为何，那时的歌仙对那个不管说什么眼神都虚无迟缓、从来不饰演任何角色的大块幽灵产生了极度的憎恨。

那也许是一种妒忌。不，那是一种比妒忌更黑暗的情感。

大概是——恐惧。那也许就像是为了克服恐惧而主动发起攻击的小动物般的心态一样。与其说是憎恨，不如是感到畏惧。若是畏惧，那就像是畏惧自己的一切被否定一般。也许正因为歌仙畏惧小平次，不想承认感到畏惧的自己，所以才会憎恨。

不，是小平次与父亲重叠了吗？

也许是这样。

运平出现以来，对歌仙而言，喜次郎的过去就变成了一个无比沉重的负担。在喜次郎的过去当中，永远伫立着的就是已死的父亲。

最初见到小平次时——

歌仙在他的身上看到了父亲——不，那重叠的不是父亲的尸骸吗？眼睛里看到的不是凄惨地死去、而后又在自己怀中渐渐僵硬的那个父亲的尸体吗？

——不需要。

父亲也好母亲也好，已经死去的人都不需要。反正已经回不到那个时候了，那时美丽的自己已经回不去了。涂脂描眉，穿衣打扮，歌仙才勉强地扮演着一个人。既然如此就不需要了，就让过去全都遗忘吧。

然而尸骸却一直纠缠不放。上坟也好，心中祈祷也好，尸骸都一直缠着歌仙。而最终结果——乞求报仇——明明已经不能再为歌仙做什么了。

——所以呢?

所以——

但是歌仙将这无比黑暗的想法沉入了心底。

打算将其沉底,就此放置。回到江户后就不会再与小平次见面了。即便相遇也不会抱有这样的想法,更不用说会和运平见面。那么,就此埋葬这种黑暗的想法才是上策,然而——

说就此回去太可惜了的是谁?

想想,那也是多九郎。

"难得小平次一扬剧组之名,正是吸引客人的大好时机,却因自己的愚蠢行为中止演出。若是就此继续演出一场,多少还能再挣得一把,却错失良机,给各位添了麻烦。此次我深刻反省,打算洗心革面,让我们大家团结一心,再演一场如何?"是那个打鼓人说的。

歌仙是不愿意的。

他想回江户,但其他的人意外地都赞同了多九郎的话。因为所有人都想着,小平次的戏剧会红。

老板首先站出来表示赞同,很快便决定了在郡山的演出。于是剧组众人便来到了安积郡笹川。安积山脚安积沼泽——

犹如歌仙的内心深处的黑色沼泽。

"没有乐趣的旅途中的慰藉,游鱼众多的名胜之地安积沼泽,欣赏萤火虫之余享受夜间垂钓如何?这也是重修旧好的表示——"多九郎如此说道。

假装为他人好的中间人之言，根本不值得听信。

但是——

那里也是一个——传言居住着怪物的沼泽。

据当地人传言，那个爱惜沼泽中鱼类的怪物会将钓鱼者吞噬，那是一个魔鬼之地。"撒网的也好，下竿的也好，全都会遭遇不测。"旅舍的人阻止道。因此，此事便暂时作罢。

应该就此止住的。但是，喜次郎却固执地说那不过是迷信。附近的旅舍膳食有鱼，那应该都是在沼泽买的，也就是说村里人在那儿捕鱼。只有他乡之人会遭遇不测实在可笑，想来只是为了恐吓异乡捕鱼之人的谣言——

那种事是任何人都知道的。

最终多闻庄三郎和花井惣糸表示了同意。庄三郎是个绝顶的钓鱼爱好者，惣糸则是个彻头彻尾的好事者。但不知为何，多九郎却执拗地邀请了小平次——歌仙最初是一副不知情的模样。

但是——

因为小平次说了要去的话——

但即便如此，为何歌仙就提出必须要一同前往呢？这点歌仙也不懂。虽然不懂，但沉入心底的极度黑暗的杀意大概既未消失也未淡化，一直都在暗中蠢蠢欲动。

虽说如此——却并不是说有了什么谋划。

是有了杀意不假，但并没有下杀手的打算。不管有多么强烈的杀意，歌仙也并没愚蠢到仅仅因此便不经考虑地去杀人的程度。只不过，无法一直静坐等待却是事实。

到了约定的时刻，小平次依然没有来。

他想了好几次"不来就好了"。他很害怕。与那么恐怖的东西一起乘坐小船，他有种不知会变成怎样的预感。他已经不愿意再拥抱骸骨了。

但是——

黑色沼泽变得格外黑暗。

就在夜色深得如黑漆涂染过一般时——

幽魂像缝补枯萎菖蒲之间的间隙一般，从黑暗中浮现了出来，钻入了小船内。

惣糸早早地拿出了食盒和小竹筒开始吃喝；庄三郎立马下竿垂钓，将鱼笼装得满满的；多九郎态度和蔼，却并未钓鱼；歌仙沉默地一直看着小平次。而小平次——

看起来和平日有些微的不同。多九郎频频劝诱小平次下竿钓鱼。

最初小平次一直低着头，不久小船经过沼泽中央附近时——

他握住了鱼竿。

多九郎大肆喧哗着将小平次逼到了船头。

小平次在船头将鱼线投入黑色的水面，静静地待着。

瘦弱贫瘠的背部，幽灵的背。

就在这时——

小船猛地摇晃起来。庄三郎的声音传来。这个主角演员钓到了一条大鲤鱼。惣糸高声呼喊道："真厉害！"多九郎感叹："真是条大鱼——"

就那么仅仅——

仅仅一瞬间——

恶魔经过。

歌仙伸长了手臂。因为没有一个人在看着歌仙。

小平次的后背逐渐远去了，歌仙转移视线看向钓起的鲤鱼。

连一声尖叫也没有。

多九郎敏捷地转过身，惣糸双目圆睁，庄三郎张大了嘴。

然后歌仙才慢慢地转过身去。多九郎的猿臂伸展开来。

黑色的沼泽泛起泡沫和浪花，旋涡中伸着一条手臂，眼见着被黑暗吞没——

只有手指哆哆嗦嗦地抓着空气动弹了几次。

然后那手指——

也如被吸入蚂蚁地狱的蚂蚁一般——消失了。

骨节突出的细细食指，也就是歌仙最后所见到的小平次。

没有任何想法。

多九郎无比慌张。那并非是夸张地舞动，而是真的感到非常慌张吧，歌仙想。小船上变得一片混乱。小平次落水了，小平次落水了！

没有任何人说是歌仙推下去的。

小平次再也没有浮上来。

回到旅舍，人们乱成一团，第二日就变成了整个村庄都被卷入的大骚动。事情越是混乱，歌仙就越是清醒，也就是说他几乎没有任何罪恶的意识。另外也没有任何一个人怀疑歌仙，谁也不会想到剧团的一流花旦会嫉妒一个雇用的幽灵。而他看到了父亲、而且是父亲尸体的幻觉之类的，就更加不会有人想到了。

尸体没有浮上来。

小平次本来就是亡者，亡者只不过是回归了冥府而已。

就算生还而回，反正什么也不会说的吧，他这样想着。

奇怪的是，那时歌仙极为镇定，心中没有丝毫忧虑。

就在这时——

鲢八和鸠二两人出现了。

"您真是干了件不得了的事啊！难道您以为谁都没有看见吗？"

"真遗憾，那可不行。正所谓天网恢恢，疏而不漏啊。"

"你认为没有客人在吗？嘿哟，高等客席就在那水中间——"

"俺们从菖蒲的叶隙间可是参观得清清楚楚啊——"

"一流花旦不该做的荒唐之事，你这——"

"杀人犯！"

为何？

为何这群人会在这里！

歌仙蓦然间内心剧烈震荡，头脑眩晕，甚至觉得世界都动摇了。

被看到了！不仅如此，而且看到的人偏偏是——

父亲的仇敌动木运平。

一得知被他人看到，他立刻觉到自己杀了人。而且看到自己这一不被允许的行为的人竟然还是自己曾打算忘掉的仇人。歌仙混乱了。什么是好事、什么是坏事都完全无法分辨了。自己曾以什么为基准来断定善恶，已经忘得一干二净了。

无法忍受了。

到底无法忍受什么，其实他并不太清楚。

歌仙心中当然不可能没有任何矛盾。不，想一想，有矛盾的话反而比较奇怪。

若以武士之子的身份认真考虑的话，在杀死运平后作为杀害小平次的凶手主动自首，接受朝廷的裁决才是应该选择的道路吧。但是若真的杀死运平的话，歌仙的罪也将被掩埋到黑暗中吧。若是那样的话——

不，不管有没有被看到，罪孽就是罪孽。若是有心偿还罪恶，都是理所应当的。若歌仙主动认罪，也就不会听任恶棍所言。但是如果歌仙接受处罚，运平就将逍遥法外，报不了仇。一个杀过人的艺人的话，朝廷也不会听取的吧。若是那样——

都是些任性的矛盾心理，大概已经脱离伦常之道了吧。

不管怎样都找不到理由。找不到理由，歌仙便就此放任了。

就这样，歌仙便一直被三个恶棍纠缠不放了。

但歌仙却并未被索要金钱财物。一般而言，这种情况是会被敲诈掩口费的，但那群人反倒给了他钱财。恶棍们说想要以玉川座作为进入江户之前的掩护，要求他协助一切。

歌仙已经没法做任何事了。

于是歌仙将与动木的邂逅告知了老板仙之丞。

仙之丞对歌仙被卖的原委一清二楚。动木运平的名字也一直是作为救命恩人听歌仙再三诉说，所以老板听后似乎大吃一惊。

歌仙又继续如此说道："这是报答大恩千载难逢之机，您能什么都别问，帮我一把吗？"

这不是谎言。不，是他已经变成了谎言。

只要扮演稍早之前的自己便能解决问题，所以骗人是很简单的。

于是运平和鲡八、鸠二三人立马成了玉川座的成员。玉川座除了领班花旦、美男子、丑角、中轴书出龙套等演员外，还有服装梳头辅佐员、狂言者、三味线太夫伴奏者。这个拥有三十人的大团队，仅仅增加三个人根本不会引起任何注目。

但途中，他却无法让那群人和剧组成员一起。

无论如何，他都对此极为厌恶。

非常厌恶。

——我……

到底在做什么！

歌仙抱住浑浑噩噩的头，如同在人世与冥界之间来往一般，一直往返于过去和现在，每晚都一直蹲着敲打寝具直到晨光充满整个屋子。

讨厌，讨厌讨厌！

不久——

进入江户之日的清晨来临了。

歌仙疲劳不堪。

他不想看到运平的脸。若是看到的话——他觉得一切都会完结。

和事先安排的那样，运平被装入服装行李中，由鲡八和鸠二抬着。渡过千住大桥进入府内，一直到抵达一个隐蔽的地方为止都尽可能地小心翼翼。在此之前的各个要所也都是这样过来的。

票据当然是没有的，一切都靠仙之丞口头搞定。一般道路的话倒还好，在关卡以及盘查点还是必须谨慎的。不过如今的关卡盘查很是敷衍，只要没有明显可疑的举动，便草草了事不会追究。连行走艺人的人数不细细审查也已成为惯例，但是运平的事却是例外。因为运平的画像很有可能已经发布出去了。毕竟运平不管怎么看都是一个武士的身形，无论差人怎么迷糊，只要有画像发布便会注意到。

过了千住。

渡过千住大桥，穿过回向院。

歌仙根本没有观看景色。四周雾蒙蒙，只有中心清晰能见。就像窥伺镜子一般，人世变得狭窄，在中心的只有装着运平的行李而已。

声音也几乎都听不到。耳朵深处犹如夜蝉齐鸣般嗡嗡响叫，大概只是耳鸣。虽然小贩的声音、河川的潺潺流水声应该一直都听得到，别人应该也过来搭了几次话，但这一切都完全没有传到歌仙耳中。

江户尽头，边界的花街柳巷。

路过小冢原的刑场。

即便什么也看不到、什么也听不到，也有气味能辨。

父亲的味道。不——这是尸臭。

到达吉原田地。即便接近了花街也没有一点脂粉的香气，鼻腔所沾染的尸臭无法退去。

人迹中断了。既不能说是夜晚，也不能说是白昼的中间时刻。

这时，仙之丞打发剧组团员先行离开。走在最后的鍊八和鸠二等所有人从视线中消失后便放下行李，放出了运平。

凶狠的面庞窥视着。

——算了。

已经和我无关了，这已经和我无关了，歌仙这样想着。这样便能斩断孽缘。

睡眠不足和心力疲劳让意识远去。歌仙一见到运平的脸便眩晕起来。

仙之丞抱住他的肩膀。

"歌仙！"

"啊啊！"

鸠二拿出的是安西家的传家宝交钢大功鉾。

接过来的运平，那个杀死了父亲的运平将它插在了腰间。

——为何无法憎恨？

仙之丞叫道："歌仙，歌仙。"

老板就那样抓着歌仙的肩膀，推搡一般地引他来到路边，将他按到槐树上。

"歌仙，你没有隐瞒我什么事吧？"仙之丞介意运平等人听到，低声问道。

"隐……隐瞒什么的——"

"那群人有问题这点我知道，所以关于这个我也什么都不问。但是你最近稍微有点奇怪啊。"

"我，只是有点累了而已。"

鍊八一直看着这边。

"你——不会是想着自己已经衰老了吧?"

"衰老了。"

有尸臭。无论如何都去不掉,讨厌的味道。人类腐烂的味道。

"那就——"

那就衰老吧。

"我已经——不年轻了。"

"你可是我看中的花旦啊。"仙之丞说道,"你还记得我将你从丁字楼赎出时说过的话吗?"

什么——说了什么?

不是说"真美""真美"吗?

"是名字啊。"老板道。

"我的名字啊,乃是从若众歌舞伎被废止开始到野郎歌舞伎流行为止,都一直立于舞台之上的玉川仙之丞那里得来的。曾经的仙之丞是个从十四岁开始便站到舞台上,一直到四十二岁都穿着振袖,从未有一日让客人厌倦的名演员,是后世花旦都应效仿的花旦模范。我非常想成为那样的人,但是不行。三十岁前我便看到了自己演艺生涯的尽头,但是——"

"我将这一梦想托付给了你啊。"仙之丞说道。

"我啊,是打算让你来继承这一名字的。所以——我不希望你被无聊之事绊住脚啊!"

"无聊之事——"

"是不会绊住我的。"歌仙回答道。

不是绊住,只是从最初开始——便看错道路了而已,并非是无聊之事。

会闻到尸臭并非因为挨近刑场。这尸臭比十八年前抱着父亲时还要浓厚很多。是抱过父亲的尸臭转移到自己身上了吗？不，不是那样的。尸臭是从歌仙身体里面飘散而出的，这个尸臭是歌仙腐烂的臭味。

"我——"

"我已经腐烂了啊。"

歌仙推开仙之丞，踉踉跄跄地走到了路上。带着手下的运平走来，他从下往上打量着他。

"今后，您打算怎么做呢？"

"嗯——该怎么做呢？"

运平越过歌仙看向仙之丞，说道："老板，受您照顾了。"

"好久不曾进入江府了。暂时就——"

"我想要不就先打扰一下丁字楼吧。"运平说道。

"丁字楼——"

怎么会！那样的话，那以后——

运平身后的鍊八和鸠二脸上浮起一丝下贱的笑容。

"菊右卫门——老板应该也知道吧，是个阴险狡猾的讨厌男人。那个男人还活着吗？"

"他还健在。"仙之丞回答。

"我与菊右卫门有些渊源，同在祢宜町，今后也——"

"也请多多关照啊。"运平说道。

"不服吗，喜次郎？"

运平的手抚上大功铧，鍊八立马便走向前，将冷笑着的脏脸凑过来。

"还请多照顾啊。不过，反正也无法斩断嘛。"

讨厌。

没有终结。没法回去。没法改变。只能肮脏地腐烂下去。

运平——

就算自己腐烂了，这个男人也会守护自己吗？

世界无力地歪曲了。江户的尽头，尸臭飘荡的花街之地。太阳被遮挡住，变得朦胧，中途一阵微热的风拂过脸颊。

——那是……

那里出现了一个幽灵。

那是父亲吗？不，那是——

那是小平次！

这时，歌仙在稍远一些的槐树阴影处，看到了一张窥视的骷髅脸——

他真真切切地看到了。

石动左九郎

最近，多九郎常常想起左九郎这个几乎快要忘记的名字。

从奥州走来的一路中，这个莫名有点刺耳的名字无数次地在多九郎的心中徘徊。

石动左九郎。这大概是多九郎最开始的名字。

直到安积沼泽那件事发生前，多九郎对这个名字——自己原本的名字已经完全忘却了。

他听到有人叫左九郎以为自己听错了，转身去看，提着染血大刀的动木运平正站在那里。当然，那不是叫错了就是他听错了。运平是个情绪恶劣的男人，几乎从不呼唤他人的名字。自那以后，运平一路上一直不即不离，但是连一次也没有呼唤过他的名字。

不，那种状况下，呼唤名字是会很麻烦的。

预谋暴露出来的话，就会很麻烦。

难得这偶然发生的事故暗中帮到了自己，虽然这不是鍊八的一贯作风，但也没道理放过这一机会。所以多九郎不管怎样都佯装与这群恶棍素不相识，路上也尽可能远离他们前行。

——左九郎。

那种落魄武士是不可能会知道的。

幼时只被叫作小鬼，懂事后便一直以多九郎的名字过来了。

很久之后他才听说，为自己取名左九郎的双亲在还没来得及使用那笔卖掉自己的钱时便被杀害了。所以，知道那个名字的大概便只有从父母那里买下多九郎的丁字楼楼主而已，连那个菊右卫门应该也不记得了。

多九郎是个被抛弃卖掉的天涯孤儿，一个不谙人情、不顾任何人、亦不受任何人照顾，被放逐的无赖者。被卖到男娼家之后，却无法成为男娼，受人拳打脚踢遭人迫害，只得饮娼窑泥水，食脏土，呼吸呛人的汗臭，徒劳地一直苟活至今，成了一个不知恩义的打架闹事者。

一个原本放在灶台上也会受人祭拜的荒神棚，但其所受之恩想必在香烟燃起时便早就消散得无影无踪了。

——没错。

不知是双亲还是外人，但不管哪个都是卖孩子的邪魔外道，既然如此，也就不想将那种人所取的名字挂在嘴上了，所以多九郎舍弃了左九郎。不是左九郎的多九郎，絮叨不停地胡言乱语。起初那大概只是语误，但比起双亲所取的名字，错误的这个不知胜过多少。

被卖的时候舍弃了姓，成长之间顺道又舍弃了名，成了一个彻底无名的人，最终变成了现在的多九郎。

多九郎将那温热霉臭的过去的名字从脑海中赶了出来。

暌违已久的江户。

过去的名字什么的根本无所谓。

奥州与多九郎的性子不合。

不仅如此，自打从狭布乡镇出来后，多九郎便一直装傻充愣。荒神棚多九郎一味地低头赔罪，如乌龟般缩紧脖子，为了在安积沼泽的那一幕手刃狂言剧[1]而一直谨慎地表演着一出忍气吞声的默剧。一切的一切，所有阴谋计划都被藏在他的肚子里。

他有着不输给任何人的急躁性子，因此阴谋策划也不符合其个性——本性如此的多九郎即便为过去的名字动摇不已，依然忍耐着忍耐着忍耐到底——

——小平次。

都是因为那个可憎的愚钝男人不在了的缘故。

多九郎感到就像头顶巨石被取下般轻松。到底是什么令他感到如此不悦，最终也没太弄明白。与其说不明白，应该说是已经没必要去弄明白了。多九郎不想考虑很麻烦的事，因为无论如何小平次已经不在了。仅仅想到这点，心情便愉悦不已，可想而知，小平次是多么令人厌恶。

那个小平次的死相，只是想起便会影响食欲。

——稀有的愚痴。

他用所有的脏话谩骂起来。

1　狂言剧：日本戏剧的一个流派，属于日本四大古典戏剧之一。在语言方面大量运用民间的俚语，内容一般取材于民间题材，用讽刺手法抨击武士或者贵族，是一种内容简单的即兴喜剧。

心变空了，真的一下子轻松了。他再度认识到自己原来是如此厌恶。

但是，多九郎死都不想承认，小平次对自己而言竟是个巨大的存在。总而言之，多九郎无比地厌恶小平次。这样就好。

他将它想成是好的。

尽管如此，路上他还是一直很老实。穿过奥州街道，进入日光路，嗅着江户的味道，多九郎有一种好不容易生还般的感觉。渡过千住桥，通过小冢原，在吉原边上与运平等人分别，抵达浅草寺时天已经黑了。

然后，无论身和心，多九郎都真正变得轻快了。

在抵达日本桥之前，多九郎向主角庄三郎道别，离开了剧组。老板一直迟迟不来。他正在放走运平。

夜晚江户的道路很清透，至少映在多九郎眼中的是这样的。但这绝不是说夜色很淡。前方看得越是清楚，路就越深远。

乡村的夜晚黑得看不到前方，令人有种夜晚混浊的感觉。虽然正因看不透而有一种深不可测之感，但总让人感到很无趣而提不起任何兴致。要打比方的话，那就像是在水中被章鱼喷了墨水一般，与江户犹如乌鸦湿漉漉的羽毛般鲜亮的黑暗相差甚远。但是——

——那个沼泽的黑暗，如同用胶涂过一般，是让人无法再走出来的漆黑的黑暗。

再也——

绝对不愿再去。多九郎从未见过那般不祥的黑暗。

——让人想沉入其中。

他在大川一头停住脚步，因为脚后跟感到了一种讨厌的触感。真是不吉利，他脱掉草鞋拿出竹皮鞋换上，将草鞋扔进了大川。河川水面虽然也一片漆黑，但在多九郎看来依旧很清澈。

沿着大川护城河前行，漫无目的地穿过柳树下，随便转个弯便进入了花川户町的狭窄胡同中。要喝喝酒找个女人吗？

脚步虽然轻快，怀中却很沉重。

——配额。

多九郎应得的金额是五两。这当然是从小平次那里夺来的钱币。

——好了，该怎么花呢？

反正是意外之财，而且还是那个愚钝男人的金子。回去吉原抛撒吗，还是去餐馆点上一桌享尽奢侈？

不管哪个用法都不潇洒。先卸下旅行装备再出门也觉得太磨蹭了。他没有要回住所的想法。多九郎虽是个一点不懂风流的人，但却并不喜欢粗俗。

——又不是会带着过夜钱的土包子。

总之先喝个酒去吧，他这样想着。

一段二弦音调提高的哀伤曲子传来。在奥州是不会有哀怨小调之类的东西的。

走上大路，他来回晃荡着来到了本所枕桥附近，总觉得没法安分下来。心情明明应该很轻松愉快，但不知为何，多九郎却感到一丝不明的焦躁。

最后，他还是走进了一家住所附近所熟悉的小餐馆。

——没什么大不了的。

只不过比回家要好一些。店里没什么客人，多九郎走上小台阶，卸下斗笠、袖套，绑腿也解开了。

——怎么回事？

有种不自禁的飘飘然的感觉。明明那么想回江户，但这种不安稳的感觉是什么？若回到江户该是多么高兴痛快，饮酒抱女人，疯狂地每日游玩——明明就是一场以此为期待的忍耐狂言，但——没有什么可做的。

不，什么都没法思考。

喝下一杯冷酒稍微冷静了点。他想，无法调整心情或许是肚子饿了的缘故，但却又并不那么想吃。望着壁挂油灯微弱的灯光，良久，多九郎都是一副忘我的模样。某种令人很怀念的香气瞬间掠过鼻子。那一刹那——

——阿冢。

女性的味道，白色肉体的触感。

阿冢。阿冢阿冢阿冢！

多九郎瞬时回想起了阿冢的身体。虽然只一瞬便消失了，但却残留下了既非残香又非留香、格外甜美的后味，深深地沁入了多九郎的腹中。

——阿冢吗？

已经——

小平次已经不在了。

不用有任何顾虑。焦躁也好，被迫焦躁也好——

是这个吗？

自己将阿冢的事——忘记了。

他并非是忘记了阿冢。阿冢的事，那个拥抱着应该很舒服的女性的事他一直都记得。多九郎是忘记了该如何处理阿冢。如今重荷已去，多九郎却很难下定决心该如何对待阿冢。

原本与小平次相安无事地来往也就是为了攻陷阿冢才持续下去的。所有的一切都是为了折磨敲诈那个可恶的愚钝之人。既然那个小平次已经被杀死了，那种女人已经不用——

——不是那样的。

也许并非如此。事情不应该是相反的吗？多九郎对阿冢——

所以才将小平次——

——不对。

"难道我会迷上女人吗？"多九郎自言自语道。

虽然并不至于迷上，但心中却一直想拥抱她。既如此就抱一次如何？

多九郎下定决心要耍无赖。

一做好打算就感到肚子饿了。"想来想去实在太麻烦了，看着办吧。"说着他取出了一枚金币，然后晃动着酒壶道，"顺便再来一壶。"就在这时，一张熟悉的脸拨开了绳帘。

是四珠的德次郎。

德次郎一看到多九郎的脸就高声呼唤道："原来在这里吗？可找到你了。"然后穿过帘子，直接走到了多九郎面前。

"干什么，刚回来我可不想看到你的脸，给我消失！"

"别说消失啊，多九郎。哎呀，刚才我在日本桥看到了玉川座的人，惊讶之下就高声招呼，说是刚刚才回到江户的。我想真是恰好，但四下看去却没有荒神棚那张脸。一问才知，在浅草时不知混进了哪家店。我从驹形跑到藏前，可把我给找苦了。"

"我可不记得让你找我。还是说你想借钱?"

"想借钱的话我可以多打发你点。"说着多九郎将一枚钱币扔到了榻榻米上。

"给你的，赶快给我消失。"

"别这么无情啊，俺可是很认真的。"德次郎说着走上台阶，坐到了多九郎对面。

"多九，你介绍带来的那个名人幽灵，是叫木幡小平次吧?"

"那又如何?"

他一点都不想听到这个名字。

"那个男人在旅途中死了吗?"德次郎继续道。

死了，愚钝之人难看地死去了。

死了，沉到了像黏胶一般漆黑的沼泽中。

"你知道得很清楚嘛。"多九郎淡淡地回答，"和你的猜想一样，幽灵戏剧确实是有黑幕。但是德次郎，小平次的死亡却并非是因某种事由造成的。那个笨蛋在工作结束之后，在一个毫无关系的地方，毫无征兆地就掉到沼泽里去阿弥陀佛了。你的担心只是杞人忧天啊。"

"那种事怎样都好。"德次郎说道，表情看起来很是严肃，"不管是为什么而死的都不重要。那个男的是真的死掉了吗?"

"死了啊。"

真真切切的——

"剧组中的人什么也没说吗?"

"听说了啊。说是夜间垂钓时落入了沼泽中对吧,刚刚惣糸那家伙也说了哟。"

"那不就好了嘛。"多九郎大骂,"这事和你没关系吧。"

"哎呀,是没关系。但是呢,多九,近来在祢宜町一带一直都在风传这个小平次的事啊。"

"又是一个世上罕有的笨蛋——是这样的传言吗?"

"才不是那样的。"德次郎将他的瓜子脸凑过来。

"那时,丑角钦次和开场白的仙次郎,还有梳头的好像叫源六的,他们那时先回来通报小平次的消息对吧?"

"是啊,那是很早前的事了。"

"就在消息抵达的前一晚。"德次郎说道。

"前一晚怎么了?"

"回来了啊!"

"谁?"

"就是——小平次啊!"

在说什么?

这个男人想要说什么?

多九郎只是茫然地看着德次郎的脸。

"所以说啊,小平次死去的消息抵达江户的前一晚,他回到夫人等待着的家里啊!"

"谁?"

"木幡小平次啊!"德次郎这样说道。

小平次——

"怎么可能有这种荒唐事?"多九郎说道,"已经死了啊! 小平次那家伙,确实已经死掉了。死人怎么可能还会说'我回来了?'无聊!又不是盂兰节开鬼门关! 比生者先行回来的小平次到底又能如何?"

"又吃又拉还跑去澡堂吗?"多九郎大叫,"难道现在还在那个家里吗?"

"据说还在。"德次郎回答。

"还、还在?"

"当然是不会现身的。据说是前一天飘然而回,到早上就消失了。"

"消失了?"

"夫人在接到通知前是不知道他已经死了的,所以就铺上床铺让他睡,而到了第二日钦次他们就到了。"

"那时候便消失了是吗?"

"真荒谬。"多九郎说。他打从心底觉得荒谬,便说,"那肯定是钦次吹牛皮吧。"

"不是那样的啊。钦次和仙太郎都看到了铺着的被子,就连夫人也不像说谎的样子——不,本身她也没有理由要骗钦次他们吧。通传消息的三个人大声叫着'好可怕''好可怕',源先生最后都卧床不起了。"

阿冢她——

阿冢——

"那么小平次的妻子呢?"他问。

"啊,夫人好像是个很刚强的人,很大胆啊。现在依然还和此前一样，生活似乎也和平日没有变化。所以旁人也看不出主人回来的样子，似乎也没有居住着的迹象。但是呢——"

"还有其他看到过小平次的人啊。"德次郎说道，"据说是傍晚的时候，偶然擦肩而过——"

"擦肩而过？"

"而且——没错，也是偶然地，从阴影处这样——"

"据说就那样窥视着。"德次郎眉头皱起了皱纹。

"那种东西怎么可能会偷窥，那家伙已经死了啊。"

"所以啊——"

"是说冤魂的事啊。"德次郎道。

"你说冤魂？"

"没有其他的了啊。已经死了不是吗？"

"已经死了。所以我才想要确认一下啊。"德次郎表情严肃地说，"我本想他有没有可能还活着，那样的话，出去散布流言的就是钦次他们。那么，这就是个恶俗的玩笑。实际上，小平次先生还精神地活着，这就成了一个笑话了。那样擦肩而过也好，偷窥也好——"

"擦肩而过和偷窥都不可能！"

——荒唐。

那就是谣言。

要是觉得可怕，那么一切都会变得可怕。油纸伞会打招呼，灯笼也会吐舌头。

傍晚时分和小平次擦肩而过什么的——

——绝对不可能。

他没法从那个沼泽逃脱出来，没法从漆黑的黑暗中逃脱出来，不可能从冥界回来。

多九郎有确凿的证据。

因为小平次——是多九郎杀死的。

在那之后——

在狭布乡镇对小平次拳打脚踢，极尽暴力手段大肆胡闹后的多九郎在剧组中实在难以自立，便就此出逃了。不知道路，也没有目的地，尽管如此，却也没有回去的意向，只夜以继日地贸然前进。因不熟悉地方所以行进缓慢，最终也未走到边境，多九郎就来到了一个不知道是哪儿的荒野上。

乱草迷离。

比人还高的枯草茂盛地长满一片，双眼所及之处连一条小路也没有，只有零星几个狐狸和兔子的脚印残留，浓雾弥漫的荒原——

多九郎被两个裹苎麻头巾的盗贼袭击了。

那是——鰊八和鸠二。

多九郎以为自己会被杀掉，但他只是被捆起来而已。多九郎双手被反绑起来，就那样被拉着带回了在破败寺等候的运平面前。鰊八和鸠二在藤六被捕一事上产生了疑问，便一副要追寻真相的模样追赶起殴打小平次后逃走的多九郎来。

多九郎已经有所觉悟了，所以行事便大胆了起来。当他想到自己街知巷闻的打架专家荒神棚的名号会受损时，他便这样想着，在江户名声响当当的流氓被杂草丛生的乡下小贼吓得胆战心惊实在不像话。再加上此时的多九郎不知为何极度自暴自弃，甚至觉得连性命也可以不要了。

多九郎将从德次郎那里听来的事以及从喜次郎那里得知的事，连同小平次的动向一股脑儿地说了出来。虽然自己并没有告知他们的义务，但也没有沉默的道理。

运平一句话都没有说。鰊八和鸠二——倒是表示出了极大的兴趣，然后——

他们向多九郎提出了杀死小平次的建议。

杀了小平次的话，在背后操纵的某人也会出动。只要抓住他的尾巴，不管要教训还是敲诈，怎么都成。就算不行，也能将小平次的二十两偷偷地据为己有。

多九郎同意了。

虽然加入邋遢的野盗一伙让他很不快，但即便如此不知为何——

小平次。

他很想杀掉他。

多九郎回到了刚收起道具踏上归途的玉川座一行中，平身低头道歉，请求能再次同行。出走的原因原本便是多九郎与小平次的争执，并非与组员起了什么纠纷。而他从一开始就知道，小平次应该什么都不会说，不，是什么都说不了。

他窥伺着下杀手的良机。

他很想在接近江户之前将其杀掉。为了阻止剧团前行的脚步，归途中他提出举办演出，刚好情况顺利，在郡山的演出就此决定了下来。

一直不即不离地跟着的运平一伙听从多九郎的话，立即动身前往埋伏——

在安积沼泽……

他们盯上了那个黑色的沼泽。

鰊八和鸠二原本都是海盗，善于水性，在水中就犹如在陆地行走，所以他们盯上这个传言有怪兽居住、人迹罕至的古老沼泽也是理所当然的。

事先的安排是这样的：

"首先由多九郎巧妙地邀请小平次晚间垂钓。"这时提议适当地多邀请两三个人的只有鰊八。多九郎本想有人在的话，杀人总会有些不如意，但这才是真正的奸贼，其目的是要让所有事情看起来都是小平次自身的过失。如此奸计，多九郎这样的男人是无论如何也想不到的。

"将小平次尽可能引到船边，趁众目之隙，由多九郎将其推下水。潜伏在不透光的水中的鰊八和鸠二缠住小平次拉拽，将他沉入沼泽深处。"

"这时在船上的多九郎因小平次误落水中，要极为慌张地大声叫救命，而且应该抓着小平次的衣带或袖子打算救他。"鸠二如此说道，"这样的话，同船中的人便不会怀疑多九郎了。"

"由于水中有人拖拽，无论怎么抓着往上拉，都是不可能得救的。纵然有人打算跳入水中救人——"

"那就连那人也杀掉就是。"二人说道。

多九郎对此言听计从，没有任何不情愿。

喜次郎、庄三郎和惣糸上钩了。

多九郎雇来小船，陪同三人在腐朽的栈桥等待小平次。最大的悬念就是那个愚钝之人是否真的会来参与这样的玩乐。虽然恶棍们说到时候再说，但多九郎却被无论如何都想将小平次沉入那片沼泽的想法驱使着。

小平次——来了。

一切都和设计的一样毫无纰漏地进行着。

但是——

没想到——

没想到那个喜次郎——

没想到喜次郎会推小平次下水，这真是一件连多九郎也百思不得其解的意外事故。

喜次郎似乎对小平次有些微的妒忌。不，在多九郎看来，这份嫉妒只是为了排忧解闷罢了，喜次郎不过是对过去的自己产生了嫉妒而已。置于发泄口的小平次虽然成了一个不错的目标，但即便如此，他也从未想过竟然会到杀害的地步。所以——

他真的慌张了。

然而——

这毋宁说是一个绝佳机会，这样就省下了多九郎亲自下手的功夫，不用使出笨拙的演技便解决了。照预计的那样，多九郎大为慌张地伸长猿臂抓住了小平次的衣带，但果然还是有一股强大的力量将其拽入漆黑的沼泽中去了。

有人大声呼叫，取下船桨在沼泽中翻找，但小平次却没有浮上来的可能了。

多九郎将船靠到岸边，拜托喜次郎三人回到宿舍请求支援再回来。他说这次活动是自己组织的，所以要留在这里继续寻找。

当然这是谎言。

喜次郎已变得一脸苍白，完全听从他言。

多九郎等三人的身影消失后——

便前往了对岸的小屋。

这也是恶棍们的阴谋。要将其溺死很容易，但若不盗走金钱就白做了。小平次并没有多少行李，金子总是放在怀中。要在水中将金子掏出比较困难，而沼泽底是形成泥泞层的泥土，若掏掉的话就难以拾回了。

若万事都能顺利进行，便将小平次捞起来——在陆地上解决。

——没错。

小平次不是溺死的。

多九郎刺了一刀，运平——将其斩杀了。

多九郎又更清晰地回想起那时的情景。

多九郎窥视看去，肮脏的愚钝男人正躺在铺在小屋中的木条踏板上。

映现在月光中的小平次浑身泥泞，口吐血沫，已经丧失了血色。

鍊八笑着。鸠二将手伸入其怀中掏出了装钱的腰带。

——稀有的愚痴。

多九郎踢了小平次一脚。

"会暴露出这么难看的死相也都是因为你自己太愚蠢。"

"愚钝，窝囊，废物，彻底腐烂的演员，没用的木偶人。"

他尽情地痛骂，然后又向小平次的脸上了吐了一口唾沫。

——眼睛……

目中空无一物的小平次，眼睛睁开了。

多九郎瞬间战栗——

——还没有死。他又马上这样想道。

一脚踢过去，踢出的脚后跟——

小平次的手指将它紧紧抓住。

鸠二拔出了胁差[1]。多九郎夺过那把刀——

一刀刺入小平次的腹部。

扑哧一声。

小平次吱地发出了一声木板轧过的嘎吱声。

——手指。

如冰块般寒冷的手指——

多九郎再度回想起后脚跟那极度不快的触感。

虽然被刺中腹部，小平次的手指依然没有放开多九郎的后脚跟。多九郎也多次甩脚、踩踏，但那如枯枝般的手指却丝毫没有松开。这时——

一直很无聊地侧着脸的运平——

大刀一闪。

多九郎的脚提起来了。有什么东西一个个地落到了木板上。

运平将小平次的手指切掉了。多九郎往后跳退，退后的那一瞬间——

1　胁差：也称胁指，指中刀、小太刀。属攻击性刀具，是长刀的辅助刀具，适用于狭窄空间。

小平次直起了上半身，他发出了短暂的声音。运平便将他砍倒了。

不知是血还是泥，飞沫四溅。多九郎背过脸去。就在那时——

——左九郎。

听到呼唤转过头去，运平提着染血大刀站在那里呆立不动。

那张脸，那个运平的脸——

"多九、多九郎兄弟——"德次郎叫道。

多九郎"哦"地回应了一声。

不管怎么样，小平次已经死了。多九郎刺了一刀，运平将其砍死。

然后，他们在尸体上捆上石头绑在木条上，又再次将其沉入了那个黑色的沼泽中。

不可能还活着。

多九郎的手抚着怀中的钱币。这就是证据。这五两金币正是那个愚钝的小平次已经死去的无可厚非的证据。"总之，小平次已经死了。"多九郎说道。

"所以说，那个就是——"

"混账。世上怎么可能会有幽灵？别开玩笑了！就算真的有，这里可是雁过拔毛的江户啊！喂，土包子和妖怪都要站到边上去——"

——阿冢。

阿冢她……

多九郎突然站起身。

德次郎一脸惊讶："怎……怎么了大哥，突然就——"

"有点俗事。"他说。

"事……事情，说是这么说，但多九郎你都还没动筷子啊。"

"你吃了吧。那个金币是真的给你了。"

多九郎用下颏向德次郎示意了一下之前自己胡乱抛出的钱币，走出了餐馆。他已经无法再忍耐了。总之，无论如何他必须和阿冢先见上一面。一入江户就该直接去找阿冢的。必须尽快见到阿冢，将她变成自己的人。若不如此——

这份不安就无法抹去。

羞耻和体面都没了，今晚连装酷也无法装了。

多九郎想抱阿冢。也就是说，他喜欢上了阿冢，所以小平次很碍事。他讨厌输给小平次，所以才会那么憎恨他，才会杀掉他。所有的一切都是——

因为他喜欢上了阿冢。

城门关上了。

已经到了亥时，但江户的夜晚依然可以看透。

拐过好几个弯，多九郎总算想到——

能看得清楚是因为有门灯的缘故。

如果真的很暗，清澈也好，混浊也好，看不见的还是看不见吧。

从狭窄的小路进去，踏着水沟板穿过长屋是一条近道。

不久，眼前便出现了一幢连黑色围墙也很光鲜的妾宅。

——阿冢。

不能从正门进去。

他穿过后门偷入庭中，叫道："阿冢，阿冢。"

没有人应答。

但是走廊是敞着的，隔扇和拉门全都大敞四开着。还点着些微灯火，所以应该也没有入睡。多九郎一边呼唤着："阿冢你不在吗？"一边跨上走廊，径直走入了房间。他将行李放在角落，站在屋中环视。隔开屋子的隔扇也敞开着，可以将屋内一眼望穿。里屋也没有人，连气息都没有一丝。

里屋很暗。

他打了个寒战。

好像有什么在似的，多九郎的肩膀僵硬地固定住了。

吱吱的虫叫声开始传来。果然是错觉吗？不。

——这种感觉是怎么回事？

他再度环视了一圈。

——果然……

哗啦一声正门被拉开。呱嗒呱嗒木屐脱掉的声音，不一会儿，提着木桶的阿冢出现了。

"阿……阿冢。"

"哎呀，多九郎先生。"阿冢像什么事也没发生一般说道。

"从玄关我就觉得好像有人在，原来是你啊？"

"你还真是随便啊。外出的话至少把门关上吧，到处都大敞四开着，也太不小心了。我要是窃贼的话，你现在可就升西天啦。"

"没什么，只是去澡堂，买了酒，把油卖了。"阿冢说着打多九郎面前横过，柔软地坐到走廊上。那是——

女性的味道。

"说起来你又是怎么回事？这里可不是你在这种时刻气喘吁吁、不惜满头大汗跑来的地方啊。"

"何时回来的?"阿冢望着庭院问道。

"刚刚才到的。比起这个,你,那个——"

该怎么说呢。

"小平次他——"说着多九郎沉默了。

"小平次怎么了?"

"小平次他——"

"你想说他已经死了吗? 想说他变成鬼了吗?"

"死——已经死了。没错,小平次已经死了。"

"那又如何?"阿冢说道。

"什么那又如何啊,你的丈夫在奥州安积沼泽落水死掉了啊!"

阿冢歪过白皙纤细的脖子,用细长的眼睛看着多九郎。

"所以说那又如何? 我以前不也曾对你说过吗,他要是在旅途中死掉就最好了。事到如今还说这些做什么?"

"所以说啊!"

多九郎注意到自己直立站着,身体摔倒般地直接坐了下去。

"最近的传言啊。"

"小平次回来了啊。"阿冢打断多九郎的话说道,一副不想听人唠叨的模样,"回来后说了句很疲累,就吊起蚊帐铺好床睡了。"

怎么可能——

"别胡说啊! 因为那家伙——"

"已经死了,已经死了啊。"多九郎重复地说道,"已经死去的人怎么可能回来? 你这不是在愚弄世人吗?"

"你在说什么无聊的话啊?"阿冢说着放松了身体,"多九郎先生,你也是个不明白的人呢。听好，小平次从活着的时候开始就已经死了哟。那种东西就算死了不也没有任何变化，不是吗？死了回来和活着回来都没有区别，反正都是一样的。"

"都是幽灵——"阿冢说着将打湿的头发梳了起来。

"你这是权宜之词啊。"

"什么权宜？不管是像死者一样活着的人，还是像活着一样行动的死人，都没有太大区别。傍晚的黑暗和黎明前的黑暗，若不在当场，也是无法区别的，都是一样的昏暗。"

"但是，那样的话——"

脚跟冰冷的触感，一个个掉落的声音。

那如果是梦的话——

"你想说不可思议吗？"阿冢的姿势变得更加随意，"要是那样说的话，对妾身而言，你更加不可思议啊。"

"我？"

"因为听说多九郎先生你认为小平次的死是自己造成的，还打算追随自杀不是吗？'毕竟小平次先生是受己之邀到那里才会丧命，都是自己的过失，自己有什么面目去见其夫人呢？事已如此，只有追随小平次先生同赴黄泉，以表朋友信义'——你说过这样的话吧？"

"那是——那时候我也——"

"这还真是奇怪啊。老是打架的荒神棚，到底是吹了什么风，居然会说出这般风雅的话呢？"

"就算是杀人犯也不会主动求死的吧。"阿冢说着将身体面向了多九郎，"怎样，不觉得奇怪吗？死了的小平次回来反而让我觉得更加理所当然啊。"

"也许——是那样没错。"

真的——回来了吗？

"管他呢，那种事情怎样都无所谓啊。"阿冢说道。

衣摆乱了。不知是喝了酒还是刚洗完澡的缘故，白皙的小腿有点泛红。

她仰视着多九郎，向上看的眼神——

在诱惑着他。

不是诱惑，是在挑衅着他。

多九郎将眼睛避开。

"什么事让你那么在意？"阿冢说，"杀死小平次的是你吗？"

"什……你说什么？"

是一刀捅入的。

"小平次啊，他是落到沼泽中——"

"只是掉到沼泽里的话，手指是不会掉的吧。"

"手指——"

一根根掉落的声音响起。

"为何——你会知道的？"

"所以说那个人回来了啊。"

阿冢咝咝地摩擦着榻榻米向多九郎靠近。富有弹性的皮肤，从那细嫩的肌肤飘出的气味，呛人鼻咽的女性的气味。

后颈在月光映照下显得苍白，脸颊在油灯淫乱火光的照射下有点微微泛白，嘴唇犹如血滴一般赤红。

"我说就算那样又如何呢？没关系的吧，那种愚钝的男人不管在或不在——"

"就算活着也已经死了，和死了还是一样的。"

多九郎伸出了手指。

"阿冢。"

"阿冢阿冢阿冢！"

指尖触碰到了柔软的肉体。

已经——无法停止。多九郎压倒阿冢，扯开衣襟，将脸埋进了肉里。他又咬又舔，就像犬狗厮磨一般贪恋那副肉体，沉溺其中。阿冢完全没有一丝抵抗。

这样就——

他打了一个寒战。

里屋的隔扇打开了一寸五分左右。

——小平次……

多九郎压着半裸的阿冢停了下来，腹下柔软的肉搏动不止。

"没关系啊。"阿冢说，"就算被看着也没关系啊——对方就是个死人啊。"

没错，小平次已经死了。幽灵什么的不过是那些愚蠢的小人在做梦。

"阿冢阿冢阿冢——"

多九郎在背后幽灵的注视之下，抚摸着幽灵的妻子柔韧的肉体，搓揉玩弄，而且拥抱了她。就像夜阴里有什么被吸走了一般，像荡漾在滑溜溜的黑暗中一样，像沉入了无底的泥潭中一般——多九郎嗅着湿润的气味，在黑夜的浸染下数次颤抖——

愿望——达成了。

柔软的肉和血——

在黑夜的浸染下——

多九郎就像从这个世界远离而去般睡着了。

醒来时大概是正午时分。

眼睑内的一片红光让他感到了光线的照射，张开那层明明很薄却无比沉重的眼睑，庭院出现在了眼前。

浑浑噩噩地坐起身来一看，背向自己的阿冢还是情事之后的模样躺在那里，身上只附有一条腰带，穿着的单衣披在脚上，毫无体统。不知她是睡着的还是醒着的，抑或是在打盹。每次呼吸虽然都有脉动，但之后就毫无动静了。汗衫和腰布散乱了一地。

没有话可说。

到底是怎么回事呢？昨晚的事他已无法回想得很清楚了。

要是就此结束的话——

多九郎不知道这五年到底算什么。如果昨晚的情事是真实的，那小平次从最初起不就像不存在一样吗？被不存在的东西夺取心神，对不存在的东西费心费神，甚至还为之杀了人。

——荒唐。

多九郎站起身，环视着褪色的屋子。

——在这里和这个女人生活也可以吧。

脑子里如此想着，忽然他看了一眼里屋——

隔扇紧紧地关闭着。

造谣者治平

治平蹲在十字路口，望着街道犹豫不已。

一条不知从哪儿被赶出来的寒碜红狗谄媚着靠近而来。

看来治平果然散发着野兽的味道。这条狗会如此亲近人，应该是靠讨食活到了现在。治平看着那双渴望食物的黑色眼睛，然后便无情地将它赶走了。

治平是喜欢狗的。但他一见到狗，大多时候都会对那副顺从忠心的模样感到无比生气。说到底你们还不是畜生，他这样想着。畜生也有畜生的生存方式，而对于狗，它们的生存方式让他感到的是一种过分的忠诚。

——没有必要做到这份儿上。

所以治平讨厌狗。

"滚开""滚一边去"地斥责着将它撵走。

狗像被同伴抛弃了一样，失落地在来往于十字路口的人群的腿间穿行而去。

——人的嘴是关不上的吗？

治平看着来来往往的大量人群犹如风景逝过，如此想道。

诡异的谣言总是传得很快。

一个在旅途中遭遇水难身亡，但却比报丧之人更早回到自家宅邸的旅行者——

木幡小平次的谣言。

——不过……

"肯定不会错。"治平自言自语。只从表面听传闻的话自是怪谈。死了之后变成幽灵回到家中，这毫无疑问就是怪谈。但奇怪的是，并没有听到什么因可怕的执念而要作祟害人的因果谣传。这明明应该是一个怪谈——

明明死了却回来了。

谣言到此就断然终止了。

但这也正好是个易于切入的开口，不管多少都能缀上后续。就这样，发自祢宜町的有关小平次的传闻不断加上讲述人的虚构、吹嘘，一点点地浸入了江户的暗影。不过虽然听闻过木幡小平次的名字，但他到底是哪里的却几乎无人知晓，而这又让讲述传闻变得容易起来。

治平内心感到非常不满。

——事到如今已无可奈何。

散布谣言很容易，但要消除却是不可能的。

他迷茫了。

——就算消失了又如何。

死了吗？藏起来了吗？

若说是已经毫无关系的话，那也就不过如此。治平接手的工作在回到江户的时候已经结束了。不，原本在奥州狭布便已经完事了。那之后治平的行动完全都是处理善后，将那些不知不觉中卷入的人们安然无恙地放回原位，都是类似扫除般的行为。但虽说如此——

他妈的这算什么——

治平又恨起了尘世。好不容易才习惯了与世间脱离的野兽生活，却又被迫沾染这种腥膻的俗世臭气，实在无法不与之联系起来。

——真是麻烦事儿。

治平缓慢地伸展了下矮短的身体。

小平次的住所很近。

但是小平次本身与世上的风闻好像没什么关系似的。祢宜町一带的传言根深蒂固，但在这附近却并未怎么传开，似乎将这件事与这地方联系起来的人也并不多。

那么——

总之，就先——

治平混入人群从十字路口穿出，装出一副嘲弄卖菜人的隐世者的模样转个弯，走过箱盒店和洗染店门前，视线看向铁桶，像是突然想起什么一般潜行穿过小巷木门，向长屋后方行去。幸好——

巷内也无人，总算走到了分栋隔墙的长屋的水井。

水井边有个卷起衣袖的老婆婆和两三个妇人正在洗菜。

"做什么的你?"一个妇人怀疑地抬头看着他。治平一身富有的隐世老商人的装扮，"是这样的，老夫正在寻找出售的房子。"治平说道。

"出售的房子啊，一看不就明白了吗？这里是贫穷的长屋，真是令人头疼的老大爷啊！对吧，阿熊？"

"哎呀哎呀，这我也知道。不过，该怎么说呢，老夫对此类事也很生疏。而且也不是能光明正大寻找的，也不能拜托伙计来办。"

"要纳妾吗？"妇人道。

"你们听到了吗？这位大爷这么枯朽了还要纳妾呢！"

"真羡慕啊！我家宿六啊，三年前就已经不行啦。"

"那是因为你不行啊，看你那副尊容，我都同情你丈夫。"

"我才是，上回让磨镜的帮忙磨了镜子一照，自己看着都吓了一跳。"

妇人们哄然大笑。治平也苦笑——假装做出苦笑的样子。他既不觉得可笑也没其他任何感觉。

"要说这附近比较合适的啊……"

"嗯，这背后以前住着一个唱小曲儿的师傅，那个怎样？"

"哦呀。"

治平做出一副很感兴趣的样子。

那里大概就是小平次的家了。

"有那样的人居住过吗？"一个妇人这样说道。另一个便回道："不会吧，难道你忘了吗？"

"是有过的啊，就是那里啊！那个，就是五六年前她家老爷死了的那个。"

"啊啊，这么说来确实是说过的——"最初开口说话的妇人说道。

"说过——谁说的？"

"就是那个房子的主人——阿冢啊。"

"别说啦，太可怕了。"妇人们全都皱起了眉头。

"可怕是指什么呢?"

"就是那个房子啊。"一个很胖的妇人说道。

"别再说啦!"

"有什么关系，反正是事实啊。这后面有黑色围墙的那个房子，就是那个，你可别吓到了哟。那就是现在风传的幽灵小平次的家啊!"

"哎呀，你真是——"其他妇人害怕得抱起了肩膀。

"阿熊，乱说的话会变成鬼跑到你家去的!"

"阿种你才是，别再说那种话啦!"

"阿杵，你是和那家人有交往啦，所以一点都不怕。"

"现在已经没有来往了。"被唤作阿杵的妇人说道，"丈夫死了还没一个月就带男人进屋，没想到她是那种女人啊。而且缠上的还是那个荒神棚暴徒。我说过那个男人不行的，谁知她却装模作样地说那种男人才不是自己的目标——"

荒神棚——

是那个打鼓的人。如果相信这个女人的话，也就是说，小平次的老婆和那个打鼓的好上了，而且已经将他带进了屋里——

——小平次已经……

治平思忖着。这么说来，这次的事件原本就是小平次的老婆和同行的打鼓人私通，便设计杀掉了阻碍他们的小平次吗? 若是如此，治平之前做的事就太愚蠢了。不——

——也不能断言全是如此。

"小平次先生很可怜的。"阿杵说道，"他是个很温和的人呢。不管你们说什么、怎么对他有偏见，我还从未见过那么平和的当家的。但是阿冢对他却——虽然不想说，但她总是口出脏话将他说得很坏似的。"

"传闻的小平次先生是那么好的一个人吗?"治平问道。

"好可说不上好啊。挣钱好像也不太会挣，总之很阴沉。像这样，任何时候去他都蹲在储物柜里的。"

储物柜里——

的确，如果是那个小平次的话。

"那是什么啊，让人毛骨悚然的。"阿熊说道。

"唉，虽然算不上是一个好当家的，可是他既不喝酒也不赌博，也不会逛花街之类的，所以我还是钦佩他的。你家的宿六要是能学人家一丝一毫就好了。"

"你真多事。"阿种有点恼怒，"虽然阿冢说大白天的都不知道他到底在不在，但丧期未过便带男人进屋也太过分了。所以我就在想啊，要是那个传言是真的——"

"对老婆留恋才出现的吗?"

阿种将双手垂在身前。

"所以嘛，说太多坏话的话就太可怜了，那位死去的当家的。"

谁都没有看到小平次。这样说的话果然是——

被杀害了吗?

妇人们一直不停地聊着，所以治平微微寒暄就往后面走去了。

穿过长屋。

黑色围墙。

隔墙而出的松树。

第一次来的时候是晚上，而且又隔得远，所以没有注意到，这间房屋乃是一个典型的妾宅结构。

——小平次。

治平围着小平次的家绕了一圈，没有一点生活气息。

也没有声音。不在家吗？

治平又陷入思考。小平次似乎生来便是个不中用的男人。他人看到什么、听到什么、在想什么——这些绝非从表面便能判断出来的。小平次这个男人知道这点，知道这大概是无法判断的，因而才忧虑不已的吧。有两个人便有两个世界，十个人便有十个，一百人便有一百个不同的世界。若对这些逐一关注，确实会变得无话可谈的吧。所以人们才会大张旗鼓地声称本人怎么样、自己怎么样之类的。

那种东西——

是不存在的。

注意到这点就变得更加沉默了。若不言论便不会产生厚重之物。历史就是因讲述而变大的，因为所谓的历史全都是骗局讲述的累积。

转到屋子后面。

小平次没什么错。虽然没错，但也并不好。

不会说话的小平次带着大约也不太会说话的女人逃走了。用不会被说成带着继母私奔的话语欺骗了世人。所以——

到此治平走到了尽头。

——没人在意吗？

不会在意的吧。不管如何，要是活着的话就应该有活着的气息。

但是——

妻子死了，孩子死了，那之后的小平次会如何？

不懂得说话的男人似乎连行动也会停止。

——也的确是很痛苦。

这也会令人感到奇怪吧。但想到和这种男人一起生活的女人的心情，治平是无法理解的。

——女人。

小平次说过自己和女人生活在一起。

庭院。以治平矮短的身材是看不到里面的。环绕围墙，治平从木门的缝隙向内窥视。

有女人在睡觉。一个男人背对着女人坐在那里，是打鼓人。若方才阿杵的话属实，那打鼓人进入这里应该已经过了近一个月了。不过，但是——

治平却信了。

小平次活着，活着待在这个家里。

治平窥视着里面的情况。

打鼓人——好像叫多九郎——明显很憔悴。埋下的头表情阴郁，眼睛周围也有了黑眼圈。肩膀用力挺着，手指僵直地放在膝盖附近，感觉像是一直在意着什么。而且，是非常在意。

而另一方面——

女人的睡脸上没有一丝不安。看不出幸福，但是也看不出一点凄惨。

从女人身上能感觉到一种应该存在而如此存在、应该在此而在此的沉稳感。而男人却孤立在风景之中，与其说是飘浮着——

不如说像是异物。

——这里……

大概现在还是小平次的家。

小平次果然还在这里。

只要没有被再次杀害，小平次就应该没有死。

那是因为，应该在安积沼泽消失的小平次的命——是治平救起来的。

那天——

在叶菖蒲中送走小平次后，治平感到一种难以言说的不安，便追了上去。这份不安应验了，治平感到的那股恶寒确实就潜藏在黑色的水面之下。

鍊八和鸠二——

没想到那群麻烦的家伙会挑准这个时机找上来，就连治平也没有想到。

而既然这两个人在这里，就说明那个动木运平必定也在附近；再者，根据小平次的话来推测，那个打鼓人必定已经和运平一伙勾结起来了。

一流花旦玉川歌仙的内心也是难以揣测的，但似乎也和动木运平有所来往，总之非常奇怪。

那个时候，安积沼泽是充满了杀意的。

然后小平次不出所料地沉入了水中。

治平的直觉应验了。

虽然是作为拉拢的角色，但治平曾经也是海贼，水性极好。本想立即将其救起，但他又立刻判断出，若自己在水中与两个恶棍相对必然不敌。而对岸的陆地上，有一手持硬剑的凶恶之人，这边岸上又有一个打鼓的恶人。就算现在剑刃相向，充其量是反遭其害，于是治平先行潜入水中，等待拯救的机会。

不一会儿，重伤的小平次再度被扔进了沼泽。

治平趁着夜阴快速游过去，将小平次救了起来。

万幸的是，恶棍们很快就离开了，这样治平才能立刻将小平次救起来。没过多久，玉川座众人便前来搜寻，由此看来应该是对事情有所了解了。

小平次已经没有呼吸了，但治平还是紧急施救。

伤口并没有想象的深。右手手指已经毫无办法了，但斜肩砍下的伤口却意外地很浅，根本不像是那个动木运平用那把大刀砍下的伤口。

——是心生犹豫了吗？

治平只能这样想。像小平次这般瘦弱，以动木他的手劲应该会被劈成两半的。看起来刀法有些摇晃，力道拿捏也并不稳定。动木在砍下的瞬间有了细微的畏缩——只能这样想了。

就好像看到了什么可怕的东西似的。

问题最大的反倒是打鼓人胡乱刺中的下腹的伤口。虽然避开了要害，但伤口却非常深。

出血少大概就是唯一的庆幸了吧，看小屋的木板上也并没有和伤口相符的血迹。被刺的时候，小平次正处于溺水假死的状态，而且被刺后便立刻被胡乱地用绳子将石头紧紧捆在身上，想来大概就是因此起到了止血的作用。

虽然原本大概也是个血气稀薄的身体。

止血后，他生起火暖和了小平次的身子。

说起来，为何只是偶然相交的治平会如此认真呢？想来治平大概是被触到了逆鳞。好不容易才开始讲述自己故事的小平次，若就此只是成为一个故事，这是他无论如何都无法忍受的。

治平给小平次洒了些清醒药后，小平次才恢复了一点脉搏。

生存力弱的人，虽然看上去就像马上要死去一样，但实际上却并非如此——那时治平如此想到。这不是因为顽强，大概是不可预测的缘故。强烈地期望活着的人对死亡也很敏感，而相反像小平次这样并不求生的生物，也许即便面对死亡也是很迟钝的。

——即便活着也不觉得开心吗？

应该是不会那么认为的，治平想。

三日后，小平次睁开了眼睛。

那时，玉川座正请求村民的帮助在打捞沼泽底。但治平却很怕将小平次交给剧团中人。

剧团中有歌仙在。那个打鼓人虽然干出了那般邪恶的事，大概也已经一脸无知地回到了剧团。运平一伙应该也潜藏在某处。

三思之后，治平决定将小平次带回江户。小平次虽然已经睁开了眼睛，但处于濒死状态这点还是没变。不过，反正是丢过一次的性命，若真的不行也只有放弃。治平果断地下定了决心。

从郡山到江户，路途中还是比较麻烦的。

对治平来说，他的所有票据之类的都是伪造的，所以要准备小平次的那份反倒容易多了。但是就算不走没有关卡的小道，带着一个伤员也很难抄近路走捷径，要走大路由奥州路前进的话也要半月以上。

治平特别准备好轿子，雇来人力马夫，小心翼翼地运送小平次。

小平次到底有没有恢复，这点完全无法得知。只是——小平次并没有死。

听小平次开口是在草加的旅馆里。

——只要抵达江户……

总会有办法的，治平想道。不，一般都会这样认为。

就算小平次已死的消息传到小平次的女人那里，只要本人回去了也就到此为止了。如果小平次先于抵达的话，那就更好说了。即便将细节放到一边，只要告知说自己虽遭水难几乎死掉，但却被人救起送回了江户，如此事情便可了结。

只要将其活着带回江户，送到女人的身边，今生便就此告别了——治平这样想着。那之后会怎么样也就真的与自己无关了，他想。

但是——

的确，小平次是恢复到可以走动并回了家，但回是回了——

翌日清晨却消失了。

——不会消失的，小平次还活着。

只不过，前来通知小平次死讯的使者偶然地刚好做了证人，也因此才成了那个诡异谣言的起因。

听到传言的治平莫名地感到狼狈，是因为他想到，自己好不容易将其生还的小平次莫非又再遭到恶棍毒手，抑或是因什么事情骤然去世？

——不会那样的。

治平确信了。做好最坏的打算后他思量了一番，那其实与自己并无关系，因此也可以说并没有令其感到狼狈的理由。

——真是麻烦事。

但是，要是活着的小平次居住在这个家里的话……

那么这个女人的行为就愈加令人难以理解，而打鼓人的想法也难以知晓。

治平内心涌起了一阵兴趣，于是他等待夜晚来临。

越是接近晚上，多九郎就越不安稳。将近傍晚六时，女人醒来后，多九郎短暂地说了句"出来一下"，便出门了。女人一时间有点茫然，但很快便换上衣服出去了。换衣服时，女人数次对背后有所顾忌。

治平以为对方注意到了自己的视线而瞬间绷紧，但似乎并非那样。

女人也不在了，治平便打开木门潜入了庭院。女人出门时完全没有关门，连走廊也大敞四开着。她不是粗心大意。

——因为有人留守屋子。

治平脱下草鞋揣入怀中，从走廊踏进了屋内。

坐垫乱成一片，但却说不上杂乱无章，虽然散乱着却并不肮脏。大概适当地进行过扫除吧。治平站到女人刚才站立的地方，看向女人在意的方向。

里屋……

应该没有人在的里屋却吊着蚊帐。很奇怪。从散乱的情况来看，女人和多九郎应该都在治平现在所坐的地方生活。至少里屋并不是寝室，而事实上女人也在这里睡觉，陈旧的被褥团在一起，而且是敞开着隔扇和拉门睡觉。话说这个季节本也已经没有蚊子了。

治平朝着里屋走去，没有发出声音。

他卷起蚊帐。蚊帐里什么都没有，榻榻米上连一粒尘土都没有。

他钻入里边，又卷起蚊帐的另一头。

储物柜的隔扇开着一条细缝。

"小平次。"

没人回答。但他确实感到了气息。

治平伸手抓住隔扇，然后又停下了。

"不打开——会好些吗？"

"是的——"传来一声回答。

"伤势如何？"

"托您的福，痛楚也已经好很多了。"

"那时劳您多多照顾了。"细缝如此说道。

"哪里的话，又不是你拜托我救你，只是我任意而为。对你而言，说不定是多管闲事呢，所以不必言谢。"

"您的恩情我会记住的。"小平次回答道。

"薄薄的纸气球，以为如此即可地活了三十余年——在安积沼泽的水边却与素不相识的您相遇，虽只得那么短暂的时间，但您却让我觉得很有深度，第一次讲述自己的人生，并将其托付给了您。我——"

"这样便很满足了。"细缝说道。

"你说满足是怎么回事?"

"我也——考虑过。"

"考虑过吗?"

"是的。"

"那么如何呢?"

"您曾说过,不需要迷茫,就这样便好。"

"我说过吗?"治平有点糊涂。

"只是,您也说那并不轻松。的确是很不轻松。"

"我领悟到我只能以自己的存在方式存在。"小平次说道。

"这就是你的生存方式吗?"

"正是如此。"

"一直——都居住在这里?"

"因为活着,所以也会吃饭,也会如厕。"

"原来如此。"治平说。

"你——只是很正常地行动着吗?"

应该是如此的。

"这里本来是阿冢——我妻子的家。虽说是妻子但实乃姘居之妻。若她让我出去我便离开——我是这样想着回来的。"

"她没说让你出去?"这点令人难解。

"那个,多九郎是……"

"你妻子的情夫吗?"治平直接问道。

"世人都是那样说的吗？"

"何时住进来的？"

"我回来后不到十天，他便来拜访，来了有半月，如今是居住在这里。"

"那期间你——"

"就隐藏起来吗？"

这样一问，小平次回答说："我并非是隐藏起来的。"

这样——是正常情况吗？

"当然，也有几次照面，只不过——"

"他无论如何都想不到你还活着吧，那个男人——"

自然会感到恐惧，因为和自己杀掉的男人的死灵生活在一起。

"多九郎为何不出去？"

"阿冢不放手。"

"不放手——吗？"

不懂。既然如此，为何那个女人不赶小平次出去？既然选择了多九郎，小平次便没有用了。小平次不过是令那个多九郎害怕的怪物而已。另一方面，既然允许小平次存在，又为何要将多九郎这人带进来？

就算想要男人，那在外面邂逅便可，那样也会更好。

女人的想法治平怎么都不明白。然后——

"喂，小平次——"治平唤道。

"你又如何呢？你可是被那家伙刺伤、被陷害而且曾一度被杀害了啊。看着那个多九郎和自己的妻子在眼前睡觉——你没有任何想法吗？"

小平次没有回答。

"不觉得可恨吗?"

"我不懂。"

"不懂吗?"

应该是不懂的。

"妻子——"

"你喜欢她吗?"治平问。

沉默一直持续了好一会儿。

——没有答案吗?

就在治平打算放弃站起身的时候。

小平次清晰地回答:"喜欢。"

"喜欢吗?"

治平说完这句便钻出了蚊帐。

走出庭院穿过木门,治平停住了脚步。

——幽灵小平次。

小平次是活着的,那个男人就那样便好。但是——

治平很看不惯那个叫多九郎的男人,也想不明白那个叫阿冢的女人。

总觉得很在意。

即便女人再怎么不放手,明知道会出现自己杀掉的男人的幽灵——只能这样想——谁会在这样的屋里居住呢?即便是被女人的美色所迷,但能令男人疯狂到这种程度,也只能说是一种魔性了。

那女人的确修长漂亮,但看起来并非那般淫乱。毋宁说,在治平看起来，她似乎是在忍耐着什么。

在谋划着什么吗？

——那种畏惧的样子，并不是在演戏。

治平回头，凝视着被黑色围墙包围了很长一段年月的房屋，然后——

迈步走向了祢宜町。

目标是玉川歌仙。歌仙是将小平次从船上推下的肇事者，而且似乎还是运平的旧相识，不可能会没有关系。但是，总觉得他似乎和运平并非一伙。

——切……

所有一切都很奇怪。

傍晚六时的钟敲响了。

祢宜町过去到处都是杂乱无章的戏园子和杂耍场。若说是花街的话，那就是无止境的花街。后来喜剧流行、猿若座等也迁移他处，其他地方也出现了很多花街，所以才变稀疏了——治平想着。

虽说变稀疏了，但花街的种类却没有改变。

杂耍场和戏园子，还有男娼窟，这种组合并不奇怪。只有现在才是荫间[1]便是荫间，演员便是演员，但在野郎歌舞伎未出现之前，所谓若众歌舞伎的若众其实便是指做那档子事的男人。不久后因艺术有无的问题才区分了叫法，而在最初是没有区别的。

歌仙应该是住在仙之丞那里。

1　荫间：指男娼。

治平无所事事地悠然散着步，因为他一身装扮便是如此。

来往行人很多。花街从傍晚便开始吐息了。

从这头走到那头之前，治平便看到了一张讨厌的脸。

——鸠二。

治平不自禁地藏起了脸。今天鸠二虽然变了装束，但却没有乔装换形，他毫不犹豫地径直走进了男娼家。

——丁字楼。

他穿过门槛的方式并不像来玩乐的人。

他的举止像是在评估店面价值一般，先暂时观察了一番情况。男娼家比冈场所[1]等格调要高很多。也没有很轻薄的拉客情况，而且都好通琴技等，男娼也很优秀，没有一个半吊子。而近来只卖男色的荫间茶屋等似乎也非常繁荣，但这点治平是不知道的。

鸠二很快便出来了，一脸的坏笑。背后跟着的是鰊八，接着还有——动木运平。

潜回江户的恶棍们将这里作为了根据地吗？

运平看起来心情比平日还要恶劣。浪人那混浊的双眼张开七分，厌烦地转了转脖子，跟在帮衬附和的小恶棍身后。据本人所言，这个浪人是在十四岁时因斩杀双亲而被逐出了江户。那个不明来历的怪物般的男人的内心也是治平所无法揣测的。

被问到"您是哪位"后，治平转过了身子。他一心只顾关注运平，因而没注意到有人来到了身旁。

1　冈场所：私营花街。

是个瘦削的老人。

大概已经年过七十了吧。虽然身形单薄，但漆黑的头发却麻利地梳起，穿戴一身华丽的猜谜格子黑羽二重布的小袖。绝非一般人。从言谈风采来看，应该是这家男娼家的主人吧。

治平立马询问道："那个武士——是客人吗？"

"那个男人怎么了吗？"

老人和治平一样远远地眺望着运平的背影。治平毫不犹豫地扯起谎来。

"老夫是在备前附近经营杂粮批发的庸俗商人，之前为了经商曾去过奥州，那时曾在那儿见过一个剑豪。方才那位浪人和我在远地所见的剑豪长得一模一样，这可真是奇缘啊！我不禁看呆了。"

"奥州吗？"

"好像是有过这种事。"老人言道。

"这么说来果然，不，虽是偶然但这必定是某种缘分——"

"那个男人是个妖人，最好别扯上关系。"

"妖人？"

"造出那个妖人的就是老夫。"老人说道。

"造出妖人——这是怎么回事？真令人奇怪啊。"

老人一直重复说着"这些都无关"，走到来往人群的中间，望着运平离去的方向沉默良久。治平站到老人身后问道："您知道那位武士的经历吧？"老人狐疑地看了看治平："这是必然的。"

治平又继续满口谎言。

"说实话——在下曾在奥州见到那位武士杀人，其身手确实很了不起。哎呀，近来这世间太不太平了，所以我一直都想雇一个身手好的保镖——"

"你说你看上他的身手了？别傻了！"

"你最好是放弃。"老人道，"那个——虽不知如今他唤作什么，以前他的原名叫石动右军太。那个男人在三十年前将自己的双亲杀害，并且在那个时候放弃了做人。"

"将双亲——"

——那是事实吗？

"这真是胡来啊。"治平道，"想来，这里一定有很深的因缘吧。"

"根本没什么因缘，他不过是对父母贫穷感到很不满而已。他家没钱吃饭到了只能上吊自缢的地步，于是老身便出手相救，以孩子作为担保借钱给了他家。大概便是对这个感到不满吧。"

"以孩子做担保？"

"他有个弟弟——"老人说道。

"可以的话能再说一些给我听吗？"治平说。

老人略微犹豫了会儿，回答说："稍微走会儿吧。"

二人无言地走到水渠旁，朝着江户桥的方向缓缓前进。

"这一带也变了。"老人说，"过去，江户各种娱乐都聚集在这里。"

"乡下人虽然不懂，不过以前吉原也在这附近吧？"

"江户——变得太大了。"老人道。

"不管哪里的城镇花街都聚集成堆，这倒是易懂。不过若是城镇格局改变，那里的花街又会怎样，不就变成没有意义的花街了吗？"

老人走到一棵巨大的柳树下停住，说出了自己的名字："老身叫菊右卫门。"

"是那家男娼家的主人，五十年前便在那儿开始做肮脏的生意。"

"怎能说是肮脏呢？"

"是肮脏啊。"菊右卫门自嘲道，"坏事也做过，这可无法拿来炫耀。但是呢，在这没有骄傲的人生中，我做事也一直都是有原则的，但是——

"和那个男人的关系却是个例外。"菊右卫门道，"那个右军太的父亲原本是北町的下级官员。因为玩过头把身体搞垮了，身体坏了后就再不行了。不过这也是自作自受，那期间债台高筑以致无法回头，而且彼此也并非素不相识，刚刚四十的我莫名地施与了同情。"

"于是买了他们的孩子——"

"买，并不是买下了。但若只是借钱出去总觉得也不行，那也并非是要给予恩惠。对方也有所谓的武士的什么什么之类的吧。"

是为了方便吧。

"我也没指望会还，也就是这样，所以才做担保。就像商人典当老婆那样。老夫也并没有考虑太多，但是——"

菊右卫门将手放到了柳树上。

"那双眼——那绝不是人世间的东西。"

"眼睛是？"

老人边讲述边闭上眼睛仰头向上。

"老夫带着金钱前往带走孩子的时候，那个右军太的一双眼睛好像要将所有一切都毁灭，以无比凶残的眼神盯着他的父母。我只瞥了一眼便感到一阵心寒，犹如得了疟疾一般打心底感到恐怖。那实在是太过不祥了，于是我便将孩子拜托给伙计，与随从一起折返了。那个时候已经——"

是一片血海。

老人淡淡的眉根现出皱纹。

"不论有何理由，诛杀双亲都是大罪。但我当时想，因自己做了多余的事才造成这种结果，所以我将那个胡闹的右军太制伏，让他逃出了江户。"

"将他放走了——"

"我做错了。"老人的表情看起来很痛苦。

"将年幼无知的亲生子卖掉换钱是有反伦常之事——老身一开始以为他是这样想才会犯下暴行，以为他是为弟弟着想，为了守护武士的骄傲这种有一点人性的想法，纠纷争执之下犯下的过错。"

"您想错了吗?"

"错了。"

菊右卫门睁开眼睛，眼神严厉地盯着治平。

"他杀人是毫无理由的。"

"没有原因——便将双亲——"

"不，最初可能是不同的。但在我放走他以后，那个男人就变成那样的东西了。他连我放他逃亡之处的拜托照顾他的亲戚也杀掉了。"

"什么——"

"没有理由的。那家伙流浪诸国，在每一个地方不断杀人。这三十年来一直如此。所以这一切都是老夫的错，在他杀掉父母的时候便应该让他偿还罪孽的。那之后他也好几次找我，也向我索要过金钱——结果我都照他说的去做了。我能做到的事，就只有对买来的弟弟——"

"尽可能地好好照顾他而已。"老人说道。

"那个弟弟——"

是玉川歌仙吗？治平想着。

"什么都不知道。那时还是个不满十岁的孩童，而且对杀掉父母的亲哥哥也无法报仇。我没让他去接客，而是暂时安排他做下人。但那个——也不行，总之做什么都是个半吊子。总是听他说这个不好那个不行，就这样性子也扭曲了。离开我身边后，他似乎依然不能好好过活。"

"如今在当伴奏人。"菊右卫门道。

"伴奏人——"

多九郎吗？

"但没想到如今竟然会返回江户。老夫都已经忘掉了。但是，不管怎么忘记，只要相关者还活着，过往就会一直纠缠不放。"

只要还活着。

既有死了后的悲伤过往，也有活着时的悲伤过往吗？

因为记住过往令人悲痛，治平曾一度逃避。但是仔细想想，其实忘记反而更加令人悲伤，所以治平才决定余生都要欺瞒而过。

但是，虽然已经死去的过往怎样都可以欺骗——

活过的过往却无法欺骗吗？

"老夫——将兄弟二人的人生都扭曲了。"老人紧紧地咬住了嘴唇，"所以最好不要和那个男人扯上关系。"

老人又一次盯着治平道："扯上关系一定会被杀掉，忘掉什么胡扯的缘分吧。老身也是，何时会在梦中被杀也不知道。"

"您不是他的恩人吗？"

"那可不是个会感恩的男人，也没有仁义可言。那是个妖人。时隔多年，一见面我便知道了。那个男人的眼神和那个时候——是一样的。"菊右卫门如此说道。

在他的话还未说完之前——

治平感到身后有一股难以形容的恐惧，还未辨清那股恶寒的真面目，矮小的身体便反射性地转了过去。

暗影里——

动木运平站在那里。

"右军太——"菊右卫门叫道，"右……右军太，你……"

"我不是右军太。"

运平快步靠近，越过治平，刚一站到菊右卫门的面前，没有丝毫犹豫地，好像那样做是理所当然一般地——

砍了菊右卫门一刀。

而治平——

在感受到那股凶恶之气前不禁愣了好一会儿。

菊右卫门连叫出声的间隙也没有，被斜肩斩裂倒在了柳树根上。

运平也没拭去溅出的血，平静地折返回来。

"他说错了名字所以把他砍掉了。"

"你……你……"

他只能发出这点声音，的确——很恐怖。

虽然治平也走过无数次修罗场而存活至今，但唯有这个时候——他的身体缩了起来。正如菊右卫门所说。

运平弯下身用菊右卫门的黑羽二重擦拭血刀，然后说道："很久不见了，现西。"

"现西——"

治平总算回过神来认清了自己所处的情状，向后退去摆好了架势。

"虽不知你是乔装打扮了还是一直都是乔装，但却骗不了我的眼睛。盘踞边境古寺的恶僧为何会在江户？"

治平往后一跳，摆出了更低的姿势。

"既然露馅儿也没办法，没错，我正是现西。"

他紧紧捏住怀中的匕首。

——没有杀意。

一般而言剑客都会杀意高涨。无论如何，在对峙的时候都会感觉到什么，但是运平简直没有任何杀意。治平感到焦躁，完全不知道该如何出手。

运平散漫地提着刀往前走了一步。

"怎么了，我记得你不是很享受杀人，享受得不得了吗？既然如此——这张脸是怎么回事，那是——骗人的吧？"

"是谎言吧！"运平突然吼道。

"没错，是骗人的。我是造谣者，满口谎话地行走于世，总之没有理由被你这种人说三道四。反倒是你，你也算是一个恶棍，就那么讨厌被人查探你的过去吗？莫非你有什么想抹消的过去吗？"

"和我无关。"运平道。

"有人跑来找我商量一件很无聊的事，那实在太愚蠢了，于是我就中途折回，谁知竟看到你和菊右卫门在一起。我不过想问你事情才走近前来。方才我也说过，他弄错了名字——所以才将其杀掉的。"

"找我——你是说找我有话要说？"

"我这人即便杀了人也没有任何感觉。不论做什么都不觉得开心，做什么都没趣，所以既不悲伤也不痛苦。你刚才瞎说什么杀人很有趣，在我听来不过是谎言。"

"是，就是谎言。是谎言又如何？"

运平嗤鼻一哼，将刀收了起来："万一是事实的话，本想问问你如何才能让杀人变得有趣。不过，和我想的一样，你不过是在说谎。"

"又当如何，杀了我吗？"

"我没兴致了。"运平说道。

"原想回到江户心情也许会好一点，但不管哪里都那么愚蠢。全都被什么幽灵、死灵这种无聊之物所迷，真是难看。实在令人厌烦。"

"小平次的事吗？"

"小平次——吗？"

运平的脸微微扭曲。

"就是那个你没砍到的戏子啊。"

"你说——没砍到？"

运平一脸阴郁的表情。

——果然没错。

"好像很了不起地说什么杀人毫不犹豫，其实你才是大骗子。我亲眼看到了小平次身上的刀痕，你畏缩了不是吗？感到害怕了不是吗?"

运平紧紧握住了刀柄。

愤怒吧——

只要情绪一动便能找到活路,治平如此打算着。恼怒必然会生出杀气,只要能看出他的杀气,就能在一定程度上看穿他的动作。如果一直这样下去,何时会被砍杀都不知道。虽然说失去砍杀兴趣的话有可能是真的,但若转身向后的时候,他改变主意,一刀砍下来,自己根本就无法防御。

"怎么了?难道你不是害怕小平次吗?大概是陷害藤六的那天晚上看到了小平次的幽灵模样所以便害怕畏缩了吧?"

"你说得没错。"运平回答。

"你说什么——"

"我——害怕那个男人无所附着的眼睛。我并不害怕他的幽灵模样什么的,单单害怕他仅仅只是站在那里。所以——我只是想,也许这个男人即便被杀也不会有任何感觉,所以——"

"刀法才会乱了。"运平说道。

"但是呢,那家伙还是轻易就死掉了。已经死了的人并不可怕。死人什么也做不了,根本没有幽灵、死灵之类的。"

"那是你想错了——"如此说着,治平看准一瞬间的破绽快速后退。

"幽灵是真的存在的,报应——可是很可怕的。"

治平留下这样一句话,便铆足劲飞奔离开了水渠旁。

宝香阿冢

阿冢望着小橱柜。

因为无论如何都看不到那张脸。

坐在散乱房间边上的男人的脸。

那个男人是三日前突然到来的。而且——

自称安西喜次郎。

很震惊。震惊确确实实是有的，但不知为何却感到沮丧。这是不可能的事。

不知从何时起，阿冢便这样做好了心理准备，但这并不意味着放弃了。如果放弃的话，那时便应该回到家里了吧。毕竟是孩童的轻率举动，一如文字所写，追求画上之饼的稀世愚蠢之举——那时就应该向父母低头，说自己太过肤浅，太过疯狂了。

之所以没有那样做，是因为从最开始便知道自己是疯狂的。

她很明白，和画像成亲是绝对不可能的，是根本无法达成的事情——不，正因为知道，所以阿冢才会付诸实行，不是吗?

——不可能的事情。

实际上从十三年前阿冢离家之时，从还不是阿冢的时候开始，她便一直这样想了。

但没想到……

某一天他却突然如盘问的差人一般出现，并报上名说他便是——

阿冢无话可答。

要怎么想呢？根本没法去想。连喜欢还是讨厌都不知道，因为不管是喜欢的理由还是讨厌的理由，她都没有。她说："回去。"

但是喜次郎却很固执。他说："还请您听我说一下。"

有话要说的是阿冢，但关于此事，她并没有想说的心情。阿冢对恋上的男人根本不可能有什么话可说。究其原因的话——

因为那是一个画像。

第二日，喜次郎又来了。

那次她将他赶走了。但即便如此——他还是又来了。

每次都是在多九郎不在的时候。不知道是特意看准这种时候而来还是偶然，现在多九郎也不在。最近多九郎总是毫无原因地出门。

因为他害怕小平次。

这不是很蠢吗，阿冢想。多九郎和自己想的一样，是个低下的男人。

第三次前来拜访的喜次郎依然请求着阿冢听听他说话。实在没办法，阿冢便让他进了屋子，但从刚才起，他便一直沉默地低着头。阿冢——

一直望着小橱柜。

"到底何事？"阿冢眼神偏向一边说道，"你随便前来攀谈会让我很困扰啊。若是没事就请回。虽然他现在不在，但妾身可是有男人的——"

"我可是有喜欢的男人的！"阿冢大声地说道。

这话并不是对着喜次郎说的。她的眼睛虽然一直盯着小橱柜，但话语却是对里屋说的。

"那个男人是个嫉妒心很强的人，他若是在外听说你出入这里，肯定会胡乱猜测，以为我又有了新的男人——"

这倒是真的。

没有人会拜访这里的。周围的人讨厌阿冢，所以立刻就会谣言四起。

不管怎么看，喜次郎都不是一般人。虽然本人努力装扮得不惹人瞩目，但就算不和那些肮脏的男人放在一起，他的容貌也非常惹人眼球，因此长屋那群"雀鸟"又叫唤了起来。

叫唤着说——那个妾宅的荡妇又带别的男人进去了。

多九郎大概是听到这些了吧，他昨晚一回来便发起疯来，叫吼着"你这娼妇，我不在的时候就带奸夫入室"之类的混账话。

与其说是嫉妒，多九郎更像是在害怕着什么。到底有什么值得那么害怕的，阿冢并不明白。"你太聒噪了，若是不信任我，就滚出去！"她说。于是，多九郎又夹起尾巴变温顺了。

"不过，女人越被嫉妒越美丽。即便如此，麻烦事还是很麻烦。是你说有话要说才让你进屋，但你一直那样沉默不语我可没法坐下去。一会儿男人回来的话，该如何是好？"

"妾身可不喜欢多言解释。"阿冢说道，"虽然不知你有什么企图，若是想抱妾身，那就在男人回来之前赶快解决吧。"

"什么——你在说什么啊？"

"没关系啊，反正也不会少什么——"阿冢口是心非地说着。嘴唇流出无聊至极的话语和彻底的淫秽之言。听我说，在听我说吗？

——小平次。

"请您别再说了。"喜次郎道，"您——手上有我的画像吗？"

"什么——"

阿冢的嘴唇停止了。

——为何会知道的？

是小平次说的吗？

不可能是那样的。小平次确实曾说过遇见了喜次郎，但在那时，小平次应该并不确信阿冢所持的画像所描绘的就是喜次郎。

"您怎么了？"喜次郎问道。

"为何、你为何会知道的？"阿冢小声地问道。她实在无法发出更大的声音。

"是冤魂——告诉我的。"

"你说什么？！"

"是木幡小平次先生的死灵引导我来的。"

喜次郎如此说着，将双手撑到了地上，然后说着"万分抱歉"低下了头，额头贴到了榻榻米上。

"你……你这是做什么？"

阿冢狼狈不堪，完全摸不清状况。

"杀死小平次先生的——"

"正是在下——"喜次郎低着头大叫一般地悲声说道。

"你……你在说什么傻话啊，你——"

阿冢转过身去，蚊帐的对面……

"这并非傻话。我听说小平次先生死后还回到了这个家里，而那之后冤魂的传言也不绝于街头巷尾，这一个月来，我活着的感觉是——"

"小平次——"

小平次他——是出过门的。

虽不知道他在哪里，怎么吃饭，但如今也一直好好地在这里，所以他应该是在没人注意的时候出门去的。若是如此——

阿冢张大眼睛看向蚊帐前面。

那个——

废物。

喜次郎一直在哭，他是真的感到胆怯了。

"我自幼时起至今时今日，从来就只看到自己。不，我是个只看到自己这张脸而活到现在的男人。觉得父母亲人也好，家族事业也好，所有的一切只为自己存在便好，一直这样想着而活到现在。我就是这样一个男人。"

"你……你在说什么啊，那种事情——"

就算是妾身——

"自己的容貌只能通过镜子来看，映在镜中的虚像曾经就是我的全部。虽说如此，和画像不同的是，镜中的影像是会改变的。血肉之躯不久之后都会走上回归土地的命运。我——这点我实在无法忍受。"

"所以才会憎恨起小平次先生。"喜次郎抬起了头。

阿冢第一次正面看到了那张脸，瘦削，憔悴不堪。

"为何——要憎恨那种东西?"

"我不知道。说实话我自己也不明白，但如今想来，那大概是因为他没有接受我的原因。"

——无聊。

"真是无聊。"阿冢说道，"你，就因为这个而杀了人?"

喜次郎眼睛眯缝起来。西沉的太阳将他苍白的脸颊染成了橙色。

"我，虽然杀掉了小平次先生，但当时并没有任何感觉。可是——恶事传千里啊，没多久我便受到残酷的报应了。"

"化成鬼——出来了吗?"

"不，并非如此。因为杀害小平次先生，最终让我体会到了自己的愚蠢和罪恶之深。已经——是极限了。"

眼睛纹丝不动地盯着。

这个是——

这个是阿冢的——

"对了，四日前曾有一个神祝来过我的住所。"

"神祝——是什么?"

"类似做些灶神驱散一般的人。摇铃唱祝词，以乞求获得施赠。"

有印象，那人四五日前夜曾经到过这里。

——那个是……

神祝四处探视屋子，多九郎驳斥道:"偷窥他人室内是极度无礼之举。"神祝便如此告知:

"观察室内是为了知家相——

"此屋之主犯下的阴邪之罪清楚地显现在了家相之上——

"想必这家主人该有记忆——

"屋内妖气冲天，冤魂作祟，因而离汝等灭亡之期已不远矣——

"可怜，可怜——"

阿豕嗤笑。这明显就是敲诈，应该是直接从街头巷闻得知小平次亡灵一说的来龙去脉，想要揩点零花钱的乞讨者一类的吧。但是多九郎却害怕了，那种害怕简直就令人想笑。神祝看穿了他的那份胆怯心理，继续说道：

"汝等犯下之罪行甚恶，犯下生肤断、死肤断之国津罪[1]——

"若能悔其罪，颠覆污秽不净之志，成就洁净清白之心——

"或许还能有得救之道——"

于是——

多九郎给了那个神祝米钱，得到了一些神符，并贴在了门口和吊起的蚊帐上。

真是愚蠢。他害怕了。

他害怕——那个愚钝的男人。

神祝告知说要闭门四八三十二日，清修吃斋不得出门。但是多九郎连半日都没坚持住，这是理所当然的。因为那个在家里，多九郎他——

---

1 国津罪：日本神道罪行分为天津罪和国津罪两种；生肤断、死肤断属于国津罪，分别指伤害活人身体和伤害死人尸体。

这样的——

他无法忍受这样无言的视线。

不过，若是这个神祝连喜次郎那里也去了的话——

也就是说他并不只是来敲诈的。

"那——又如何呢？难道是说街知巷闻的小平次附到你身上什么的吗？"

"不。那位神祝知道我的罪孽，因此他这样告诉我，说这是前世因缘——"

"前世因缘——这是什么意思？"

"汝所杀之人小平次之妻被汝之画像夺去心神，偏离伦常，汝杀害小平次亦是因此因缘——"

"什么——"

那种事！

那个神祝居然知道！

"我——已经不知道该如何是好，也不曾深思熟虑——"

"你住口。"阿冢站起身来，"不知道你是打的什么主意，妾身我——可没有拿着那种画！管他因缘还是什么，以这种理由跑来哭只会让我感到困扰！你到底想怎样？因为是前世因缘就要和我睡吗？你这人，要是不摆出这种理由就连一个女人都说服不了吗？还是说怎样，想让我归还那幅画吗？"

"别做过分的事啊！"阿冢对着蚊帐对面的缝隙说道。

喜次郎一脸被责备的孩子的表情，然后靠过来抓住了阿冢的衣角。

"请您……请您将我——"

"我……我……我听你说的全都是你自己的事，你的事情——"

"与我何干？"

喜次郎搂住阿冢的腰部，她横着倒了下去。

——浑蛋！

这到底算什么，如此丑态——

小平次那个愚钝男人！

在阿冢的眼里，被夕阳染红的庭院倒了过来，而在那里，站着倒过来的多九郎。

多九郎翻起了一半的三白眼，嘟囔道："原来如此。"

"原来是这样。"

喜次郎站起身，间隔着仰躺着的阿冢，和多九郎面面相对。

"我就觉得奇怪——阿冢，你的新男人果然是这个喜次郎吗？"

"多……多九郎先生——"

"什么多九郎先生？你这窝囊废！竟敢对他人的女人下手！"

——怎么，这个男人？

阿冢翻了个身，瞪着多九郎。多九郎道："你那是什么表情？"

"莫不是在想我有眼无珠吗？大白天就和奸夫偷情，你这贱人！怎么，我一听说有艺人出入来往就在想会不会是你，喜次郎你这浑蛋！"

"不是……不是的，多九郎先生——"喜次郎说着往后退去。

"有什么不对，你这——杀人犯！"

喜次郎沉默了，脸色苍白到了极点。

"你也是，阿冢，你就是生来的花痴淫妇！怎么，你觉得这个没落花旦更适合吗？竟然会为这种胆小鬼费神，毁我的面子就那么有趣吗？"

"你的面子用得着毁吗？"阿冢骂道。

"真有你的！你别骄傲，我可没有迷上你这种女人，一丁点儿的迷恋也没有。不过是想拥抱你看看而已！"

"有什么不一样吗？"

"你说什么？"

"就算你硬起头皮我也不害怕啊，蠢货！迷恋上和想拥抱又有何不同？什么'男人即便不喜欢也可以抱女人'，别说些自以为是的话啊。这句话应该是我说的，因为女人即便不喜欢也可以和别人睡。不过又怎样，不管你说什么，男人要是不喜欢的话就是不中用不是吗？不喜欢也可以抱女人是那种无法吸引女人的下贱男人才会说的话。"

"你闭嘴，闭嘴闭嘴闭嘴——"多九郎满脸通红地怒吼道，双眼也充斥着血丝。

"你给我闭嘴，你这贱人！"多九郎挥起了拳头。

"你就只会说这句话吗？"阿冢这样叫着站起身来，站到了和里屋相连的边上。

多九郎的拳头颤抖了起来。

"想打人的话就打呀！你不是这一带有名的打架专家吗？不过是一个女人，打死的话不是会给你增光吗？"

"多九郎你误会了。"喜次郎说着跑了过来。多九郎一脚将其踢飞。

喜次郎打了个滚儿，倒在了地板上。

"什么误会了，到底误会了什么！喜次郎你这混账，你和阿冢都已经没用了。喂，阿冢！不管你怎么说，我……我可没有迷恋上你！

听着，现在，我就拿证据给你看！"

多九郎穿着鞋就走上了廊子。

"证据——什么证据？"

"证据就是这个！"多九郎说完便大声叫喊了一声。

木门打开，两个面相凶恶的流浪汉进入了庭院。

登时，喜次郎语不成句："你……你们——为……为何会——"

"因为有缘啊，歌仙先生。"

一脸寒酸的流浪汉如此说着，便将手插入了怀中。另一个腮帮宽大的男人则一边说着"前些日子受您关照了，花旦老爷"，一边拔出了匕首。

"你们要做什么？"

"我啊，阿冢，已经受够这个鬼屋了！"

多九郎堵在阿冢面前，身体倾斜着。

"你的确是个好女人。刚才的话我收回，我是喜欢你的。我迷上了你，迷上了你啊！"

"那……那又如何？"

"小平次也是那样的啊！"

"什么？"

"那家伙正如你所知是个废物，但也是个稀世绝代的痴人！但是啊，很可能他比任何人都强烈地想着你。你对他一直都是那么冷冰冰的，但他迷上你了啊！打从心底的，所以——"

"所以怎样？"

"所以那家伙才会出现。"多九郎扬起声调道，"因为我和你情意相交，因为自己爱怜的妻子成了我的女人，所以那个浑蛋才无法升天。你是个好女人，但是——我可不想遭报应。所以阿冢——"

叫着阿冢的名字，多九郎把脸凑了过来。

"你就滚到小平次那里去吧。"

"什么意思——"

这是什么歪理。

"我知道你存了一笔钱，而且还不止五两、十两。我一说这事儿这些家伙立马就同意了。我原本还有点犹豫，但一看到喜次郎这浑蛋就痛快决定了！"

多九郎捏住阿冢的下颚，扬起脸靠近，眼神贪婪地盯着阿冢，说道："像你这种贱妇还是死了更好！"

"我才不要继续遭小平次报复，所以你就乖乖去死吧！喂，喜次郎，你也是，既然刚好赶上此时此刻——你也完蛋啦。"

瘦削的男人快速地绕到喜次郎背后，用刀刃抵住了他的喉咙。

喜次郎瞳孔聚焦，面部表情极为夸张。

多九郎嗤笑。

"真是可笑，一流花旦也会做出如此荒唐之事。喂，喜次郎，啊不，歌仙，既然你也是情夫，那就好好为这个女人送终吧。我说阿冢，好歹有个主角和你一同上路，你也不会寂寞。不过到黄泉和小平次打招呼的话——也许会比较麻烦吧。"

真的是——

为何男人这种生物，不管是谁——都这么彻头彻尾地愚蠢呢？

"愚蠢的人是你啊，多九郎。"

"你什么都不知道!"阿冢痛骂着抓住了多九郎的前襟。

多九郎的神色瞬间茫然。

"从刚才起就听你在那儿自以为是地聒噪。是妾身看错了,本以为你会稍微有点骨气,安达多九郎,你是比小平次有过之而无不及的痴人啊。"

"你想干什么?"多九郎甩掉了阿冢的手。

阿冢又一次将其抓住。

"我是叫你别乱说啊!不过睡了几次而已,就说什么'我的女人''情意相交',真是叫人听不下去,适可而止吧。还要怎样,小平次因为嫉妒化成冤魂出现,就要叫妾身去死吗?真是令人笑掉大牙的胆小鬼!"

阿冢推开了多九郎,提起衣角踏出了右脚。

"什么荒神棚,听着都令人发笑。你这种吊起来就掉的废物,灶神大人也会掉下来被香灰给埋了。小平次会化成鬼出现在你那里并不是因为嫉妒,而是因为——是你杀死他的!"

"我——"

"啊"的一声,喜次郎大叫出来,背后的男人瞬间胆怯下来。喜次郎像要摔倒似的迈步向前。

"小……小平次先生是,是我——"

"小平次可不是溺死的,是被刀刃刺中、被大刀砍杀的。我不知道你到底做了什么,做了什么都没关系。照这情况来看,大概就是这伙人干的。"

"浑蛋——"站在廊上的男人大叫着推开多九郎砍了过来。喜次郎也从背后被又揍又踢昏倒在地。阿冢什么也没想，便卷起蚊帐进入其中。

区区一个蚊帐——

难道能当成盾牌吗？

但是，蚊帐斜着撕裂，有一半掉落了下来。落下的蚊帐盖住了砍过来的男人，男人的脚被绊住，像一条落网的鱼被薄膜裹住一样，向前摔了下去。阿冢乘此之机又向后退去。瘦削男跨过挣扎的男人，拿着匕首跳了进来。

——一个小个子男人，肩膀激动地耸动着。

"阿冢！"

"叫得真亲热啊，多九郎。话说，不过是杀一个女人都下不了决心。要是不叫这么多帮手来就没法杀死妾身吗？你这个胆小鬼，没用的东西！"

阿冢声嘶力竭地吐出所有咒骂。因为不管在哪儿，不管是想是虚张声势还是大吵大闹，她都无法停止怒骂。

多九郎跨过座席，侵入了半张蚊帐所隔起的没有任何意义的结界。被蚊帐盖住的男人也除去了薄纱站起身来。阿冢被包围了。

"阿冢，你要是早一点——变成我的女人的话就好了。早和那种愚钝之人断绝关系，低头请求我抱你，那样的话小平次也就不会被杀了。而你也——"

还要说吗？这伙儿人什么都不会听，什么都不会思考，只会讲自己的事。所以阿冢才讨厌人，包括自己在内的所有人都讨厌。

"多九郎——"阿冢小声说道。

因为叫法实在太过平常了，多九郎露出了一脸迷惑的表情。

"说了这么多你还是不懂，那我就告诉你，你好好听着。"

"什……说什么？"

"妾身与你睡觉的原因。"

"睡觉——的原因？"

多九郎缩短了与阿冢之间的间隔。旁边的两个男人也向前迈了一步。

阿冢像被压迫一般往后退。

"呵呵呵。"阿冢嗤笑，嗤笑多九郎。

"你认为我喜欢上你了吗？还是说以为我对那色迷心窍的浑蛋亡者看不下去，因慈悲之心才打开身体的吗？大错特错，妾身——"

"对你这种人根本没有一丝感觉。"阿冢愉快地说道。

这并不是虚张声势，而是事实。

"妾身之所以会诱惑你，是因为这个，这里有妾身最讨厌的——"

阿冢伸手向后抓住了剩下的蚊帐。

断然地——往下扯。

蚊帐落下来——显露出了一寸五分的裂缝。

曾闻名遐迩的无能演员，连拉幕也不被允许的低俗剧目——

拉开终结剧幕——

"和你睡觉，不过是为了——为了让这个小平次厌恶才那样做的。"

阿冢她——打开了隔扇。

在那里——幽灵坐在那里。

多九郎尖叫着向后跳去。

男人们眼睛瞪得溜圆，一阵悚然。

全是些没用的胆小鬼。

"你……你执迷成鬼了吗？小……小平次！"

多九郎胡乱地挥舞着双手，身体就像站不直一样。

"阿……阿冢你，你被附身了吗？"

"谁能忍受被这种东西附身？"

真的是没有任何办法，愚蠢到疯狂，这个男人——

"你还不懂吗？我说过我最讨厌这家伙了吧，所以才想做令这家伙讨厌的事情。这是对他那总令我心情不愉快的报复，因为这家伙总是偷窥。"

"所以才和你睡了不是吗？"

"阿……阿……阿冢。"

小平次突然向前倾，慢悠悠地站了起来。没有声音，也没有气息。

没有任何造作，也没有一点装腔作势。他什么也没看。

"啊……呀啊啊啊啊啊！"

多九郎从瘦削男人手中夺过匕首。他的手掌好像握住了一部分刀刃，鲜血一滴滴往下落。刀尖一直颤抖不止。

小平次站到了阿冢身旁。

再次和阿冢站在一起——已经时隔五年了吧？

瘦削的脖颈，土色的肌肤。那是尸臭味？

有死人味道的鳍鱼小平次，虽生犹死的幽灵小平次，死了依然回来的——木幡小平次。

"幽……幽灵啊!"右侧的男人尖叫。"他化成鬼回来了!"左侧的男人嚷嚷着。

而小平次——

明明只是站在那里而已。

男人们慢慢往后退,不一会儿就连滚带爬地向走廊逃去。多九郎颤抖着对只是站在那里的小平次刀刃相向,但那刃尖犹如暴露在暴风雨中的芒草一般剧烈地晃动着。这么一看,实在很难想象它还能有凶器的作用。

即便如此,多九郎依然大吼着:"你、像你这……这样的愚钝之人,就算执迷化成厉鬼我也不怕!我……我——"

"我并没有执迷——"小平次的声音像风吹过一般如此说道,"我已经,不再执迷了。"

"假……假惺惺!你想说,自己是活着回来的吗?那么,不管杀多少次我都要杀了你!"

多九郎先弯下身体,闭上眼睛,像折弯的青竹反弹一般冲了过来。

——会被杀死。

阿冢瞬间如此想到。没有任何办法。

——妾身也是脱离常伦的女人。

多九郎也曾经说过,所谓人是很容易就死掉的东西。

——不管怎样都没关系吗?

阿冢没有闭上眼睛,既没有逃避也没有藏起,但是——

小平次突然向前,用没有手指的手接住了连目标都没瞄准便刺过来的刀刃。

"多九郎。"

"你……你——"

小平次缓步走到前面，多九郎被迫后退。

"你……你活——"

你还活着吗？

既然还活着，那就看是你死还是我死？

反正不管到哪儿，你都是个没用的戏子！

多九郎被迫不断向后退去。

从他的背后——口喷血沫的两个男人滚了进来。

两人一左一右瘫倒在榻榻米上。一人的脸被砍掉，而另一人脖子几乎快断了，眼见着大摊的血扩散开来。多九郎踩着尸骸，鲜血使他的脚下一滑，踉跄着猛然跪了下去。

一个武士向前走近。

——是谁？

一个眼神阴暗得像野狗一般的武士，右手提着做工粗糙的巨大钢块。

那明明是钢铁却一片血红，黏糊糊的。

"动……动木老爷——"

多九郎斜眼看着武士，然后看向脚下，好像总算注意到自己脚下所踩的到底是什么。

"您……您做什么，老……老爷，这是——"

"说什么幽灵、死灵的，有点烦人所以就杀掉了。"

"杀……杀掉了——可他们是——"

"你也——很烦。"

武士挥动了钢块。

那是夕阳落下的一瞬间吗？

好像有那么一点闪光的感觉。

啪嗒啪嗒的声音。多九郎的右手喷出了一片漆黑的液体，他与小平次分开了，脚下一滑，仰面倒在了榻榻米上。

他的手指被切掉了。

多九郎声音嘶哑地挤出一句："你做什么？"

武士用他那野狗般的眼神俯视着那张极度扭曲的脸。

"你——"

"看到我的脸就没有任何想法吗？"浪人声调毫无起伏地说道，"叫一下我的名字。"

"动……动木——"

还未说完，浪人右手的钢铁便刺穿了多九郎的胸部。

"左九郎。"浪人短促地说了这样一句便抽出大刀，黑色的飞沫溅到了浪人的脸和胸口上。

落下的蚊帐所隔出的没有意义的四方结界变成了一个漆黑的血沼。小平次、阿冢和拥有野狗眼神的浪人站在那黑色的沼泽之中。

"要是没说错名字的话，还可以让他活下去。"

浪人喃喃自语着，然后看向了小平次。

"你是叫——小平次？"

"我是木幡小平次。"

"你还活着吧？"浪人道。

"我还活着。"小平次回答。

浪人收回了刀。

"怎么样，小平次，我——把你和那边的女人一起杀掉吧?"

"会变得很轻松。"浪人道。

"我并不期望轻松。"

小平次就那样又向前迈了几步。

浪人野狗般的眼睛像钉子似的钉在小平次身上。

"你，没有痛苦吗?"

"痛苦是不可以的吗?"

浪人微微摇头。

"不愤怒吗?"

"我没有愤怒。"

"想要什么?"

"我什么都不想要。"

"一如现状就好——"小平次回答。

浪人的眼神已经如丧家犬一般了。那是只会吠叫啃咬的丧家犬的眼神。

"一如现状——"

"而且——"小平次说，"就算杀掉我，您也不会变得快乐。"

浪人将眼睛避开，把大刀竖在榻榻米黑色的血沼上。

"原来如此。"

"因为活着所以才可怕吗?"说着浪人提脚折回。然后，他就那样定定地不动了。

浪人发出一声像在肚子里回响的声音，背对着阿冢和小平次张开双脚，然后做出了一个用手接住什么东西的动作。

越过他的肩膀——

可以看到眼神迷离的喜次郎毫无表情的脸。

喜次郎哭了，接着他用几乎听不到的声音说道——

"父亲的仇人。"浪人像剥皮般地推开喜次郎，就那样张开双手，转过一半身子，看了一眼小平次。在他的肚子上——将一把像是包裹着白纱布的刺身菜刀——深深地插了进去。腰一弯，浪人重重地一屁股坐下去，看着插在肚子上的异物良久，又抬头看向呆立不动的喜次郎，什么话也没说——

重叠地倒在了多九郎身上。

哆嗦了几下——便死了。

喜次郎全身崩溃般地当场坐倒在地，然后抬头看向小平次——

"这样就好了吧，父亲大人。"

——这家伙……

"你这么做并不是为了你的父亲。"

如此回话后，小平次像慢慢滑过血沼水面般前进，倏地避开喜次郎，进了旁边屋子，消失了。

阿冢——不，宝儿一直看着喜次郎的脸。

但是喜次郎却一直茫然地盯着已经不再动弹的武士那如死去的野狗般的眼睛。

也许他看的是映在死去的野狗眼睛中的自己的脸。

喜次郎的身体缓缓前屈，双手撑在血沼中，像要与武士接吻一样将脸凑近，说道："都是因为你抛弃了我。"

他的鼻尖——小平次拿着一个细长的木箱，从背后将他罩在了阴影之中。

——那是……

"那是——"

小平次打开木箱，从中取出了一幅卷起的挂轴。然后……

"给，阿冢。"

说着便打开挂轴，展开提在阿冢面前。

——啊啊！

阿冢一阵眩晕。

沉醉在血的气味中吗？

在阴险、丑陋犹如地狱的现实中——

被封印的昔日和被切除的过去浮现了出来。那无比美丽的记忆之中的——

阿冢踏进血沼中，滑过滑溜溜的漆黑不祥而光鲜艳丽的水面，在挂轴的画像面前稳稳地站住了。

她瞥了一眼喜次郎的脸，他看起来已经完全崩溃，只是呆呆地仰望着挂轴。然后她将手伸向凛然美貌的喜次郎——

使出全力。

呲呲呲地将其撕裂。

从过往的裂缝中——

小平次阴沉的脸正在偷窥。

偷窥者小平次

一说谣传——

小平次便会出来。

而这也是一个谣传。

小平次究竟是个怎样的演员，实际上根本没有人知道详情。

据说即便是知道的人也都记不大清楚了。他擅长幽灵戏剧，这点似乎是众人公认的。但如果要问小平次到底在什么戏剧中饰演什么角色的话，到底是什么呢，又变得模糊不清了。

说观看过小平次现场表演的人并不少，他们都异口同声地称赞那简直就像在看真正的幽灵一般，但一说到具体的狂言剧目时却都不确定了。不知是总州、伊豆还是奥州，总之他是在旅途中溺死了，死了后又回到了家里——反倒是这些事情传得就像真实的一般。

也有传言说，某个人因遭到报应而丢掉了性命，但死掉的那个人究竟是谁又变得朦朦胧胧。

有人说是去年的事，也有人说那是发生在两三年前的事情。

不，还有人说那怎么可能，那是好久好久以前的事了。

如果说小平次是守田座的始祖、森田太郎兵卫的弟子这些传言是真实的话，那的确是非常久远的事了。就算不是如此，也是初代松助的弟子啊，无名的西国旅行艺人啊，有时候甚至不是艺人而是马夫，或者出家人、卖药人，等等，真是诸说纷纭，最终甚至有人说几年前引起骚动的四谷左门殿町死灵作祟、驱除狂女恶灵的那件事中，被牵连致死的和尚小平氏正是小平次。但除此之外似乎也有其他自称和尚小兵卫的丑角演员，总而言之，都是件令人感到奇怪的事。

归根结底，就是大家什么都不知道。

即便如此，在演员中谣言依然不止。

一说到小平次的传言——

小平次便会出现。

有一诡异的谣传，说他的死灵尚未成佛，直到现在依然隐藏在屏风阴影处和隔扇的后面偷听着演员之间的谈话，一直在目不转睛地偷窥。若是能认出出现的死灵是小平次的话，也就说明正在传谣的那群人中有认识小平次的人。如果那是事实的话，也就不是那么久远的事情了——玉川荻乃亮这样想着。

荻乃亮是前些日子去世的玉川仙之丞的养子。根据遗言，不久之后他会袭承第二代仙之丞的名字。

虽说如此，荻乃亮对于玉川座却毫不了解。荻乃亮原本是芳町的荫间茶屋的一个男娼，被仙之丞一眼看中而赎了出来。但收他为养子还不到一个月，这个仙之丞便不幸去世了。

因此荻乃亮还没有上过舞台，所以尽管这是个如此小规模的剧团，要继承名号还是令他有所畏惧退缩。但是身边的人都很温柔地劝慰他，让他无须介怀此事，继承下名号。

仙之丞的名字据说原本应是由一流花旦玉川歌仙继承的。

听说那个歌仙本来是一名武士，为了追寻杀死双亲的仇人而寄身于旅行艺人之中，十多年来在多国巡回，终于侥幸遇到了那个仇人，并成功地报了仇。

而同时，这个歌仙虽说原本是武士，但在完成夙愿之时的身份只是一介旅行艺人，而且没有赦免状便自行报仇，所以这个事情似乎也无法圆满结束。

具体详情并不清楚，据说歌仙这一人物最终也死掉了。

既有人说是切腹而死，也有人说是看穿世事投水自尽。可切腹和投水两者的区别就大了。

据一些爱散布谣言的人所说，事情又好像是歌仙在不知情的情况下与自己的仇人变得很亲密，纠葛到最后一同殉情而死了。若是如此就真的弄不清楚了。

纵然那真的是殉情而死，那也总算是报仇了吧？

荻乃亮有点在意。

毕竟荻乃亮今后是要作为这个歌仙的替身而继承仙之丞的名号的。

他四处打听。

而最后，荻乃亮听到了一个饶有兴趣的证言。

证言说，那个歌仙的报仇和小平次的怪异死亡似乎有关联。

报仇——类似那样的事——据说是去年的事情。

那么小平次应该也是去年死去的。

他的兴趣骤然高涨。

接着荻乃亮又得到了报仇一事似乎是在木幡小平次的家中进行的证言，而那个房屋——据说直到现在还存在着。

既不明真相，而且连实际存在与否都很可疑的幽灵竟然会有家，真是太过奇怪了。想来都是些吹牛闲谈之类的吧，荻乃亮最初这样想着。

但是……

难以抑制好奇之心的荻乃亮最终还是决定去寻找那个屋子，于是开始查探地址。

荻乃亮进一步四处打听，最终查到了一户人家。

祢宜町——应该是更接近堀留边界一带。

在传马町郊外一条胡同里的人家，那里就是小平次的家。

从大道进入岔路，一阵迷路。最终又再次走到大路上，穿过长屋大门，渡过水渠来到了屋子背后。

在那里，有一间屋子。

一间被黑色围墙包围，很漂亮的小型房屋。荻乃亮之前一直想象的是如妖怪之屋一般的废弃荒屋，因而感到些许失落。

他站在门前茫然地呆站了半刻钟。抬头望去，天高气爽，淡淡的云彩轻轻飘荡。

就快要冷起来了吧，荻乃亮这样想道。

这时——

传来一声呼唤："是治平先生吗？"犹如拨响三味线般开朗却又有

点寂寞的女人声音。

不一会儿，大门哗的一声打开了。一个女人走了出来，应该就是那声音的主人。

她年约二十七八，身穿蓝灰白格子的和服。莲叶花纹的黑腰带，趿拉着白色鞋带的黑木屐。看起来似乎很雅致，但穿法却是出人意料的散漫，而这又酝酿出了一种独特的色香，叫人辨不出是良家妇女还是风尘女子。

细长的眼角神采奕奕，似乎是一个很刚毅的女人。

"哎呀——"女人睁大了眼睛，"您，是哪位?"

"那个，我是——"

"艺人吗?"女人道。

"您知道?"

"当然知道，而且是刚当上的吧。"

女人用估价般的眼神由上至下打量着荻乃亮，这让他感到羞耻不已。

"你有何事?"女人道。荻乃亮埋下头。

"应该不是做裁缝之类的吧?"

"嗯，我是——"

"我是玉川仙之丞的养子。"他说。

"哎呀，这真是——"女人似乎很惊讶地说道。

"您知道仙之丞吗?"

"妾身虽然没有见过，但丈夫似乎受过他的关照。"

"您丈夫——您丈夫是演员吗?"

"不是，曾经是演员。"女人答道。

"莫非他就是——"

这样一问，女人有点凄冷地笑道："没错，妾身的丈夫就是木幡小平次。"

荻乃亮将仙之丞骤逝一事告诉女人后，她说了句"真是遗憾"便让荻乃亮进了屋子。

玄关虽然很昏暗，但房间却格外明亮。屋内几乎没有日用家具，不知是否是这个原因，给人感觉特别干净。大概是因为房间面向庭院的缘故吧，走廊边的拉门全部都敞开着。

不知是有意修整过还是放任生长，庭院中开满了小小的花。

完全无法想象这是曾发生过报仇那样血腥事件的地方。

也没有将邻屋隔起来的隔扇。

从摆放在里屋的针线工具来看，正如方才本人所说，应该是以缝纫作为生计的。

一直紧盯着四处张望就太失礼了，所以荻乃亮的视线望向了庭院。

就在这时——他略微有了一点奇怪的感觉。

他望着庭院中绽放的黄色花朵。

——是橐吾吗？

"是叫作宝香的花。"女人的声音说道。

回过头来一看，托盘上已摆上了茶水。

"宝香吗？"

"在这一带是叫橐吾的吧，是一样的东西。"

——是同样的东西吗？

荻乃亮端坐着往后挪，坐到了和邻屋相隔的边界——门槛的前面。

女人端出茶后便坐到了廊子旁边。

"那个——"

应该问什么呢？也不能问"您的丈夫是死灵吗"，所以他问了歌仙的事。

女人望着橐吾，脸上露出了有点悲伤的神情。

"虽然我不久之后就会继承仙之丞的名号，但是对原本应该继承的人的事情却毫不知晓。因此——"

"歌仙和我啊，是许下今生来世之誓的关系。"

"什么？"

女人像恶作剧的孩子一般笑了。

"虽然只是我想这么说而已。我和那人是没有缘分的。一直，妾身一直都迷恋着他——应该这么说吧。岸边鲍鱼[1]什么的，结果也不过就只见过一面而已。"

"就只见过一面——一直单恋吗？"

"很可笑吧？"女人平和地笑道。

"见面时妾身已经有了丈夫，而对方却是要报仇。"

"报仇的事——是真的吗？"

1　岸边鲍鱼：鲍鱼与一般贝类不同，只有一片外壳，因此日语中有以"岸边鲍鱼"指代单相思的说法。

"是真的啊。"女人道，"那个仇人真是个凶恶的武士，还有个浑蛋弟弟和不知是手下还是帮手的四个人，那边的屋子都变得如血海一般了。"女人无力地指了指荻乃亮那边。

是邻屋吗？他慌忙回头去看，当然不可能有什么血海，榻榻米也还很新。

"不知是差人还是什么的粗鲁地闯进来，家里被弄得乱七八糟的。榻榻米换掉后好久都去不掉血的味道，你看，柱子和横木上都有伤痕对吧。"

确实有被削掉的痕迹还有像被柴刀砍到的伤痕。

"榻榻米虽然更换了，但门槛就不可能了——那边还有被血浸染的痕迹呢。"

荻乃亮惶恐地向下看去，门槛上有很多黑色的浸染痕迹。

——这里是……

惨剧发生的场所吗？

真是刚强的女人。若是荻乃亮，肯定会害怕得再无法住下去。

那个，不祥的场所。他环视邻屋。

——啊。

储物柜隔扇开着一道缝。

方才所感到的奇怪的感觉似乎就是因为这个的缘故。

——大约有，一寸五分吗？

有种特别的——令人厌恶的感觉。

"那么，那个歌仙呢？"

"好像是自杀的。"

像是很漠然的回答。

"嗯，也许是互相刺死的，那我就不知道了。"

真的是冷淡如冰。

是切腹还是投水，但至少应该不是殉情而死的。

他又回过头。不知为何总觉得背后有种飘飘然的感觉。转过身，他又问道。

"那个，嗯，虽然这和我也许并没有什么关系，但那个歌仙报仇，为何——为何会在这里——"

"那个仇人的弟弟呢——"

"是我的情夫。"女人干脆地说道。

"情……情夫是说——"

"情夫就是情夫啊，就是私通啊。"

多么——露骨的女人。荻乃亮惊讶得合不上嘴。但有可能他被揶揄了也说不定。一个约莫二十岁的年轻人，戏弄起来应该是很容易的吧。

"妾身非常讨厌丈夫。"女人说道。

"你是说以前——很讨厌吗?"

"非常讨厌啊，现在也是。"女人憎恶地狠狠说道。

连死后也依然如此愤恨，看来是一对关系很差的夫妇啊——抱着这种令人心寒的想法观察着女人，却意外看到她一脸愉快的表情。果然是被戏弄了吗，荻乃亮想着。

"妾身的丈夫木幡小平次啊，真的是天下第一的落魄演员。好像世人都说他是幽灵戏剧的名人，其实全是谎言。他不只不会演戏，连话也不会说，更不会生活，是个什么都不会做的废物。有一百人的话一百个人见到他都会无语，居住在一起都会感到厌恶，三国唯一的痴人。只要和他待上一刻钟，就连你也——"

"绝对会厌恶他的。"女人道。

谈起小平次，她变得饶舌多话，和谈起歌仙时完全不同。

"他真的那么无用吗？"

这样一问，女人立马回答道："因为他是个愚钝的男人啊。"

"整天都不说一句话，也不动，就只是从阴影处紧紧地盯着妾身。怎样，你能和这样的东西一起生活吗？"

"不，这个还是——"

那样还是免了。

"但是，你为何和那样的男人——成亲了呢？"

"是啊，顺其自然而已。"

"那么——给你写休书吗，小平次先生？"

"那种东西才不写呢。"女人敷衍道。

"但是——您应该很想分开吧？"

既然找了情夫那应该是想分开的吧。但是，女人却简单地回答道："不是。"

"妾身只是想做让他讨厌的事，让那个非常讨厌的小平次……"

"让他讨厌——是吗？"

"一直一直——"

女人说着话，眼睛看向荻乃亮这边。

"我想让令妾身感到厌恶的非常非常讨厌的小平次也产生厌恶的

情绪，想着若是妾身在他眼前被其他男人拥抱，他怎么也会感到厌恶的吧。"

"但最终也只是妾身一人的独角戏而已，真是愚蠢。"女人自嘲道。

"您、您和其他男人私通，他也不觉得有什么吗？"

"怎么想的我不知道，但什么都没有改变。而且妾身随意挑选的对象还是个垃圾，歌仙仇人的弟弟啊。"

"这就是所谓的——因缘吗？"

"偶然而已。"

"我最讨厌因缘之类的话了！"女人大叫道。

"人啊——"

女人弯过脖子看向庭院。白皙的脖子在阳光的照耀下显得很妖艳。

"总是将碰巧的偶然事后解释成因缘，很无聊不是吗？妾身和小平次不过擦肩而过，关系既不在此之上也不在此之下，只不过生活在一起而已。仅此而已。妾身最讨厌那家伙了，所以谁会体谅那家伙的心情呢，但即便如此还是在一起生活。"

"在一起——生活？"

"是在一起啊。"

女人细长的眼睛悠悠地望向了荻乃亮的身后。

"妾身——舍弃歌仙选择了小平次。那只不过，是舍弃了过去选择了现在而已。"

荻乃亮已经无法忍受背后的恶寒了。

但是，他却无法回头。可怕，太可怕了。

——这是……视线。

他稍微扭过脖子，邻屋进入了视线的边角。

——在偷窥。

那个——

从缝隙间——在偷窥。

因为说起了他的谣言。

哗——

那是隔扇打开的声音。

"你可别会错意了，小平次！"女人突然大声说道，"妾身虽然选择了你，但并不是因为喜欢才选择的。绝不是因为喜欢上了你。妾身不喜欢你，就算国土毁灭、天地颠倒，也绝对不会喜欢上你——"

"不管到何时。妾身永永远远都——最讨厌你。"

女人这样说完后，荻乃亮切实地听到了隔扇安静地关上的声音。

即便如此也没关系吗？

荻乃亮已经不再害怕了，但他的心情却变得莫名悲伤——

他头也不回地离开了。

京极夏彦系列作品

讨厌的小说

★鬼才作家京极夏彦打开魔盒，嫌恶、厌倦、抗拒、不满……在生活上空盘旋、聚散。

★违背常理、疯狂诡异的怪事横生，确凿无疑的事实和荒唐无稽的意外被完美地整合在一起。厌烦、沉重、不快充斥感官，被离奇淹没还是安全逃脱？

★读时大呼"讨厌"、读过后悔必至的怪奇小说，就在这里。

偷窥者小平次

★千呼万唤的时代小说，京极夏彦风格浓郁的江户怪谈隆重登场。

★嫉妒、仇恨、悲叹，恩怨纠缠，阴谋谎言，人人浮沉在这虚妄的世间。

★一切全是虚构的谎言，悉数尽皆空造之事。

★藏于壁橱中的窥视之眼，冷漠看透尘世幽微人心。

幽　谈

★暧昧模糊的此岸与彼岸，死生之间，如梦似幻。恬静淡然、令人"心动"的怪谈，展现京极小说的别样天地！

★神秘的味道、昏暗的色调、奇诡的音律、纤细的感知，交错成八重光怪陆离的梦。

★恐惧，在每个人心中都有不同的样貌。因为，真正的恐惧源于自己的内心。

冥　谈

★如梦似幻的妄想，若远若近的记忆，亦真亦虚的传说，爱恨交织的情感，死生难辨的呼吸……淡然笔触描绘玄妙魅惑的世界。

★八则精致的故事，八种时空的异象，怪异中蕴藏怀念之感。一本有声音，有温度，又充满奇异光辉的现代怪谈。

旧怪谈

★爱欲、嫉恨、谎言、妄想、冲动、执念……原来人世幽冥只隔一线。现实与异界转瞬变换，真假虚实难辨，那些想不通的、不可说的，到底是超自然事物的出现，还是人心的幻觉与妄念？

★三十五个发生在日常中的不可思议之事，三十五篇古典与现代风格交织的奇闻怪谈。字里行间迷雾重重、鬼影幢幢，一个接一个的谜团，到底真相为何，最终也无人知晓答案。